KLAUS-DIETER JOHN

„Ich habe Gott gesehen"

Diospi Suyana –
Hospital der Hoffnung

BRUNNEN
Verlag GmbH · Giessen

Von Klaus-Dieter John ebenfalls lieferbar:
Gott hat uns gesehen
Diospi Suyana – eine Geschichte geht um die Welt
© 2015 Brunnen Verlag GmbH, Gießen
ISBN 978-3-7655-0930-8

MIX
Papier aus verantwortungsvollen Quellen
FSC® C014496
FSC
www.fsc.org

1. Auflage Februar 2010
2. Auflage Mai 2010
3. Auflage November 2010
4. Auflage Juli 2011
5. Auflage Februar 2012
6. Auflage Januar 2013
7. Auflage März 2014
8. Auflage Januar 2016
9. Auflage Januar 2017
10. Auflage August 2019
Die vorigen Auflagen sind erschienen unter der ISBN 978-3-7655-1757-0.

www.brunnen-verlag.de
Lektorat: Eva-Maria Busch
Umschlaggestaltung: Jonathan Maul
Landkarte: Dr. Lutz Münzer, Marburg
Satz: DTP Brunnen
Herstellung: GGP Media GmbH, Pößneck
ISBN Buch: 978-3-7655-0685-7
ISBN ebook: 978-3-7655-7053-7

Widmung

Dir, Tina, denn du hast
in über dreißig Jahren
an jeder dieser Seiten
mitgeschrieben.

Inhalt

Huagarancha
5748
250 km
R. Uru-bamba
BRASILIEN
Rio de las Piedras
R. Apu-rimac
Callao
LIMA
Huancayo
Chocca
5231
Machu Picchu
6246
6271
Nev. Salcantay
Curahuasi
Cusco
Abancay
Pisco
PERU
Pallapalla
5185
Nazca
Palomani
5999
Südamerika
PERU
Coropuna
6613
Puno
Titicacasee
Arequipa
Mollendo
Tutupaca
5806
BOLIVIEN
Tacora
5982
Pazifik
2000 km
CHILE

Am Rande des Todes

Der Nebel hüllte die Serpentinen in ein undurchdringliches Weiß. Vorsichtig manövrierte ich meinen Wagen über endlose Kurven den Pass hinauf.

David Brady und ich hatten in Abancay mit den Beamten der Regionalregierung verhandelt. Unsere Hartnäckigkeit hatte sich wohl gelohnt, denn die Behörde wollte in Kürze mit der Zementierung der Auffahrt zu unserem Missionsspital beginnen.

Gelegentlich flackerten verschwommen die Lichter entgegenkommender Fahrzeuge auf. Leider ließen sich diese gefährlichen Fahrten bei Nacht nicht immer vermeiden. Ich wischte die Windschutzscheibe mit der Hand und warf David neben mir einen vielsagenden Blick zu: „Wir werden bei diesem Wetter bestimmt eine Stunde länger nach Curahuasi brauchen als sonst“, meinte ich missmutig. Die Baumgrenze hatten wir längst unter uns gelassen, in wenigen Minuten würden wir die Passhöhe erreichen.

Die grellen Scheinwerfer näherten sich schnell. Der schemenhafte Umriss eines Lastwagens verließ die Innenkurve vor uns und nahm urplötzlich an Größe zu. Etwas war hier nicht in Ordnung ... Eben hatten uns die Lichtkegel des Wagens passiert, aber etwas Dunkles kam rasend auf uns zu und versperrte uns den Weg. Reflexartig zog ich meinen Allradwagen über die seitliche Begrenzung der Fahrbahn. Ich kannte jeden Meter der Straße und wusste, dass jenseits der Außenspur die Tiefe lauerte.

Der Aufprall mit dem Anhänger war hart. Ich erhielt einen Schlag von der linken Seite. Glassplitter wirbelten durch die Kabine und das Ächzen von Metall drang wie aus der Ferne an meine Ohren. Dann war es wieder still, aber mein Auto rollte geradeaus weiter, in Richtung Böschung. David Brady saß wie gelähmt neben mir. Unendliche Augenblicke von wenigen Sekunden verstrichen. Schließlich gab David, ohne zu wissen, ob ich überhaupt noch bei Bewusstsein war, die rettende Anweisung: „Klaus, bremsen!“

Mechanisch presste ich meinen rechten Fuß aufs Pedal. Das Fahrzeug kam zum Stehen, haargenau am Rande des Abgrunds. Wir hatten überlebt – und das gleich zweimal unmittelbar hintereinander. Ein etwas anderer Winkel beim Zusammenstoß oder ein Sturz ins Bodenlose hätte zwei Witwen und sechs Halbwaisen hinterlassen.

Da standen wir nun an der Unfallstelle. Bei Nacht, im Nieselregen auf 3700 Meter Höhe. Ungläubig starrte ich auf den Haufen Schrott vor mir, dem ich soeben nur mit größter Anstrengung über den Beifahrersitz entstiegen war. Nur meine linke Schulter schmerzte und etwas Blut rann meine linke Wange hinunter.

Etwas später dachte ich: Gott hat wohl seine Gründe gehabt, unser Leben am 16. Dezember 2008 zu verschonen. Vielleicht war einer dieser Gründe unser Auftrag, die Geschichte von Diospi Suyana aufzuschreiben.

Eine Schulromanze fürs Leben

Unruhig rutschte ich auf meinem Stuhl hin und her. Aus den Augenwinkeln schielte ich heimlich zur anderen Seite des Klassenraums: Dort saß *sie*. Wie so oft war sie in ein Gespräch mit ihrer Banknachbarin vertieft. Schon seit sechseinhalb Jahren besuchte sie das Elly-Heuss-Gymnasium in Wiesbaden – genauso lange wie ich –, aber zum ersten Mal nahm ich sie bewusst wahr. Das Kurssystem der Oberstufe hatte die alten Klassenverbände völlig durcheinandergewirbelt. Und plötzlich fand ich mich gleich in sieben Kursen mit diesem attraktiven Mädchen konfrontiert! In der Enge eines Schulraumes von nur 30 Quadratmetern.

Mehr noch als ihre blauen Augen, die mich mit wenigen Blicken ziemlich nervös machen konnten, war es ihre weiche, einfühlsame Stimme, die mich geradezu verzauberte. Mit meinen 17 Jahren hatte ich schon einige Tausend verschiedener Stimmlagen akustisch aufgenommen, aber diese Tonlage war anders. Pure Erotik, leise und verführerisch. Sie drang von meinem Ohr direkt ins Herz. Als Schulsprecher war ich es durchaus gewohnt, das große Wort zu schwingen. Vielleicht hörte ich mich sogar selbst gerne reden. Aber wenn *sie* sprach, verstummte ich und lauschte gebannt, um ja keine Silbe zu verpassen.

Die reizende Dame war ohne Zweifel das pulsierende Zentrum einer großen Mädchenclique. Das hatte ich als aufmerksamer Beobachter schnell festgestellt. Ob sie am Nachmittag das Pferd eines Geschäftsmanns ausritt oder am Abend mit ihren Freundinnen die einschlägigen Diskotheken der Stadt unsicher machte –, es war stets das Gleiche: Alle Freizeitaktivitäten waren spätestens am Ende der 6. Schulstunde mit einigen Mitschülerinnen bis ins Detail abgestimmt. Sie lebte in einer für mich fremden Welt.

Meine Herkunft war der Betrieb eines Familienunternehmens fleißiger Bäckersleute. Von nachts um zwei bis zu den Neunzehnuhr-Nachrichten im Radio arbeiteten meine Eltern unentwegt in der Backstube oder im Laden. Ihr nimmermüder Fleiß entsprang wohl dem Drang von Menschen, die alles verloren hatten, sich und ihren vier Kindern einen Lebensunterhalt zu sichern. Meine Mutter Wanda war eine Vertriebene aus Pommern, mein Vater Rudolf ein entlaufener Kriegsgefangener aus Schlesien. Ihre Herkunft aus dem Osten, das Leid des Krieges und schließlich auch die Liebe hatten die beiden Heimatlosen zu einer echten Schicksalsgemeinschaft zusammengeschweißt. Was sie jedoch am meisten verband, war ihr Glaube an einen persönlichen Gott.

Der Sonntagmorgen spielte sich bei uns stets in den Räumen der Evangelisch-Freikirchlichen Gemeinde ab. Wir nannten das Gebäude liebevoll „Kapelle". Die Gottesdienste kamen mir als Junge zwar lang, aber nicht langweilig vor. Obwohl ich mich mehr mit dem bunten Glasfenster in der Decke und den Gesichtern der Anwesenden beschäftigte, als auf das Gesagte zu achten, gruben sich viele Fragmente der Predigten in meine Erinnerung ein.

Spannend fand ich es dagegen, wenn Missionare vorbeikamen und uns mit Lichtbildern Einblick in ihre Arbeit gaben. In Gedanken bestieg ich mit ihnen den Einbaum, um gefährliche Stromschnellen des Amazonas zu bezwingen. Der Landrover, mit dem die meisten Missionare die afrikanische Savanne durchquerten, wurde für mich bald zum Inbegriff meiner „motorisierten" Ambitionen. Jedes Dia auf der Leinwand roch nach Gefahr, Abenteuer und Exotik.

Am Abend las ich dann im Bett die Geschichten des Dschungeldoktors Paul White. Dieser Allgemeinarzt aus Australien hatte zwei Jahre seiner aktiven Laufbahn in den endlosen Weiten Tansanias verbracht. Als ob er als Arzt nichts Besseres zu tun gehabt hätte, schrieb er darüber Abenteuerromane für Kinder und Jugendliche. Der Doktor unter dem Affenbrotbaum wusste sicherlich nicht, was er mit seinen Erlebnisberichten bei mir anrichten würde. Die Buchbände von jeweils 100 Seiten füllten meine Fantasie mit geheimnisvollen Figuren und lebendigen Gestalten aus einem rätselhaften Afrika. Sie alle waren dazu angetan, meine Aufmerksamkeit mehr zu fesseln als der Alltag in Wiesbaden, einer mittleren deutschen Großstadt der Sechzigerjahre.

Schon aus Zeitgründen hatten meine Eltern bewusst auf einen Fernseher verzichtet. Wenn meine Schulkameraden in den Pausen die gängigen Filme besprachen und die Fernsehwitze des Vorabends wiederholten, schwieg ich. Ich hatte ihren Kommentaren zum bunten Geflimmer aus der Tele-Konserve nichts beizusteuern. Doch meine Stunde schlug im Unterricht, wenn der Lehrer von fremden Kulturen, fernen Ländern und ihren Entdeckern erzählte. Diese Welt kannte ich, denn irgendwie fühlte ich mich ihr zugehörig.

Wie von einer unsichtbaren Hand angezogen, ging ich mit diesem weiblichen Wesen langsam auf Tuchfühlung. Dabei kam mir während einem unserer ersten Gespräche die große Erleuchtung. Was das Mädchen mit den blauen Augen mir soeben mitgeteilt hatte, klang geradezu unglaublich. „Ich möchte nach dem Abitur einmal Medizin studieren und dann in einem Land der Dritten Welt arbeiten!" Bereits in der achten Klasse hatte sie die umfangreichen Seiten eines Schulaufsatzes diesem ziemlich ungewöhnlichen Lebenstraum gewidmet.

„Das will ich eigentlich auch", entgegnete ich betont beiläufig und betrachtete das hübsche Gesicht neben mir noch genauer als jemals zuvor. Könnte es etwa sein, dass sich unsere Wege nicht zufällig gekreuzt hatten? Würden sich mit diesem Wirbelwind an meiner Seite einmal meine geheimsten

Sehnsüchte erfüllen? Eine leise Ahnung regte sich. Tief in mir kam die Gewissheit auf, dass ich dieses Mädchen einmal heiraten würde. Martina Schenk, eine junge Frau voller Leidenschaft und Energie, und zudem ausgestattet mit der gleichen tiefen Entschlossenheit, die auch mir zu eigen war.

Sechs Wochen Ghana und zurück

Unsere Wege sollten sich seit dem Sommer 1978 nie mehr trennen. Zwar gab es gelegentlich offizielle Unterbrechungen unserer Freundschaft, aber irgendwie steckten wir beide ständig zusammen. Wir leiteten gemeinsam eine Jugendgruppe, gingen in die gleiche Kirchengemeinde, engagierten uns in der Friedensbewegung und teilten sogar denselben Freundeskreis. Und natürlich studierten wir gemeinsam Medizin an der Johannes Gutenberg-Universität in Mainz. In unseren Unterhaltungen ging es oft um unseren zukünftigen Einsatz als Ärzte in einem Entwicklungsland. Das war in keiner Weise etwas Besonderes. Viele Medizinstudenten reden davon, zumindest bis zum Abschluss ihres Studiums. Dann holt die Wirklichkeit sie meistens ein, und es folgen Familiengründung, Facharztzeit und der Kauf eines passenden Hauses. Die Reihenfolge dieser Stationen mag unterschiedlich ausfallen, aber das Endergebnis ist fast immer das Gleiche – man bleibt in seinem Heimatland.

Medizinstudenten müssen einige praktische Arbeitseinsätze an Krankenhäusern nachweisen, die man Famulaturen nennt. Das Hineinschnuppern in die reale Arbeitswelt ist unter Studenten durchaus beliebt und sichert nicht selten die erste Arbeitsstelle nach dem bestandenen Examen.

Dass Martina im Frühjahr 1983 einen solchen Abschnitt ausgerechnet in Ghana verbringen wollte, schockierte nicht nur ihre Eltern. Wahrscheinlich spielte ihr Kontakt zu einem ghanaischen Studenten namens Chris Sackey eine Rolle, den Tina an der Uni kennengelernt hatte. Dieser wuchtige Schwarze hatte sich in Mainz als Wirtschaftsstudent immatrikuliert. Er bezeichnete sich selbstbewusst als Berater der Regierung in Accra, und vermutlich verfügte er wirklich über vielseitige Beziehungen. Chris machte einen durchaus sympathischen Eindruck, wenn er auch etwas undurchsichtig wirkte. Wie wir später feststellten, war er der unumstrittene Chef einer Gang und schmuggelte sogar gelegentlich Gold über die ghanaische Grenze, um sein mageres Gehalt aufzupolstern. In den damaligen innenpolitischen Wirren seines Heimatlandes sah er keinerlei Hindernisse für Tinas Besuch. Auch dann nicht, als zwei Wochen vor Beginn der Reise ein Putschversuch gegen Diktator Jerry Rawlings fehlschlug und der allgemeine Ausnahmezustand verhängt wurde.

Vielleicht erschien Martina ihr Ausbruch in die weite Welt nun doch etwas zu riskant, zumindest alleine. Als sie mich fragte, ob ich mitkommen wolle, willigte ich sofort ein. Wir waren zu diesem Zeitpunkt zwar nicht direkt liiert, aber wohl genau das richtige Duo für ein brenzliges Unternehmen.

Nur noch wenige Tage trennten uns von dem vielleicht ersten großen Abenteuer unseres Lebens. Auf die Empfehlung eines ehemaligen Entwicklungshelfers hin fuhren wir nach Tübingen, um Frau Dr. Marquard einen kurzen Besuch abzustatten. Die katholische Ärztin hatte ein Vierteljahrhundert in Ghana gearbeitet. Sie überreichte uns einige Büchsen mit Antimalariatabletten und bewirtete uns mit Brot und heißem Tee. Zum Abschied las sie einige Verse aus dem 91. Psalm: „Wenn auch tausend fallen zu deiner Seite und zehntausend zu deiner Rechten, so wird es doch dich nicht treffen!" Sie hätte keinen besseren Vers für uns auswählen können – denn auch wenn wir uns äußerlich recht furchtlos gaben, tief drinnen war uns in jeder Beziehung mulmig zumute.

Mit der Aeroflot flogen wir über Moskau, Odessa und Tripolis in die ghanaische Hauptstadt Accra. Unsere Rucksäcke hatten wir vorsichtshalber randvoll mit Konservendosen und Hartkäse gefüllt. Die Hungersnot des Landes würde uns also nichts anhaben können, es sei denn, unsere Vorräte würden geraubt.

Etwas zögerlich traten wir aus dem Flugzeug in die schwülheiße Luft der afrikanischen Westküste. Der Blick hinüber zum Flughafengebäude flößte uns ziemliches Unbehagen ein. Wie eine dunkle Wand standen Hunderte von Schwarzen vor uns.

Schritt für Schritt näherten wir uns langsam dem Ausgang des Flughafens und damit der Wirklichkeit eines Landes der sogenannten Dritten Welt. Wir hatten immer vollmundig behauptet, wir würden gerne ein Leben lang für die Armen arbeiten wollen. Nun waren wir ihnen zum ersten Mal recht nahe gekommen. Aber egal, wie unser Experiment ausgehen sollte, sechs Wochen später würde uns der Flieger ja wieder ins sichere Deutschland befördern.

„Hey, hier bin ich!", rief ein groß gewachsener Mann aus der unübersichtlichen Menschenmenge heraus. Chris Sackey hatte Wort gehalten und war tatsächlich am Flughafen erschienen, um uns abzuholen. Martinas Brief hatte zwar das zentrale Postgebäude Accras niemals verlassen, aber irgendwie hatte er die Nachricht mit den Daten unserer Ankunft rechtzeitig aus einem Postsack herausgefischt.

Dass Afrika anders war als Deutschland, bemerkten wir spätestens beim Versuch, die Toilette des Flughafens zu benutzen. Bis zum obersten Rand schwappte in allen Schüsseln der übelriechende Kotbrei. Der Ekel hätte uns womöglich eine chronische Verstopfung beschert, doch zwei Tage später setzte bei uns ein hartnäckiger Durchfall ein, den wir bis zur Heimreise nicht mehr loswurden.

Würde sich unsere berufliche Zukunft einmal in Afrika abspielen? Entgeistert blickten wir auf die kilometerlangen Autoschlangen vor den Tankstellen. Es gab kein Benzin und die Besitzer hatten in der Hoffnung auf bessere Zeiten ihre Fahrzeuge einfach in endlosen Reihen abgestellt. Wohin wir schauten, sahen wir Bettler und verkrüppelte Kinder am Boden. An einer Straßensperre zwang ein Soldat einen alten Mann mit vorgehaltener Waffe auf die Knie. Erleichtert holten wir tief Luft, als der Knall ausblieb.

Im Wohnzimmer der ghanaischen Familie Yeboah gab es allabendlich viel Gesprächsstoff. Über abenteuerliche Wege waren wir in Kumasi, der Hauptstadt der stolzen Ashantis, gelandet. Monika Yeboah, eine Frankfurterin, lebte hier mit ihrem ghanaischen Mann und sechs ihrer acht Kinder. Also stellten wir ihr all unsere Fragen: Warum sahen wir so viele Männer, die sich im Schatten der Bäume dem Würfelspiel hingaben, während ihre Frauen auf den Feldern hart arbeiten mussten? Warum hatten die meisten Männer, die wir trafen, Nebenfrauen und Geliebte? Eine übliche Praxis, unter der die Frauen offensichtlich sehr litten.

Wer sich nicht vorsieht, tappt in Afrika schnell in die Falle des Rassismus. Selbst langjährige Entwicklungshelfer und Missionare beschrieben uns die afrikanische Seele als schier unergründlich. Nachdenklich lutschten Martina und ich an den aufgeschnittenen Apfelsinen und grübelten stundenlang über Afrika und seine Menschen nach. Wir fragten uns etwas ratlos, ob wir in einer solchen Gesellschaft jemals heimisch werden könnten. Es war für uns schwierig genug, den einen

Ghanaer von dem anderen zu unterscheiden. Aber noch schwerer fiel es uns, ihr Wesen zu verstehen.

Das Wenige, was wir bisher von Afrika gesehen hatten, kam uns dunkel und bedrohlich vor. Mag sein, dass die Hautfarbe der Menschen eine Rolle spielte. Aber sogar die Stadt Kumasi hüllte sich in der Nacht in tiefe Schwärze. Es brannten weder Straßenlaternen noch sah man das Leuchten irgendwelcher Reklameschilder. In der Tat wirkte die Stadt von immerhin 300 000 Einwohnern auf uns wenig einladend. Auf nächtliche Stadtrundgänge verzichteten wir gerne, ohnehin durfte ab 18 Uhr niemand ohne triftigen Grund auf der Straße angetroffen werden. Und nach unseren ersten Erfahrungen mit den Militärs waren wir auf weitere Erlebnisse mit Bewaffneten keinesfalls erpicht.

An einem Nachmittag wurden wir dann fast Opfer unserer eigenen schlechten Zeiteinteilung. Mit Monika hatten wir eine befreundete amerikanische Familie besucht. Als wir die langen Schatten der Sonne bemerkten, war es schon zu spät. Wir würden niemals die Militärkontrolle vor Beginn der Ausgangssperre passieren können. Monika blieb erstaunlich gelassen. Gemeinsam beteten wir um Gottes Schutz. Als wir uns dem Stacheldrahtverhau der Sicherheitskräfte näherten, setzte plötzlich ein tropischer Platzregen ein und alle Soldaten verschwanden fluchtartig von der Straße. Unbehelligt setzten wir unsere Fahrt fort und erreichten wohlbehalten das Haus der Familie Yeboah. Gebetserhörungen dieser Art waren für uns neu und der Zweifel nagte, ob es sich bei diesem Regenschauer nicht bloß um einen unwahrscheinlichen Zufall gehandelt haben könnte … eben launisches Wetter zum rechten Zeitpunkt.

In jeder Beziehung entwickelten sich die Wochen in Ghana zu einer für uns eindrücklichen Lebenserfahrung. Beim großen staatlichen Komfo Anokye Krankenhaus in Kumasi mangelte es offensichtlich an Sauberkeit und guter Organisation. Kaum hatten wir seine Gänge betreten, nahmen wir die merkwürdigsten Gerüche wahr. Und schon bald machte man uns auf eines der grundlegenden Probleme der Einrichtung aufmerksam: die Rattenplage.

Monika Yeboah vermittelte uns fürsorglich ein zweiwöchiges Praktikum auf einer kleinen Missionsstation am Lake Bosumtwi. Wer hier aus dem Geländewagen ausstieg, war wirklich im Herzen Afrikas angekommen. Wellige Hügel umsäumten den See, den ein tüchtiger Wanderer in einem strammen Tagesmarsch umrunden konnte. An seinen Ufern lagen verträumte Dörfer mit strohgedeckten Rundhütten. Wenn die Abendsonne den Himmel in warme Rottöne tauchte und der Wind das dumpfe Dröhnen der Trommeln über den See trug, fühlte man sich in die Zeit eines Livingston zurückversetzt. Das Afrika der Kinderbücher war an diesem idyllischen Ort zum Leben erwacht. Hier ließ es sich in Frieden leben, wäre da nicht das ständige Zirpen und Brummen der Insekten gewesen, die an die latente Malariagefahr erinnerten. Sie gab den Ghanaern Anlass zu großer Besorgnis.

Die Gesundheitsstation wurde von Margery, einer methodistischen Krankenschwester aus England, geleitet. Sie selbst und ihre vier ghanaischen Hilfsschwestern behandelten an einem normalen Tag 50 bis 80 Patienten. Sie war in jeder Hinsicht ein Schwergewicht und durch nichts zu erschüttern. Als Tina erstmals an Malaria erkrankte, blieb sie ganz ruhig und verordnete mit stoischer Gelassenheit die Medikamente, auf die es in der Region noch keine Resistenzen gab. Und Tinas rotglühender Kopf nahm bald wieder seine normale Farbe an.

Da kein gutes Labor vorhanden war, bestand die medizinische Behandlung meistens aus Blickdiagnose und Tabletten. Nicht viel höher war der Standard an einem Kinderkrankenhaus in Khumasi. Der indische Arzt Dr. Hunter untersuchte am Morgen bis zu 200 kleine Patienten. Seine gespreizte linke Hand griff rasch auf den Bauch des Kindes, wobei er mit den Fingern die Leber und mit dem Daumen gleichzeitig die Milz abtastete. So blieb ihm noch die rechte Hand, um einige formelhafte Bemerkungen in die Krankenakte zu schreiben.

Als wir zur Mittagszeit bei ihm aufkreuzten, informierte er uns über seine Aktivitäten am Nachmittag. „Jetzt muss ich mich um Papier, Bleistifte, Benzin und Essen kümmern", sagte er. „Wer das nicht selbst organisiert, geht leer aus!"

Unsere Erfahrungen an den verschiedenen medizinischen Einrichtungen der Gegend machten uns eines schnell deutlich. Es fehlte dort im Land an fast allem, was in Deutschland als selbstverständlich gilt. Der medizinische Standard war erschreckend niedrig. Machte es überhaupt Sinn, sich in Mainz sechs lange Jahre mit Zehntausenden von Seiten an Theorie zu beschäftigen, wenn ein Großteil des Gelernten in Afrika niemals zum Einsatz kommen würde? Am meisten irritierte uns aber die Unmenschlichkeit der afrikanischen Gesellschaft, die wir auch im Krankenhausalltag beobachteten. Wenn der Patient in den staatlichen Häusern nicht bezahlte, wurde er nicht behandelt. Im Klartext bedeutete dies: Blättere dem Chirurgen die Geldscheine auf den Tisch, oder du kannst dich um deinen vereiterten Blinddarm selbst kümmern.

Martina und ich zogen eine Zwischenbilanz. Erstens: Die drei Missionskrankenhäuser, die wir besucht hatten, funktionierten bei allen Mängeln wesentlich besser als staatliche Kliniken. Zweitens: Christliche Nächstenliebe ist kein Schlagwort. Sie steht für die liebevolle Hinwendung des Arztes zum Patienten und war genau das, was hier an vielen Orten offensichtlich fehlte. Unter dem Strich erschien uns der Gedanke, einmal langfristig in Ghana oder einem ähnlichen Land zu arbeiten, wenig attraktiv.

Wir fragten uns, ob wir unsere Pläne, künftig ein Leben als Missionsärzte zu verbringen, nicht doch lieber über Bord werfen sollten. Doch es kam ganz anders. Wir trafen Professor Perry. Unsere Begegnung mit dem hageren und ernsten Arzt aus England verschaffte uns genau den positiven Impuls, den wir uns von unserer Famulatur in Ghana erhofft hatten.

Nicht dass er unsere Bedenken durch schlaue Argumente zerstreute oder uns aufmunternd auf die Schultern klopfte. Nichts dergleichen. Er sprach überhaupt eher wenig. Trotzdem verkörperte er ein hoffnungsvolles Signal in einem Umfeld der Ungerechtigkeit. Eine vielversprechende Karriere hatte er zum Leidwesen seiner Familie in England aufgegeben, um als Arzt beim Aufbau des ghanaischen Gesundheitssystems zu helfen. Wo immer er auftauchte, war sein guter Leumund ihm längst vorausgeeilt. „Er teilt sogar seine letzte Scheibe Brot mit seinem Gärtner!“, flüsterten die einen. „Er ist ein Vorbild von Kopf bis Fuß!“, raunten die anderen.

Kurz vor Ende unseres Aufenthaltes in Ghana verbrachten wir eine Nacht in seinem Haus. Bevor uns die Müdigkeit übermannte, hörten wir ihn im Untergeschoss leise singen. Es waren keine Schlager aus dem Radio, sondern Psalmen aus der Bibel. Dieser Mann hatte sich von seinen eigenen ungelösten Fragen nicht entmutigen lassen. Seine Kraft holte er sich vielmehr aus seinem Glauben an Gott. Ein Glaube, der nicht von momentanen Gefühlsschwankungen oder sich verändernden Situationen abhängig zu sein schien. Professor Perrys Leben wurde für uns zu einer überzeugenden Botschaft und er selbst zu einem unserer wichtigsten Vorbilder.

Mein „Briefkastenerlebnis"

Schnell glitten meine Finger über die Seiten des Buches und ein Lächeln huschte über mein Gesicht. Was ich vor mir in Händen hielt, entpuppte sich als eine wahre Schatzkiste. In alphabetischer Ordnung führte der Katalog alle amerikanischen Universitäten auf, die eine medizinische Fakultät besaßen. Im Sommer 1984 waren das in den USA um die 120 Hochschulen. Genau diese Information hatte ich gesucht. Noch gab es kein Internet mit Suchmaschinen, die sekundenschnell Daten und Adressen ausspuckten. Ich schrieb mir den Verlag des Buches auf und bestellte ein Exemplar auf dem Postweg. Einige Wochen später stand es ordentlich im Regal meiner Studentenbude.

Ich hatte mich tapfer ins 8. Semester vorangekämpft und machte mir bereits Gedanken, wo ich meine Studienzeit abschließen würde. Aus Gesprächen anderer Studenten hatte ich aufgeschnappt, dass die Ausbildung in den USA praktischer und damit besser wäre als in Deutschland. Irgendwann stand mein Entschluss dann fest: Ich würde meine beiden letzten Semester komplett in den USA absolvieren.

Ein Austauschjahr im Ausland ist heutzutage nichts Außergewöhnliches. Zahlreiche politische und pädagogische Organisationen stehen bereit, um Schülern und Studenten diese wichtige Erfahrung in einem fremden Kulturkreis zu verschaffen. Auf der Beliebtheitsskala rangieren die USA, Kanada, Neuseeland, Australien und England auf den obersten Plätzen. Doch für deutsche Medizinstudenten war es vor 25 Jahren ungleich schwerer, zwei oder sogar drei Semester jenseits der eigenen Landesgrenzen zu studieren. Und dies betraf besonders die USA. Das hatte gleich mehrere Gründe. Zum einen mussten amerikanische Studenten schon damals erhebliche Studiengebühren entrichten, zum anderen unterschieden sich die Ausbildungssysteme beider Länder gehörig voneinander. Anders als in Amerika bestand das letzte Studienjahr in Deutschland aus drei Abschnitten von jeweils vier Monaten in den Bereichen der Inneren Medizin, Chirurgie und einem Wahlfach. Der Student konnte sich an den Lehrkrankenhäusern seiner Universität um diese Stellen bewerben.

Etwas wehmütig blickte ich auf die Karte der Vereinigten Staaten von Amerika. Wie sollte ich mein Vorhaben jemals umsetzen können? Ich verfügte weder über persönliche Kontakte zu einflussreichen Professoren mit transatlantischen Beziehungen, noch besaß ich gute Englischkenntnisse. Je mehr Erkundigungen ich im Mainzer Dekanatsbüro einholte, desto unrealistischer erschien mir mein Ziel.

Welche amerikanische Universität würde mich für drei oder vier Monate annehmen, wenn ihre eigenen Studenten nur für maximal acht Wochen die Uni wechseln durften? Doch als größte Hürde erkannte ich bald die deutsche Bürokratie. „Entweder Sie finden einen Platz für mindestens vier Monate an einer Uni, oder Sie bleiben halt hier!“ Die Maßgaben des Studiendekans waren unmissverständlich klar.

Ich musste mir eingestehen, dass meine Lage recht aussichtslos war. Ohne eine kräftige Hilfestellung, woher auch immer, würde ich niemals in die USA gelangen. Konfrontiert mit meinen eigenen begrenzten Möglichkeiten, entschied ich mich, woanders Beistand zu suchen. Ich fing an zu beten. Ab Januar 1984 betete ich an jedem Abend zu Gott, er möge mich durch alle logistischen und bürokratischen Schwierigkeiten hindurch über den Atlantik führen – vorausgesetzt, meine Pläne deckten sich mit den seinen. Ich wurde dabei ziemlich konkret und bat Gott sogar, dass ich alle Formalitäten bis zum ersten Prüfungstag meines Staatsexamens im August 1985 regeln könnte. Noch blieb mir viel Zeit. Abend für Abend sprach ich das gleiche Gebet.

Die Wochen und Monate vergingen. Um meine Englischkenntnisse zu verbessern, machte ich eine Famulatur am American Air Force Krankenhaus in Wiesbaden. Der Chirurg Dr. Locker aus Texas nahm sich meiner an. Trotz seines herzlichen Lachens konnte er mich nicht aufmuntern. Eine ängstliche Unsicherheit steckte mir in den Knochen. Als ich zum Mittagessen an der Theke mein Essen aufs Tablett stellte, warf ich ein volles Milchglas um. Die Milchlache am Boden vor den Augen eines belustigten Publikums entsprach meinem Seelenzustand: Ich fühlte mich völlig inkompetent und überfordert.

Im Januar 1985 nahm ich allen Mut zusammen und tippte mit der Schreibmaschine eine Bewerbung auf Englisch. Mithilfe eines Schwarz-Weiß-Kopierers stellte ich die Unterlagen für 40 Universitäten zusammen. Ich warf die Umschläge mit gemischten Gefühlen in den Briefkasten und harrte der Dinge, die da kommen würden. Der Countdown von acht Monaten bis zum Examen hatte begonnen.

Lange passierte gar nichts. Schließlich trudelten peu à peu die ersten Absagen ein. „Es tut uns leid, aber wir können Ihnen keinen positiven Bescheid geben." – „Alle unsere Plätze für Besuchsstudenten sind bereits vergeben!" – „Unser Ausbildungssystem sieht einen Besuch von vier Monaten nicht vor!" So und ähnlich lauteten die Absagen, die ich sorgfältig in einer Mappe aufbewahrte. Nur die Universität von Wisconsin bot mir eine zweimonatige Ausbildungsstelle in der Chirurgie an, während die Universität von Texas einen Platz in der Gynäkologie in Aussicht stellte. Allerdings nur für acht Wochen und sowieso erst zum Jahresende 1986. Diese beiden Schreiben waren ein Lichtblick, aber ich konnte mit ihnen nichts Rechtes anfangen. Das Tor nach Amerika blieb verschlossen.

Die Zeit verstrich. Aus Winter wurde Frühling und aus

Frühling wurde Sommer. Ich stand immer noch mit leeren Händen da und meine Hoffnung schmolz wie Butter in der Sonne. Meine zunehmende Enttäuschung verarbeitete ich am Abend in einem schon fast stereotypen Gebet: „Gott, wenn du es willst, bring mich bitte nach Amerika!“

Der Juli hatte begonnen und das Examen rückte in Sichtweite. Im Mainzer Dekanatsbüro machte man mir zunehmend Druck. „Geben Sie uns bitte umgehend Bescheid, an welchem deutschen Lehrkrankenhaus Sie arbeiten möchten“, forderte die Sekretärin. „Mit den USA wird das ja wohl nichts!“

Wie so oft saß ich am Abend wieder auf meinem Bett. Meine eigenen Bemühungen der vergangenen acht Monate waren erfolglos geblieben. Und meine täglichen Gebete der letzten zwanzig Monate hatten ebenfalls nichts bewirkt. Ich hatte umsonst gewartet und mir Hoffnungen gemacht. Die Erkenntnis meiner persönlichen Niederlage schmeckte bitter. In diesem Augenblick der totalen Frustration schoss mir ein verwegener Gedanke durch den Kopf: Bitte doch Gott um eine Zusage in der morgigen Post!

Ich kniete vor meinem Bett nieder und betete im Gefühl der eigenen Hilflosigkeit: „Gott, wenn du da bist und wenn du es willst, schick mir in der Post morgen bitte eine Zusage aus den USA!“

Ich zitterte vor Aufregung, als ich am nächsten Morgen zur üblichen Zeit meinen Briefkasten öffnete. Ein Brief war gekommen – und ich konnte unschwer erkennen, dass er aus den USA stammte! Ein Stempel auf der Vorderseite gab die Case Western Reserve Universität aus Cleveland, Ohio, als Absender an. Hastig riss ich den Umschlag auf und klappte das Schreiben auseinander.

„Herr John, wir freuen uns Ihnen mitzuteilen, dass wir Ihnen für zwei Monate eine chirurgische Ausbildungsstelle anbieten können!“

Ich war sprachlos! Ein zweites und ein drittes Mal übersetzte ich behutsam jedes einzelne Wort. Ohne Zweifel, die berühmte Case Western Reserve-Universität hatte mich als Besuchsstudenten angenommen. Nach einem innigen Dankgebet fuhr ich mit meinem Auto gleich zur Universität nach Mainz. Studiendekan Prof. Löffelholz musterte sorgfältig den Brief aus Amerika. Schließlich entschied er sich, in meinem Fall eine besondere Ausnahmeregelung zu treffen. Er erlaubte mir, den chirurgischen Teil meiner Ausbildung an zwei verschiedenen Universitäten, nämlich in Wisconsin und Ohio, zu absolvieren.

Damit waren die restlichen acht Monate der Inneren Medizin und meines Wahlfachs zwar noch nicht geklärt, aber mein „Briefkastenerlebnis“ hatte mir zu der felsenfesten Überzeugung verholfen, dass Gott mit mir war. Er würde mich führen und ich könnte ihm vertrauen. In dieser Gewissheit meldete ich mich noch am selben Tag von der Johannes Gutenberg Universität ab.

Anderthalb Wochen blieben mir bis zum ersten der vier Prüfungstage. Es war klar, dass Gott noch handeln musste, denn außer den vier Monaten Chirurgie hatte ich sonst nichts in der Tasche. Da ich mich von der Uni in Mainz bereits verabschiedet hatte, glich ich einem Sportler, der zwar vom Boden abgesprungen, aber noch nicht wieder sicher gelandet war. Doch mein Glaube an Gott war jetzt so groß wie noch nie … und ich war kaum überrascht, als ich im Briefkasten einen Brief der Universität von Virginia vorfand. „Herr John, Sie dürfen bei uns für vier Monate das Fach der Inneren Medizin studieren!“

Warum die Uniklinik in Richmond mir dieses außergewöhnliche Angebot gemacht hatte, erfuhr ich einige Monate später, als ich vor Ort eintraf. „Ja, das war so“, erklärte der zuständige Verwaltungsbeamte, „wir nehmen jedes Jahr einen einzigen Studenten aus Europa. Natürlich hatten sich über 100 Studenten um diese Stelle beworben. Und die Entscheidung fiel mir auch nicht ganz leicht. Um ganz ehrlich zu sein, ich habe ziemlich wahllos in den Haufen hineingegriffen und Ihren Brief dabei herausgezogen!" Ich schluckte. So war das also.

Der erste Prüfungstag ging zu Ende und erschöpft fuhr ich nach Hause. Am Briefkasten machte ich allerdings erst einmal halt. Mein Herz schlug schneller: Der Brief, der mir da entgegenlachte, kam aus den USA. „Herr John, Sie können bei uns in Denver drei Monatskurse der Kinderheilkunde belegen!"

Die Sache war nun perfekt. Mit den vier Wochen Urlaub, die mir zustanden, löste die Zusage aus Denver das letzte noch verbliebene Rätsel meines amerikanischen Studienjahres. Gott hatte meine Gebete dreimal – sogar bis auf den Tag genau – beantwortet. Es dämmerte mir, dass in meinem Leben mit Gott an der Seite das Unwahrscheinliche, ja sogar das Unmögliche möglich werden könnte. Ich müsste nur eines tun: ihm vertrauen.

Ich kaufte ein Flugticket und packte meine zwei Koffer. Gemäß dem Slogan „Go West, young man" flog ich am 25. Oktober 1985 mit Peoples Express von Brüssel nach New Jersey in den USA.

Kreuz und quer durch die USA

In New York traf ich meinen alten Schulfreund Axel Peuker wieder. Seine beachtliche Karriere als Wirtschaftsfachmann hatte ihn ein Jahr zuvor bis zur Weltbank geführt. Auf der Couch in seinem schmucken Apartment in Manhattan kurierte ich nun meinen ersten Jetlag aus und hoffte, dass der heiße Tee meine müden Lebensgeister wieder wecken würde. Am Abend zeigte mir Axel ein wenig von der Stadt, die man mit Fug und Recht als den größten Schmelztiegel Amerikas bezeichnen kann.

Während des Stadtausflugs setzten wir auf einer Fähre nach Long Island über. Es war schon kühl geworden und ich schlug den Kragen meiner gefütterten Lederjacke hoch. Die Fahrt dauerte wohl kaum mehr als 15 Minuten, aber sie hinterließ in meiner Gedankenwelt folgenschwere Spuren. Axel war überzeugter Atheist, hochintellektuell und gut belesen. Das Gespräch mit ihm in freundlicher Atmosphäre an der Reling des Schiffes erschütterte meinen Glauben an Gott nachhaltig. Ohne mich an die Details unserer Unterhaltung erinnern zu können, sollten ihre Nachwehen fast 13 Jahre meines Lebens überschatten. Wie ein Quälgeist plagte mich in stillen Augenblicken die Befürchtung, dass Gott nichts weiter als ein frommer Wunsch sei.

Der Start an der Case Western Universität in Cleveland war in jeder Beziehung hart. Ich wurde einer Gruppe von Medizinstudenten zugeteilt, die am Metropolitan Hospital ihr drittes Ausbildungsjahr verbrachten. Morgens um 5 Uhr schlich ich müde durch einen Tunnel, der das Schwesternwohnheim, wo ich mich einquartiert hatte, mit dem Spital verband. Gegen 21 Uhr am Abend schleppte ich mich den langen Gang wieder zurück. An jedem dritten Tag hatte ich Nachtdienst und war durchgehend auf der Station oder im

Operationssaal beschäftigt. So kam meine Arbeitswoche auf gut 120 Stunden. Während der Fortbildungskonferenzen saßen wir Studenten auf weichen Stühlen und schliefen fest, was auch niemanden störte. Unsere Chefs hatten das gleiche rigorose Training durchgemacht und wussten, dass der menschliche Körper keine weiteren Kraftreserven hergab.

Meine Englischkenntnisse verbesserten sich und ich gewann zusehends an Selbstbewusstsein. Könnte ich nicht mein Studium an der Eliteuniversität Harvard beenden? Als ultimative Herausforderung setzte sich diese fixe Idee in meinem Kopf fest. Am besten wäre ein Semester am Massachussetts General Hospital, dem berühmtesten Lehrkrankenhaus der USA. Aber würde ich es als deutscher Student dorthin schaffen? Der Gedanke reizte mich und ich wollte es auf einen Versuch ankommen lassen.

Kurz nach Weihnachten fuhr ich von Cleveland mit dem Greyhound Bus nach Madison, Wisconsin, um im Januar 1986 meinen nächsten Abschnitt zu beginnen. In Madison wird es im Winter richtig kalt. Eine dichte Schneedecke liegt über den Häusern und Wiesen. Trotz seines Capitols, dem zweithöchsten nach Washington, und seinen vielen Colleges trägt die Stadt eher provinzielle Züge. Bei Mrs. Florence Waisman, einer älteren jüdischen Dame, fand ich eine neue Bleibe.

An der Uniklinik steckte man mich in die Arbeitsgruppe von Prof. Mack – und der tägliche Stress ging weiter. Aus mir unerfindlichen Gründen war Prof. Mack von meiner Arbeit sehr angetan. Als ich ihm von meinen Harvard-Plänen erzählte, fackelte er nicht lange und schickte ein ausführliches Gutachten über mich an die dortige medizinische Fakultät. In seinem Schreiben hob er unter anderem meinen Wunsch hervor, nach dem Studium als Missionsarzt in der Dritten Welt zu arbeiten.

Die schwierigste erste Etappe in Cleveland lag hinter mir. Das Arbeitspensum reduzierte sich auf 80 Stunden pro Woche, so blieb mir etwas mehr Zeit zum Nachdenken. Besonders die Frage nach Gott wälzte ich Tag für Tag in meinem Inneren vor mir her. Ob er wirklich existierte? Hatte ich mir vielleicht nur etwas vorgemacht? Ich wollte nicht an Gott glauben, nein, ich wollte ihn vielmehr sehen. Die Ungewissheit nagte an mir und raubte mir manchmal geradezu den Lebensmut. Eines Nachts lag ich im Bett und beobachtete die gespenstischen Schatten, die die Straßenlaternen an die Wand meines Zimmers warfen. Ich weinte und fühlte mich unendlich leer. Auf mein Gebet hin, Gott möge sich mir zeigen, in welcher Form auch immer, war es still geblieben.

Ende Februar brachte mich ein Flugzeug ins warme Richmond nach Virginia. Der Geruch von würzigem Tabak durchzog angenehm die ganze Stadt. Zum ersten Mal befand ich mich in den Südstaaten. Der Umgangston der Menschen in den öffentlichen Einrichtungen, Restaurants und Kirchen war herzlich und höflich zugleich. Mit etwas Fantasie fühlte man sich in die Zeit des Buches „Vom Winde verweht" zurückversetzt.

Als einziger Gaststudent aus Europa genoss ich einen besonderen Status. Unter den 3000 Medizinstudenten in Mainz war ich relativ anonym geblieben. Hier am Medical College von Virginia wurde mir hingegen eine ungewohnte Aufmerksamkeit durch Professoren und Mitstudenten zuteil. Besonders Douglas Palmore und seine Frau nahmen sich meiner an. Er war der offizielle Ansprechpartner aller Studenten, fühlte sich aber für mich in besonderer Weise verantwortlich. Als sich meine Zeit in Richmond dem Ende zuneigte, schickte er einen warmen Empfehlungsbrief nach Harvard. Sein Vorstoß wurde bald mit Erfolg gekrönt. Einige Wochen später erreichte mich ein positiver Bescheid von dort. Meine Tour durch Amerika würde ich also nach den folgenden Stationen in Denver und Houston – quasi als Höhepunkt – in Boston beenden. Gleich drei Chirurgiekurse durfte ich am Massachussetts General Hospital belegen. Seine Kürzel „MGH" standen, wie man mir später bei Harvard erklärte, für den Ausspruch „Man's Greatest Hospital", was auf Deutsch so viel heißt wie „das großartigste Krankenhaus der Menschheit".

Als ich im Mai 1987 nach Deutschland zurückkehrte, war aus einem vormals ängstlichen Studenten ein selbstsicherer Kosmopolit geworden. Fast anderthalb Jahre hatte ich an sechs verschiedenen amerikanischen Universitäten studiert. In einem ständig neuen Umfeld hatte ich mich bewähren müssen und dabei neun Zeugnisse mit Auszeichnung gesammelt. Ich wusste nun ganz genau, was ich wollte. Ich würde meinen chirurgischen Facharzt machen, um danach in einem Land der Dritten Welt etwas zu bewegen. Warum sollte ich nicht sogar einmal selbst ein neues Krankenhaus gründen? Mit meinen 26 Jahren mangelte es mir nicht mehr an Selbstvertrauen, wohl aber an Reife, Erfahrung und Geduld.

Schuften bis zum Umfallen

Das Leben ist kurz. Diese Lektion hatte ich mittlerweile verstanden. Wer ein großes Ziel erreichen will, sollte sich rechtzeitig auf den Weg machen und sein Schritttempo beschleunigen. Nur zweieinhalb Monate nach meiner Rückkehr aus den USA schritten Martina und ich vor den Altar und gaben uns das Jawort.

Wir bezogen eine kleine Dachwohnung im Wiesbadener

Westend-Viertel und machten uns an unsere Doktorarbeiten. Als angehende Kinderärztin verfasste Martina eine Studie über die Mukoviszidose, eine Erkrankung, die vorwiegend die Lungen der Kinder schädigt. Ich analysierte anhand eines umfangreichen Patientenkollektivs die Einschätzung von Risikofaktoren vor operativen Eingriffen. Wir vermuteten, dass sich unsere Beschäftigung mit wissenschaftlichen Themen langfristig als vorteilhaft erweisen würde. Für unsere zukünftigen Patienten war der Doktortitel sowieso schon die halbe Therapie …

Zwischendurch gab es auch Schrecksekunden. Eines Tages stand ich auf der Straße vor der Mainzer Uniklinik und starrte ungläubig nach oben auf eine ganz bestimmte Stelle des Gebäudes. Dichter Rauch quoll aus den Fenstern. Hinter den schwarzen Schwaden befanden sich alle meine gesammelten Unterlagen für die Doktorarbeit! Sollten sie den Flammen zum Opfer fallen, hätte ich einige Monate umsonst am Schreibtisch verbracht. Doch der folgende Tag brachte für mich die erlösende Entwarnung. Zwar hatte der Brand einen Schaden in Millionenhöhe angerichtet, aber mein Arbeitsraum und damit alle meine Daten waren verschont geblieben.

Nach den guten Erfahrungen in den USA verspürte ich nicht das geringste Bedürfnis, meine Karriere in Deutschland fortzusetzen. Auch Tina sah unsere langfristige Zukunft in einem Entwicklungsland. Dazu bedurfte es bei ihr keiner großen Überredungskünste. Im August 1988 packten wir unsere wenigen Habseligkeiten zusammen und siedelten für unsere weitere Ausbildung nach Großbritannien über. Das hinter uns liegende Jahr in Wiesbaden war eine wichtige Übergangsphase gewesen, angefüllt mit Büffeln und Pauken. Außer der Doktorarbeit hatte ich noch das deutsche Staatsexamen abhaken müssen. Und da wir nicht wussten, wohin es uns mal verschlagen würde, hatten Martina und ich in Frankfurt auch das amerikanische medizinische Staatsexamen abgelegt. Wir waren jung, mobil und unternehmungslustig.

Der englische Ausbildungsmodus empfiehlt dem jungen Arzt einen mehrfachen Arbeitsplatzwechsel. Dieses Konzept ist nicht neu, sondern geht auf die mittelalterlichen Wandergesellen zurück. Während unserer zweieinhalb Jahre im Vereinigten Königreich führte uns der Weg zunächst an die Unikliniken Cardiff und Leicester und dann nach Leeds, Bolton und Manchester. Gleichgültig, an welchem Krankenhaus wir auch unsere Dienste verrichteten, wir gaben unser Bestes. An manchen Wochenenden arbeiteten wir von Freitagmorgen bis Montagabend, ohne das Krankenhaus zu verlassen. Tina und ich waren noch kinderlos, hoch motiviert und belastbar. Unser Wunsch nach einer hervorragenden Ausbildung ging in Erfüllung, doch wir bezahlten einen Preis: Wir litten an chronischer Müdigkeit und sahen uns als Paar oftmals mehrere Tage überhaupt nicht.

Die englische Mentalität sagte uns zu. Wir empfanden die Briten als wesentlich freundlicher und hilfsbereiter als die Deutschen. Wir lernten viel und hätten den Facharzt in Großbritannien abschließen können. Doch Tina und ich suchten erneut die Herausforderung: diesmal in den USA.

Mit dem bestandenen amerikanischen Staatsexamen bot sich uns die Chance, als Quereinsteiger in das US-amerikanische System überzuwechseln. Aber sollten wir solch einen mühevollen Schritt wirklich vollziehen? Wochenlang beteten wir um Gottes Führung in dieser für uns so schweren Entscheidung. Obwohl ich meine Zweifel an Gott längst nicht abgeschüttelt hatte, hoffte ich trotzdem auf den Wink von oben. In den folgenden Monaten häuften sich dann bei uns derart viele unerklärliche Ereignisse, dass wir das nur dem Eingreifen einer höheren Macht zuschreiben konnten.

Im Sommer 1990 schickte ich aufs Geratewohl Bewerbungen an 17 verschiedene Universitäten in den USA. Diesmal bewarb ich mich um eine Stelle in der chirurgischen Facharztausbildung. Es konnte nichts schaden, auch an die Tür der Universitäten Harvard und Yale anzuklopfen. Welch eine Überraschung: Es dauerte nicht lange, und ich erhielt eine Zusage von Yale. Prof. Cahow, Leiter der chirurgischen Abteilung der Universitätsklinik in New Haven, befand sich eigentlich in einem „Sabbatjahr". Eines Tages musste er sein Büro aber doch einmal kurz betreten. Auf seinem Schreibtisch lag meine Bewerbung, die er wohlwollend öffnete und las. Spontan entschied er, ohne Rücksprache mit der Aufnahmekommission mich für ein Jahr als Assistenzarzt anzustellen. Den Ausschlag hatten wohl meine Studentenzeugnisse bei Harvard gegeben.

Als diese positive Entscheidung zu uns nach England gedrungen war, bewarb sich Tina gezielt bei einigen Lehrkrankenhäusern im Umkreis von New Haven, Connecticut. Einige Wochen später meldete sich per Post ein Professor Kennedy aus Hartford/Connecticut und bot Tina eine Assistenzarztstelle an. Aber Hartford und New Haven lagen eine Stunde Fahrzeit auseinander. Wie sollten wir unter diesen Umständen bloß unser junges Eheleben organisieren?

Im Frühjahr 1991 stellte ich mich bei den verschiedenen Abteilungsleitern der medizinischen Fakultät von Yale vor. Tina kam mit und nahm bei dieser Gelegenheit Kontakt zu Professor Kennedy auf. Der ließ die Bombe gleich platzen: „Ich bin nicht mehr in Hartford, sondern mittlerweile Chef der Kinderabteilung des Bridgeport Krankenhauses!" Die Klinik in Bridgeport lag nur 20 Kilometer von New Haven entfernt und genoss den offiziellen Status eines Lehrkrankenhauses der Yale Universität. Ohne unser Zutun konnten wir also gemeinsam in den Programmen der renommierten Yale Universität unsere Ausbildung fortsetzen. Wie sich nachträglich herausstellte, sogar für zwei volle Jahre.

Im Reich der Inkas

Der Januarhimmel zeigte sich grau in grau. Ein nasskalter Wind blies in unsere Kleider, als wolle er uns den Abschied von England etwas erleichtern. Wir nahmen mit, was in unseren Talbot Horizon hineinpasste, und setzten ein letztes Mal mit dem Luftkissenboot von Dover nach Calais über. Das Inselleben lag nun endgültig hinter uns. Nachdem wir den Wagen in Wiesbaden entladen hatten, brachte ich das rostige Gefährt mit seiner störrischen Lenkung auf den Schrottplatz zu seiner letzten Ruhestätte.

Im Juli würde unsere Facharztausbildung in den USA ihre Fortsetzung finden. Bis dahin blieb uns noch ein knappes halbes Jahr. Die Gelegenheit war günstig, dachten wir, für eine weite Reise nach Südamerika. Also schnürten wir bald wieder unsere Rucksäcke und flogen mit der Alitalia nach Lima, der Hauptstadt von Peru. Die Kultur der alten Inkas hatte mich schon als Kind brennend interessiert. Nun hatten wir zwölf Wochen Zeit, ihre geschichtlichen Schauplätze zu besuchen.

Die Begeisterung unserer Eltern über diese Studienreise hielt sich in engen Grenzen. Eine Choleraepidemie hatte selbst in Deutschland für Schlagzeilen gesorgt. Die beiden Terrororganisationen „Sendero Luminoso“ und „Tupac Amaru“ kontrollierten weite Teile des Landes. Von Fahrten durch das zentrale Hochland und den Regenwald wurde Touristen dringend abgeraten. Der Staat kämpfte mit äußerster Härte gegen den Terrorismus an. In diesen Wirren fanden 69 000 Menschen den Tod, wie eine unabhängige Kommission Jahre später ermittelte. Der kleine Mann auf der Straße fühlte sich aber von der Wirtschaftskrise mindestens ebenso bedroht wie von den Bomben, die an vielen Orten Nacht für Nacht hochgingen.

Der neue Staatspräsident Alberto Fujimori leitete erst wenige Monate die Regierungsgeschäfte. Keine leichte Aufgabe! Unter seinem Vorgänger Alan García war die Inflationsrate auf 7600 Prozent hochgeschnellt. Lange Schlangen vor den Einkaufsläden prägten das Bild des öffentlichen Lebens. Mitten in diesem Getümmel fand man also Klaus und Martina John wieder. Sozialer Sprengstoff schien auf uns eine gewisse Anziehungskraft zu besitzen.

Um für unsere Exkursionen durch das Land einigermaßen gewappnet zu sein, belegten wir einen Crashkurs der spanischen Sprache. Grundbegriffe wie „Hola" und „Hasta luego" (deutsch: „Guten Tag" und „Auf Wiedersehen") hatten wir bald gelernt und schon nach zwei Wochen fühlten wir uns für künftige Abenteuer bestens gerüstet. Peru wartete förmlich darauf, von uns entdeckt zu werden!

In einer Südschleife rückten wir entlang der Küste über Arequipa bis zum Titicacasee vor, dem höchstgelegenen schiffbaren Binnengewässer der Welt. Nach einer Stippvisite in La Paz fuhren wir dann mit dem Zug von Puno nach Cusco. Die ehemalige Hauptstadt des Inkaimperiums zählt mit ihren Kirchen, Tempeln und Festungen sicherlich zu den interessantesten Städten Südamerikas. In einem Buchladen erwarb ich die „Königlichen Kommentare" des Historikers Garcilaso de la Vega. Der Sohn einer Inkaprinzessin und eines spanischen Konquistadors hatte im 16. Jahrhundert die Geschichte der Inkas aufgeschrieben – und zwar so spannend, dass ich das Buch binnen weniger Tage durchschmökerte.

Nach dieser Lektüre sah ich Peru mit anderen Augen. Ich verstand, dass die verarmten Quechua-Indianer als legitime Nachfahren der Inkas auf ein stolzes Erbe zurückblickten. Was waren das aber für Menschen, die auf uns so melancholisch und verschlossen wirkten? Die 400-jährige Unterdrückung durch Spanier und nachfolgende Regimes hatte sichtbare

Spuren in ihre abgehärmten Gesichter gezeichnet. Dass es nicht gut um diese Volksgruppe stand, war während unserer Reisen durch Peru unübersehbar. Obwohl die Quechuas fast die Hälfte der Bevölkerung ausmachten, lebten sie am Rande der Gesellschaft. Von ihrer Regierung im fernen Lima fühlten sie sich vergessen und vom Rest der Bevölkerung verachtet. Dieser Rassismus hatte ihrem Selbstwertgefühl erheblich geschadet. In den Großstädten wie Lima und Trujillo lernten Quechuas schnell, dass sie ihre indianische Herkunft besser verleugneten.

Sozial deklassiert fristeten sie in ihren Lehmhäusern ein beklagenswertes Dasein. In den Hütten fehlten meistens Fensterglas, Strom, Wasser und Kanalisation. Diese mittelalterlichen Lebensbedingungen begünstigten eine Reihe von Armutskrankheiten wie Tuberkulose und Hautinfektionen. Wohl jeder zweite Quechua war durchwurmt, besonders die Kinder litten an Mangelernährung. In Sachen Gesundheits-

versorgung blieb in den Anden offensichtlich viel zu tun. Man musste nur die Ärmel hochkrempeln und die Initiative ergreifen.

Diese von der Vergangenheit und Gegenwart so geschundenen Kreaturen benötigten aber weit mehr als Tabletten und Spritzen – sie sehnten sich vor allem nach Respekt und Liebe. Wenn es einen Ort auf dieser Welt gab, wo ein Missionsspital seine visionäre Kraft als Hoffnungsbringer entfalten konnte, dann war es hier.

Die Jahre bei Yale

Nach unserem Intermezzo in Südamerika packten wir unseren Hausrat in acht Koffer und flogen in die USA. Tina und ich mieteten ein kleines Häuschen in Milford am Meer, auf halber Strecke zwischen New Haven und Bridgeport. Es bestand aus Holz und ruhte auf mehreren Säulen. Welch wichtigen Zweck diese Bauweise erfüllte, erkannten wir im folgenden Frühjahr. Durch eine Sturmflut stieg der Wasserpegel binnen weniger Stunden gewaltig an. Als Tina und ich durch das Wohnzimmerfenster blickten, ruderte gerade ein Nachbar an unserem Haus vorbei.

Unser Domizil in Ufernähe wird uns immer in guter Erinnerung bleiben. Regelmäßig veranstalteten wir Dritte-Welt-Abende. Ärztliche Kollegen und Studenten berichteten von ihren Einsätzen in Afrika, Asien und Lateinamerika. Wir hielten dabei stets unsere Augen und Ohren weit offen. Früher oder später würden auch wir in solch einem Land ankommen.

Harvard und Yale blicken als die beiden führenden Elite-

Universitäten der USA auf eine großartige Vergangenheit zurück. Nur die besten Bewerber werden dort angenommen und wer nicht permanent auf hohem Niveau arbeitet, fliegt schnell wieder raus. Es gilt das eherne Gesetz: „Publish or Perish", was frei übersetzt bedeutet: Publiziere regelmäßig in den Fachzeitschriften, oder deine Karriere geht zugrunde.

Jeder chirurgische Assistenzarzt muss einmal im Jahr eine Vorlesung vor allen Studenten und Fakultätsmitgliedern halten. Wegen meiner Erfahrungen in Deutschland, England und den USA beschäftigte ich mich mit den geschichtlichen Wurzeln der Chirurgie in diesen drei Ländern. Als Betreuer bot sich mir Prof. Irvin Modlin an. Er war zwar klein von Gestalt, aber intellektuell ein echter Riese. Sein Vater hatte als jüdischer Gelehrter in Kapstadt den Talmud unterrichtet. Er selbst besaß eine seltene mentale Auffassungsgabe. Er las wöchentlich vier bis fünf Bücher und leitete ein imposantes Forschungslabor an der Universität Yale. Über 60 Veröffentlichungen produzierte seine Arbeitsgruppe im Jahr, die fast alle in renommierten internationalen Zeitschriften publiziert wurden. Es dauerte nicht lange und ich schloss mich seinem Team an.

Unter seiner Aufsicht öffnete sich mir ein wenig die Welt der Wissenschaft. Ich verbrachte endlose Stunden im Forschungslabor und verfasste Artikel für amerikanische und europäische Fachorgane. Prof. Modlin wurde für mich zum Wegbereiter unserer nächsten Lebensetappe.

„Klaus", redete er mir ständig ins Gewissen, „wenn du viel operieren willst, dann musst du nach Südafrika gehen!"

Das Land der Tafelberge begann zu locken. Zwar herrschten dort mittlerweile bürgerkriegsähnliche Zustände, das wussten wir, aber vielleicht bot sich uns dort eine Ausbildung mit genau dem richtigen Mix aus Theorie und praktischer Erfahrung.

Im Juli 1993 standen wir am Schalter der South African Airways am JFK-Flughafen in New York. Ein Angestellter hob sich fast einen Bruch, als er unsere acht schweren Koffer auf das Fließband wuchtete. Die Preise für Übergepäck hatten wir vorher bei mehreren Airlines sorgfältig verglichen. Ich holte 1000 Dollar aus meiner Brieftasche und wartete auf den genauen Betrag. Der junge Mann schaute uns freundlich an und winkte uns durch. „Ist schon okay", rief er und wünschte uns einen angenehmen Flug. Dankbar ließ ich die Dollarnoten wieder in meinem Geldbeutel verschwinden.

Nach dieser ermutigenden Begegnung stiegen wir in den Flieger, um einmal mehr die Kontinente zu wechseln.

Zwischen Messerstich und Kugelhagel

Die Spannung lag zum Greifen nahe in der Luft. Die ersten freien Wahlen nach der Abschaffung der Apartheidpolitik standen vor der Tür. Die schwarze Mehrheit drängte unaufhaltsam an die Macht. Immer mehr geriet das Gefüge des alten Staatsapparates aus den Fugen. Politisch motivierte Gewalt und normale Tageskriminalität lähmten weite Teile des öffentlichen Lebens. Wer es sich leisten konnte, lebte hinter Stacheldraht und Alarmanlagen und ließ seinen Schäferhunden im Garten freien Lauf. Viele Südafrikaner, Weiße wie Schwarze, waren bewaffnet – entweder um sich zu verteidigen oder um irgendein krummes Ding zu drehen.

Als wir im Juli 1993 in Johannesburg südafrikanischen Boden betraten, befand sich das Land in einem Zustand der Zerrüttung. In manchen Provinzen konnte man es schon Anarchie nennen. Monat für Monat wurden im Land tausend

Autos entführt. Wenn die Besitzer nicht im Kugelhagel verbluteten, blieben sie psychologisch für den Rest ihres Lebens traumatisiert.

Die verschiedenen Stämme, ihrer weißen Fesseln befreit, lieferten sich wilde Gefechte. Am 28. März 1994 marschierten 20 000 Zulus, bis an die Zähne bewaffnet, in die Innenstadt, um sich mit der Partei Nelson Mandelas, dem ANC, auf einen Machtkampf einzulassen. 53 Menschen kamen dabei zu Tode.

Die Zukunft war für alle ungewiss. Viele Weiße, die Kontakte nach Australien, Israel, Europa oder in die USA besaßen, verließen das Land – ein enormer Verlust von geistigem Potenzial für alle Gesellschaftsschichten! Die weiße Schicht von rund 5 Millionen Menschen verfolgte keineswegs einheitlich die gleichen Interessen. Die Afrikaans, Nachfahren der Buren, waren tief im Boden ihrer Heimat verwurzelt. Die englischsprachigen Südafrikaner hielten sich hingegen stets die Option der Emigration offen. Beide Bevölkerungsteile hatten sich in der Vergangenheit mehrmals erbitterte Auseinandersetzungen geliefert, nun aber drängten die schwarzen Massen sie in eine gemeinsame Ecke.

Hier waren wir nun gelandet, um für zwei Jahre am legendären Baragwanath Krankenhaus zu arbeiten. Dieses Spital behauptete von sich, die größte medizinische Einrichtung der südlichen Hemisphäre zu sein. Seine Kapazität von 3 000 Betten untermauerte diesen Anspruch eindrucksvoll. So ziemlich alle Patienten aus dem benachbarten Township Soweto, wo immerhin 4 Millionen Menschen lebten, wurden hier behandelt.

Für eine Universitätsklinik konnte die Ausstattung sich sehen lassen. Sie gehörte ohne Zweifel der „Ersten" Welt an. Die Patienten jedoch, die Tag und Nacht in endlosen Kolonnen durch die Tore strömten, kamen meist aus einem

Umfeld, das den Bedingungen eines Dritte-Welt-Landes sehr ähnelte.

Außer dem ganz normalen Wochenbetrieb verbrachten wir jede fünfte Nacht 24 Stunden lang ununterbrochen im Krankenhaus, und das keineswegs im Bett. Allein in der Chirurgie untersuchten wir am Tag um die 300 Patienten. Im 30-Minuten-Rhythmus wurden stöhnende Männer mit Schuss- und Stichverletzungen in die Notaufnahme eingeliefert. Das chirurgische Team bestand aus drei erfahrenen Assistenzärzten, zu denen auch ich gehörte.

Einer von uns operierte die ganze Nacht hindurch die Schwerverletzten im Operationssaal. Ein anderer verbrachte ebenfalls seine Zeit am Operationstisch, um Beine zu amputieren, Verbrennungen zu versorgen und Abszesse jeder unappetitlichen Größe zu spalten. Der Dritte im Bunde befehligte eine muntere Truppe aus jungen Assistenzärzten im ersten Ausbildungsjahr und südafrikanische bzw. ausländische Medizinstudenten.

Eine der ersten traurigen Erfahrungen war für mich, dass ein Menschenleben für viele schwarze Krankenschwestern nichts zählte, sofern der Patient nicht demselben Stamm angehörte. Ein Patient des Zulu-Volkes, der wegen eines Kopfschusses mit dem Tode rang, tangierte die Xhosa-Krankenschwester in der Notaufnahme keineswegs. Sie führte private Telefongespräche und blickte nur erstaunt drein, als ich vor Ungeduld schier platzte. In den Krankensälen von jeweils 60 Betten saßen die Nachtschwestern in der Ecke und warteten auf den Morgen, während die leidenden Patienten die vorübergehenden Ärzte um Hilfe anflehten.

In medizinischer Hinsicht gingen unsere Hoffnungen auf einen sprungartigen Lernzuwachs voll in Erfüllung. Ich operierte Hunderte von Patienten, auch Fälle, die ich als Assistenzarzt in Deutschland nur aus der Ferne gesehen hätte.

Bauch- oder Brustkorbverletzungen durch Schusswaffen gehörten für mich bald zur Routine.

Aber mein Erfahrungshorizont wurde auch in der Gefäßchirurgie, der Gastroenterologie und der Unfallchirurgie enorm erweitert. Vier Monate verbrachte ich am Hillbrow-Krankenhaus in der Innenstadt und kümmerte mich um Knochenbrüche jeder Art. An einem Freitagabend wurde ein Mann mit einem völlig verstümmelten Arm eingeliefert. Knochen, Muskel- und Sehnenreste bildeten einen Brei, der die meisten Nichtmediziner wohl sofort in die Ohnmacht geführt hätte. Mein Chef, ein Holländer, klopfte mir aufmunternd auf die Schultern und sagte: „Klaus, stabilisiere erst einmal die Vorderarmknochen. Mit dem Rest wirst du schon klarkommen!" Mit diesen Worten verschwand er in sein Wochenende und ließ mich allein zurück. Das Operationsergebnis war aber tatsächlich gar nicht so übel. Der Arm des Mannes blieb erhalten.

Viele unserer Patienten trugen das Aidsvirus in sich. Bei Tina auf der Kinderstation war meist ein Drittel der Kleinen infiziert. Und auch bei meinen Patienten stieg die Zahl der HIV-Träger stetig in die Höhe. Manchmal stach ich mich während der Operationen mit verunreinigten Nadeln. Die Angst von damals steckt mir noch heute in den Knochen! Hatte ich mich angesteckt? Heimlich nahm ich mir auf den Toiletten selbst das Blut ab und spielte es unter einem erfundenen Patientennamen in das Computersystem ein. Erst wenn die Ergebnisse auf dem Bildschirm wiederholt negativ ausgefallen waren, wich bei mir die Anspannung.

Immer wenn es mir die Zeit erlaubte, kaufte ich für Tina um Mitternacht eine Cola. Ich wusste genau, wo ich sie antreffen würde. Pausenlos und in großer Eile kümmerte sie sich um Kinder, die in einem deutschen Krankenhaus fast alle auf die Intensivstation gehört hätten. Was sie und auch mich nachts auf den Beinen hielt, war ein hoher Adrenalinspiegel, der aber nach Schichtende ins Bodenlose abfiel ... Wir sackten dann immer erschöpft in uns zusammen.

Im zweiten Jahr lebten wir auf einer kleinen Farm in Honeydew im Norden der Stadt. Das Gelände war mit einem Elektrodraht eingesäumt und, wie üblich, durch eine Meute von Hunden abgesichert. Unsere Nachbarn, ein deutscher Arzt und seine südafrikanische Frau Wendy, luden uns gelegentlich zum Essen ein. Die Gespräche kreisten stets um die Opfer von Überfällen im engsten Freundes- und Verwandtenkreis. Wendy hatte im laufenden Jahr gleich drei ihrer Freundinnen durch Vergewaltigung und Mord verloren. Es war also durchaus verständlich, dass auch sie und ihr Mann nun mit dem Gedanken an eine mögliche Ausreise spielten.

Die zwei Jahre in Südafrika bestanden aber nicht nur aus Arbeit und Kriminalität. In den Ferien bereisten wir das Land und waren schnell der Faszination seiner einzigartigen Landschaftsformen erlegen. Nicht nur einmal stellten wir fest, dass uns ein Abschied sicherlich schwerfallen würde, wäre Südafrika ein stabiles Land.

Wie so viele Südafrikaner packte auch mich in dieser Zeit die Leidenschaft für das Marathonrennen. Am Morgen vor Dienstbeginn rannte ich zwischen 5 und 10 Kilometer, am Wochenende sogar die doppelte Distanz. Die Konzentration auf ein langfristiges Ziel unter großen Entbehrungen verschaffte mir eine innere Befriedigung. An drei Rennen über 42 Kilometer beteiligte ich mich – und war sehr stolz, als ich in Watersfall Boven mit einer Zeit von 2:54 Stunden zu den besten 7 Prozent zählte, die ins Ziel liefen.

Am 6. September 1994 erblickte unsere Tochter Natalie das Licht der Welt. Mit ihrer Geburt sank unsere Risikobereitschaft schlagartig. Während wir uns vorher irgendwie unverwundbar gefühlt hatten, kamen wir nun ins Grübeln.

Was wäre, wenn Tina oder ich oder sogar wir beide Opfer der Kriminalität werden sollten? Die Steine, die während der Fahrt zum Krankenhaus auf unsere Autos geworfen wurden, erschienen uns fortan viel bedrohlicher. So wunderschön das große und weite Land mit seinen Nationalparks auch sein mochte, es wurde Zeit zu gehen.

Im Juli 1995 flogen wir, nun mit einem Baby im Gepäck, nach Deutschland zurück. Im Berliner Raum wollten wir unseren Facharzt abschließen.

Die Weichen werden gestellt

„Herr John, Sie können sich bei mir habilitieren!“ Mit diesen Worten bot mir Prof. Neuhaus, Chef der chirurgischen Abteilung des Virchow-Klinikums, eine Arbeitsstelle an. Meine Studentenzeit bei Harvard, die Facharztzeit bei Yale und mein höchst ungewöhnlicher Werdegang auf drei Kontinenten schienen mich offenbar für die akademische Laufbahn zu prädestinieren. Diesem Angebot konnte ich nicht widerstehen. Ich unterschrieb zum ersten Mal einen Arbeitsvertrag in deutscher Sprache und fand mich urplötzlich in dem straffen Hierarchiesystem einer Berliner Universitätsklinik wieder.

Um halb sieben am Morgen fuhr ich von Marwitz, einem idyllischen Ort am nördlichen Stadtrand Berlins, meist unter großem Zeitdruck über verstopfte Straßen nach Wedding. Die unerbittliche deutsche Pünktlichkeit saß wie ein enges Korsett am Körper. Es galt als oberstes Gebot des Tages, das Besprechungszimmer vor dem Chefarzt zu betreten. Die Steife des weißen Kittels half mir, aufrecht auf dem Stuhl zu sitzen, egal, wie müde ich war. Die lockeren angloamerikanischen Umgangsformen gehörten der Vergangenheit an. An einer deutschen Universitätsklinik sprach man nur, wenn man gefragt wurde. Das Wort führte natürlich der Chef.

Prof. Neuhaus hatte es geschafft, durch über tausend Lebertransplantationen schon zu Lebzeiten zu einer Legende zu werden. Im Gegensatz zu anderen Ordinarien pflegte er einen freundlichen Umgangston. In der Sache erwartete er jedoch von seinen Assistenten vollen Einsatz, sowohl tagsüber in der Klinik als auch abends am Schreibtisch.

Tina blieb zu Hause und brachte ein gemietetes Reihenhaus auf Vordermann. Nach und nach packte sie unsere Kisten und Koffer aus und bemühte sich um gute Kontakte zu den Nachbarn. Natürlich war sie es, die Natalie die ersten Silben beibrachte. Ich steckte längst in der Mühle eines angespannten universitären Klinikalltags und glänzte zu Hause meist durch Abwesenheit. Als die Frau eines Kollegen ihrem kleinen Sohn einmal die Uniklinik zeigte, meinte dieser höchst einsichtig: „Mama, das ist also das Haus, wo Papa wohnt!“

Der Gradmesser der eigenen Position zeigt sich in einer chirurgischen Abteilung daran, ob man als Chirurg auf den OP-Plan gesetzt wird. Eigentlich konnte ich mich da nicht beklagen. Ich führte unter der Aufsicht der Oberärzte laparoskopische Gallenblasenentfernungen durch und durfte sogar die ersten krebsbefallenen Mägen entnehmen. Abends schrieb ich meine Forschungsergebnisse aus Südafrika und Yale zusammen, in der Hoffnung, sie bald in Fachzeitschriften zu veröffentlichen. Für die Entwicklung eines neuen Studienprojektes in Berlin fehlte mir aber jegliche Energie. Glücklicherweise genoss Weltenbummler Klaus noch die Schonfrist des Chefs. Der häufigste operative Eingriff war keineswegs die Versorgung eines Leistenbruchs oder die Blinddarmentfernung, sondern die Lebertransplantation. Einmal assistierte ich innerhalb von 24 Stunden gleich dreimal hintereinander dieser Marathonoperation und stand danach immer noch aufrecht am Tisch.

Das erste Jahr in Berlin verstrich wie im Fluge und ich meldete mich zur Facharztprüfung an. Ich ging mit etwas Bangen ins Examen, da ich die englische Terminologie wesentlich besser beherrschte als die deutsche, aber ich bestand. Nun war ich Facharzt der Chirurgie und fragte mich, wie es mit mir weitergehen sollte. Um mich zu habilitieren, würden mir sicherlich mindestens vier bis sechs Jahre harter Arbeit bevorstehen. Aber eigentlich wollten Tina und ich doch in der Dritten Welt etwas zum Wohle der Menschen bewegen. Dafür wollten wir unsere besten Jahre einsetzen. Eine Professur, das verstand ich schnell, diente mehr meinem eigenen Ego, als dass sie bahnbrechenden wissenschaftlichen Erkenntnissen zugutekam.

Auf Empfehlung meines Doktorvaters hatte ich mich an einen deutschen Missionsarzt in Quito, Ecuador, gewandt. In allgemeinen Worten bat ich ihn um Ratschläge für meine berufliche Zukunft. Seine schriftliche Antwort erreichte mich schneller als erwartet und beendete augenblicklich jegliches Grübeln über meine weiteren Karrierepläne.

„Wir brauchen dringend einen Chirurgen für das Hospital Vozandes del Oriente!“ Ich verschlang jeden Satz, den Dr. Eckehard Wolff zu Papier gebracht hatte. „Das Spital liegt am Rande des ecuadorianischen Dschungels“, schrieb er, „Sie können hier so ziemlich alles operieren, was Sie gelernt haben!“ Seiner Aufzählung entnahm ich aber auch, dass viele Operationen von mir verlangt würden, die ich noch nie assistiert, geschweige denn selbst gemacht hatte. Von Kaiserschnitten, Eileiterschwangerschaften und Entfernungen der Gebärmutter hatte ich keine Ahnung. Und von der Prostata wusste ich gerade mal, dass sie im männlichen Körper existierte. Sie aber selbst zu entfernen … Der Fall war mir bis dahin noch nicht vorgekommen.

Die Arbeitsplatzbeschreibung im Brief ließ mein Herz etwas in die Hose rutschen. Als einziger Chirurg an einem Urwaldkrankenhaus zu agieren, das klang nach permanenter Grenzerfahrung. Aber eigentlich war es genau das, was ich mein Leben lang angestrebt hatte. Im Februar 1997 nahm ich mir eine Woche Urlaub und flog mit der Air France nach Quito an den Äquator. Dieses „Lambarene" am Osthang der Anden musste ich mir einfach näher anschauen.

Die Missionsärzte Eckehard und Klaudia Wolff holten mich persönlich am Flughafen ab und quartierten mich gleich in ihrem Haus ein. Ihre Gastfreundschaft war grenzenlos. Die Gäste gaben sich bei ihnen förmlich die Klinke in die Hand. Vielleicht dachten sich die beiden, dass es bei fünf eigenen Kindern auf zwei oder drei Esser mehr am Tisch nicht ankäme.

Eine kleine Cessna der Missionary Aviation Fellowship brachte mich zwei Tage später über die Andenkette zum Zielort Shell. Die Ölgesellschaft gleichen Namens hatte 50 Jahre zuvor unweit der Ortschaft vergeblich nach dem schwarzen Gold gebohrt, wie man mir erzählte. Doch längst waren alle Bohrtürme abgebaut. Außer ihrem Namen hatte die Gesellschaft noch die betonierte Landebahn hinterlassen, auf der die einmotorige Maschine mit einem Ruck aufsetzte. Als sich die Tür des Flugzeugs öffnete, spürte ich mit voller Wucht das feuchtheiße Klima des Regenwaldes. Wie ich bald merkte, entlud sich die hohe Luftfeuchtigkeit fast halbstündlich in tropischen Regengüssen.

Doktor Roger Smalligan, ein amerikanischer Missionsarzt, zeigte mir jeden Winkel des Spitals, das 1958 von amerikanischen Missionaren gegründet worden war. Er gab sich sichtlich Mühe, mir einen zukünftigen Einsatz schmackhaft zu machen, denn seit sechs Jahren hatte das Krankenhaus keinen festangestellten Chirurgen mehr unter Vertrag gehabt. Besuchschirurgen aus der ganzen Welt halfen sporadisch aus, und daher war die Anzahl der Operationen den personalbedingten Schwankungen unterworfen. Gerade mal *ein* chirurgischer Patient lag auf der Station. Ich kämpfte ein wenig, um meine Enttäuschung zu verbergen, hatte ich doch eher das pulsierende Leben eines südafrikanischen Spitals erwartet. Für Lärm sorgten aber hier nur die tropischen Gewitter, deren regelmäßige Sturzfluten wie Maschinengewehrsalven gegen Dächer und Fenster trommelten. War diese kleine Klinik mit ihren 25 Betten tatsächlich das Ziel meiner beruflichen Wünsche? In mir wuchs große Ratlosigkeit. Das Spital machte auf mich einen hinterwäldlerischen Eindruck und es hatte auch schon bessere Tage gesehen.

Die Woche in Ecuador war im Nu verstrichen. Ich wusste wirklich nicht, ob ich jemals wieder an diesen verlassenen Ort zurückkehren würde. Am Flughafen von Quito wartete ich auf meinen Rückflug nach Deutschland. Meine Gemütsverfassung war nicht rosig und die Verspätung des Flugs trug auch nicht dazu bei, meine Stimmung aufzuhellen. Da betrat eine Stewardess die Halle und sprach mit einigen Passagieren. Sie wechselte auch ein paar Worte mit einem korpulenten Mann, den ich ohne Mühe als deutschen Touristen identifiziert hatte. Kaum war die Dame entschwunden, sprach ich den Herrn an: Vielleicht wüsste er den Grund der Verzögerung unserer Maschine? Doch er hatte keine Ahnung und unser Gespräch endete so abrupt, wie es begonnen hatte.

Schließlich ertönte der erlösende Aufruf und wir betraten den Flieger, der uns über den Wolken in die kolumbianische Hauptstadt Bogotà brachte. Hier war erst einmal große Pause angesagt. Der Weiterflug nach Paris würde zwei Stunden später erfolgen und man führte uns in eine überdimensionierte Transithalle, die fast menschenleer war. Hier konnte sich jeder seine eigene Sitzreihe aussuchen und sich sogar hinlegen. An Platz mangelte es wahrlich nicht. Ich setzte mich in die gähnende Einsamkeit und zückte ein Buch mit Kurzgeschichten.

„So sieht man sich wieder!" Unmittelbar neben mir plumpste ein schwerer Körper auf den Sitz und ich erkannte sogleich den Mann aus Quito.

„Welch eine Unverschämtheit!", dachte ich. „Wenn es tausend freie Stühle gibt, sollte man das Recht des Menschen auf einen gewissen privaten Abstand respektieren und sich gefälligst woanders hinfläzen." Ich brummelte einige undeutliche Worte und vertiefte mich demonstrativ in meine Lektüre.

„Was hat Sie denn nach Ecuador geführt?" Der Mann rückte gesellig zu mir herüber. Es hatte allen Anschein, als wolle er mit mir als Gesprächspartner die nächsten Stunden überbrücken. Meine Antwort hätte nicht kürzer ausfallen können. Ich hatte überhaupt keine Lust, mich unfreiwillig auf eine leutselige Unterhaltung einzulassen. Bewusst auffällig verringerte ich den Abstand zwischen meinem Kopf und dem Buch in meiner Hand. Falls der Dicke neben mir etwas von nonverbaler Kommunikation verstand, würde er jetzt wohl mitkriegen, dass mir an einer Plauderei mit ihm nicht gelegen war.

Doch mein Sitznachbar zeigte sich hartnäckig. Ich mochte mit meinen spartanischen Antworten zwar versuchen, jedes Gespräch abzuwürgen, es half nichts. Er plapperte eifrig weiter und ließ mir einfach keine Ruhe.

„Ich werde hier keinen Frieden finden!" Mit dieser bitteren Erkenntnis schlug ich mein Buch zu und gab Herrn Neugier neben mir bereitwillig Auskunft. Ich erzählte von meinem Besuch im Hospital Vozandes del Oriente und von unseren Überlegungen, als Ärzteehepaar langfristig in Ecuador zu arbeiten.

„Gehören Sie zu irgendeiner besonderen Kirchengemeinde?“ Dem unablässigen Frager erschien meine Lebensplanung wohl ziemlich merkwürdig und er schlussfolgerte, dass es sich bei mir um einen seltsamen Vogel handeln müsse. Vielleicht sogar aus der Kategorie religiöser Spinner.

„Ich gehe sonntags in eine kleine Freikirche, die Sie aber nicht kennen dürften!“

Meine Bemerkung stellte ihn noch nicht zufrieden. „Wie heißt denn Ihre Kirche?“

„Ich gehöre einer evangelisch-freikirchlichen Gemeinde an!“

„Was Sie nicht sagen!“ Sein verblüffter Gesichtsausdruck zeigte plötzlich echtes Interesse an einem Dialog, der bereits eine ganze Weile vor sich hingeplätschert war. „Ich gehöre in Essen der gleichen Gemeinde an!“ Es entstand eine kurze Pause, in der wir beide wohl diese überraschende Wende des Gesprächs reflektierten. „Übrigens bin ich in unserer Kirchengemeinde Leiter eines Dritte-Welt-Kreises. Wir könnten Sie doch als Gruppe bei Ihrer Arbeit in Ecuador unterstützen!“

Mein unfreiwilliges Treffen mit einem Mann, der mir auf den ersten Blick nicht sonderlich sympathisch gewesen war, nahm weiter an Spannung zu.

„Ich heiße übrigens Wolfgang Hasselhuhn!“

Er hatte recht. Bezogen auf die Länge unserer Konversation war eine offizielle Begrüßung längst überfällig. Nun holte er tief Luft und sprach von persönlichen Dingen, die wohl bei jedem Unbeteiligten tiefes Mitleid wecken mussten. „Vor vier Wochen ist meine Frau an Lungenkrebs gestorben!“ Er sprach langsam und jedes seiner Worte wog zentnerschwer. „Ich hing in einem tiefen Loch“, fuhr er fort, „und da hat mich mein Bruder zu sich eingeladen. Er arbeitet seit einigen Jahren in Ecuador als Entwicklungshelfer. Er meinte, ich solle mal auf ganz andere Gedanken kommen!" Herr Hasselhuhn und ich blickten uns in die Augen. Tief innen hatten wir uns verstanden: als Menschen mit Gefühl und Herz.

In diesem Augenblick sah ich den Fingerzeig von oben. Meine Frage, die mich eine ganze Woche umgetrieben hatte, war endlich beantwortet. Meine Frau und ich würden als Missionsärzte nach Ecuador ausreisen. Wolfgang Hasselhuhn, nur wenige Minuten zuvor ein völlig Unbekannter, würde in Essen für einen Teil unserer Unterstützung sorgen. Ich fühlte mich wie ein beschenktes Kind zu Weihnachten.

Aber auch Wolfgang stieg als Gewinner aus der Transithalle in den Flieger nach Paris. Einen Monat nach dem Verlust seiner Frau sah er endlich wieder eine sinnvolle Aufgabe: Er würde einen wichtigen Beitrag leisten, um Tina und mir unsere missionsärztliche Tätigkeit zu ermöglichen. Über zwanzig Jahre sind seit diesem mysteriösen Zwischenfall in Bogotà vergangen.

Wolfgang Hasselhuhn erreichte, dass sein Arbeitskreis und schließlich die gesamte Kirchengemeinde zu unseren treuesten Freunden wurden. Schätzungsweise 20 000 Euro haben sie für uns und unsere Projekte gesammelt. Die Kontakte aus dieser Gemeinde zogen weite Kreise. Als wir uns Jahre später anschickten, ein modernes Krankenhaus in Peru zu bauen, kamen aus dem Umfeld dieser Gemeinde weitere 100 000 Euro für die Ausstattung des Spitals zusammen.

Weder Wolfgang noch ich haben je daran gezweifelt, dass Gott dafür sorgte, dass sich unsere Wege in Quito und dann in Bogotà kreuzten.

Als ich einige Tage später meinen Dienst in der chirurgischen Klinik wieder aufnahm, berichtete ich voller Tatendrang von unseren Ausreiseplänen nach Ecuador. Meine Kollegen schüttelten ungläubig die Köpfe. Bei vielen Gesprächen hörte ich ein gewisses Mitleid über meine „naiven Anwandlungen“ heraus. Anstatt mich zu habilitieren, würde ich in einem Urwaldkrankenhaus versauern und dabei meine Karriere gründlich ruinieren.

Auch Prof. Neuhaus hörte von meiner Entscheidung und fackelte nicht lange. Augenblicklich wurde ich auf die Intensivstation strafversetzt. Damit durfte ich bis zu meinem Ausscheiden im darauffolgenden Jahr nicht mehr operieren. Die Habilitation war ein Angebot gewesen. Ich hatte es ausgeschlagen und musste nun den Preis dafür bezahlen. Trotzdem verließ mich nicht der Mut. Ich war mir nach dem Treffen mit Wolfgang Hasselhuhn felsenfest sicher, den richtigen Weg eingeschlagen zu haben.

Im Sommer 1997 beendete ich mein Arbeitsverhältnis und Tina stieg in das Berufsleben ein, um ihren deutschen Facharztabschluss in der Kinderheilkunde zu bekommen. Ein Jahr lang kümmerte ich mich nun um unsere Kinder. Mittlerweile waren es zwei, Dominik war 1996 zur Welt gekommen. Die meiste Zeit des Tages verbrachte ich mit unseren Kleinen; erst am Abend, wenn sie schliefen, saß ich am Schreibtisch und bereitete fieberhaft unsere Ausreise nach Ecuador vor.

Bald würde man uns ganz offiziell „Missionsärzte“ nennen. Tina und ich hatten immer wieder darauf hingewiesen, dass wir unseren ärztlichen Beruf in einem Land der Dritten Welt ausüben wollten und gewissermaßen nebenberuflich auch Christen seien. Der Ausdruck „Christ“ hat natürlich eine Menge mit Christus zu tun und der universale Anspruch Christi war mir durchaus bekannt. Meine Zweifel an Gott hatte ich fast gänzlich überwunden. Die übernatürliche Macht Gottes war für mich endlich wieder real, wie vor meinem Studienjahr in den USA viele Jahre zuvor. Meine eigenen mysteriösen Erfahrungen und Antworten auf meine Gebete schienen keinen anderen Schluss zuzulassen. Doch fühlte ich mich weder berufen noch getrieben, meinen privaten Glauben anderen anzubiedern.

Insgesamt hielt ich 50 Vorträge in Kirchen, Clubs und Krankenhäusern über unsere Zukunft in den Anden. Wenn Tina es ermöglichen konnte, begleitete sie mich. Wir druckten einige Tausend Flyer, auf denen wir unsere Pläne beschrieben und um Unterstützung baten. Wer wollte, konnte eine Antwortkarte schicken, auf der die Höhe der monatlichen Unterstützung vermerkt war. Die Missionsgesellschaft „Vereinigte Deutsche Missionshilfe“ aus Bassum nahm uns unter Vertrag, vorausgesetzt, dass wir die Spenden für unseren Unterhalt auftreiben würden. Das hieß im Klartext, dass viele großzügige Menschen uns langfristig finanziell tragen mussten. Dabei galt es, sowohl den Arbeitgeber- als auch den Arbeitnehmeranteil für die Sozialabgaben abzudecken. Außerdem wollten Tina und ich einen regelmäßigen Betrag an das ärztliche Versorgungswerk abführen. Nach Rücksprache mit anderen Missionsärzten hatten wir für uns beide zusammen einen monatlichen Bedarf von 7 700 DM veranschlagt. Damit würden Tina und ich – nach allen Abgaben – für unsere Tätigkeit als Kinderärztin und Chirurg jeweils ein monatliches Gehalt von 1 900 DM erhalten.

Einen Tag vor unserer Ausreise drückte ich auf die Returntaste meines Notebooks und die Excel-Datei ermittelte im Bruchteil einer Sekunde die Höhe der zugesagten Spenden. Immerhin über 100 Personen hatten ihre Karten eingeschickt. Ich traute meinen Augen nicht. Am Ende der Liste stand die Summe von 7 700 DM. Nach einem Jahr Öffentlichkeitsarbeit hatten Freunde und Verwandte uns auf freiwilliger Basis genau den Betrag versprochen, den wir Monate zuvor ins Auge gefasst hatten. Keine Mark zu wenig und keine zu viel!

Unter der Äquatorsonne

An einem strahlend blauen Septembermorgen landete die Maschine der KLM auf dem Flughafen der Hauptstadt Quito. Die Piste lag wie ein rechtwinkliges Viereck mitten in der Stadt. Aufgrund seiner Höhe von 2 800 Metern und der Lage in den Bergen war dieser Flugplatz eine echte Herausforderung für jeden Piloten. Als unsere Boing 737 die Geschwindigkeit drosselte, rollte sie an einer ausgebrannten russischen Tupolew vorbei. Bei einem missglückten Start drei Wochen zuvor war sie am Ende der Startbahn gegen die Umzäunung geknallt und in Flammen aufgegangen.

Vor uns funkelte im gleißenden Licht der aufgehenden Sonne das ewige Eis des Cotopaxis. Der Bergkegel des fast 6 000 Meter hohen Vulkans thronte majestätisch und ein wenig bedrohlich über dem Horizont. Schon viermal hatte er im Laufe der Jahrhunderte die Stadt Latacunga an seinem Fuße dem Erdboden gleichgemacht. Doch statt Lava warf er uns zur Begrüßung nur seine Lichtreflexe aus 100 Kilometern Entfernung zu.

Tausend neue Eindrücke stürmten auf uns ein. Diesmal kam ich nicht allein mit dem Rucksack auf dem Rücken, sondern eine vierköpfige Familie versuchte in einem neuen Sprach- und Kulturraum Fuß zu fassen. Wir mieteten uns in einem Haus von Missionaren ein, die für einige Monate auf Heimaturlaub in die USA zurückgereist waren.

Schon nach ein paar Tagen begannen wir mit dem Studium der spanischen Sprache. Eine nette Ecuadorianerin besuchte uns täglich für zwei Stunden und übte mit Tina und mir die ersten zaghaften Dialoge. Natalie und Dominik erlebten ihren eigenen Kulturschock. Für zwei, drei Stunden am Morgen besuchten sie einen Kindergarten, der nicht weit von unserem Haus lag. Sie waren erst vier und zwei Jahre alt.

Während sie zu Hause munter drauflosplapperten, brachten sie unter ecuadorianischen Kindern monatelang kaum eine Silbe über ihre Lippen.

„Hey, Klaus, willst du mitkommen?“ Friedemann Becker sprach mit einer Betonung, die mein Ja schon fast erwartete. „Pastor Rolando und ich besuchen ein Quechua-Dorf im Süden des Landes!“

Das Angebot klang verlockend. Drei Tage unter Indianern zu leben war wohl der beste Weg, ihre Lebensumstände tatsächlich kennenzulernen. Es war November und die Regenzeit hatte noch nicht eingesetzt.

Stunde um Stunde schleppte sich der Überlandbus über die westliche Bergkette der Anden. Neben mir saß Friedemann Becker. Acht Jahre hatte er schon unter den Quechua-Indianern Ecuadors als Missionspastor gearbeitet. Hinter mir döste Senior Rolando Martinez auf seinem Sitz und sein Kopf schaukelte in jeder unsanften Kurve hin und her. Zehn Jahre zuvor hatte er als Kommandeur der Terrorgruppe „Der Leuchtende Pfad“ in Peru Angst und Schrecken verbreitet. Jetzt erzählte er als Pastor den Quechuas in Ecuador, warum er dem Terrorismus abgeschworen hatte. Der Glaube an Christus hatte ihn offensichtlich völlig verändert.

Unser Zielort war das Indianerdorf Cascajal in den Ausläufern der Anden. Als wir am frühen Abend eintrafen, wurden wir sofort in die Gemeinschaft integriert. Auf einer Lichtung im Wald hatten sich über zweihundert Indianer im trüben Schein einiger Glühlampen versammelt. Gegen acht Uhr läutete eine Band das musikalische Vorprogramm ein. Die Lieder auf Quechua und Spanisch, untermalt mit E-Gitarre und Schlagzeug, waren so laut, dass wohl jeder in der nahen Siedlung live dabei sein konnte. Drei Stunden später folgte die Predigt. Um Mitternacht endete der Gottesdienst mit Gebet. Betroffen ging ich in unser Quartier, eine kleine Holzhütte am Rande einer tiefen Schlucht, und kroch in meinen Schlafsack. Hatte ich jemals eine solche Frömmigkeit erlebt wie bei diesen Indios?

Der nächste Morgen begann mit einem Marsch zum Fluss hinunter. Das Wasser war zwar eisig kalt – aber was tat man nicht alles für seine Sauberkeit! Zum Frühstück gab es warme Suppe und eine Schale Reis mit etwas Fleisch. Wohl zwei Dutzend Indianer saßen mit uns im Kreis und freuten sich darüber, dass wir ihre Gastfreundschaft angenommen hatten.

Die folgenden Tage nutzte ich, um viele Fragen zu stellen: „Wo ist das nächste Krankenhaus? Wohin geht ihr, wenn ihr krank seid?“ Das Bild, das sich mir bot, war katastrophal. Die medizinische Versorgung für die halbe Million Quechuas in der Provinz Chimborazo (wie fast überall in den Anden) spottete jeder Beschreibung. Eine ärztliche Behandlung in einer der fernen Städte blieb für die meisten unerschwinglich. Krankheit und Tod bedrohten ihr Leben wie ein dunkles Schicksal.

Der letzte Abend- oder besser gesagt Nachtgottesdienst war vorbei. Um eins in der Frühe warteten wir auf einen vorbeifahrenden Reisebus und mit uns eine große Gruppe von Indianern. Sie reichten jedem von uns zur Stärkung eine Schale mit Reis und Fisch. Während wir versuchten, die großen Portionen zu vertilgen, steckte uns der Gemeindeleiter mit einem dankbaren Kopfnicken das Fahrgeld in die Jackentasche. Beschämt blickte ich auf meinen Teller: Wie kann ich Geld von einem Mann annehmen, der am Existenzminimum lebt?

Schließlich leuchteten die Scheinwerfer eines Busses in der Dunkelheit auf. Als wir langsam einstiegen, streckten sich noch einmal 20 oder gar 30 Hände durch die Bustür. Kleine Kinder, alte Männer und junge Frauen brachten uns ein letztes Mal ihre Liebe entgegen. In wenigen Sekunden schüttelte ich so viele Hände wie ich konnte.

Der Bus kämpfte sich schnaufend die steilen Serpentinen der Berge hinauf. Das Brummen des Motors wirkte unglaublich beruhigend, aber wohl keine drei Minuten später nahm ich nichts mehr wahr. Der Schlaf hatte mich übermannt.

Noch viele Jahre später sah ich sie vor mir, diese ausgestreckten Hände. Und ich hörte ihre dankbaren Rufe zum Abschied. Meine Entscheidung des Vorjahres, als Missionsarzt für Indianer zu arbeiten, war eine rein verstandesmäßige Entscheidung im Sinne von Richtig und Falsch gewesen. Der Besuch in Cascajal hatte nun endlich mein Gefühl geweckt. Diesen Menschen wollte ich einmal ein Krankenhaus bauen. Ihre Hände in der Tür hatten um nichts gebettelt, aber ich spürte in jeder ihrer Gesten und Worte die unausgesprochene Bitte um Hilfe. Ihrem Hilferuf würde ich mich nicht entziehen, denn auf eine seltsame Weise hatte ich diese Berglandindios richtig lieb gewonnen.

Zusammen mit vielen anderen Missionaren nahmen wir an unserer ersten Weihnachtsfeier in Südamerika teil. Noch steckten wir in der Sprachschule und kämpften wacker, um unser spanisches Vokabular zu erweitern. Auf jener Feier aber sprachen fast alle Gäste Englisch. Unbeschwert plauderten wir also mit.

Besonders angeregt unterhielt ich mich mit einem stämmigen Mann, der sich als Judd Johnson vorstellte. Man hatte mir zugeflüstert, Judd sei Bauingenieur und habe eine Menge Ahnung von Krankenhäusern. „Was meinen Sie“, fragte ich ihn interessiert, „was würde es kosten, hier in Südamerika ein neues Missionskrankenhaus zu bauen?“ Sein Gesicht verzog keine Miene. „Dazu gibt es eine Formel“, sagte er. „Sie bezieht sich auf die Anzahl der Quadratmeter des Projektes!“

Sieben Jahre später rollten die Baufahrzeuge zweitausend Kilometer entfernt im Nachbarland Peru. Der Chef des Bautrupps war ein US-Amerikaner, der gut 100 Kilo auf die Waage brachte: Judd Johnson.

Im Februar 1999 reisten wir nach Shell, wo sich unsere zukünftige Wirkungsstätte, das Hospital Vozandes del Oriente, befand. Bei strömendem Regen fuhren wir mit dem Auto im Schritttempo durch den Ort auf der Suche nach einem Zuhause. Durch die beschlagene Fensterscheibe machten wir bald ein Haus mit einer kleinen überdachten Veranda aus, das uns gefiel. Wir hielten an und klopften an die Tür. Ein ecuadorianischer Militäroffizier um die dreißig öffnete.

„Könnten Sie sich vorstellen, das Haus an uns zu vermieten?“ Unsere Frage schien ihn in keiner Weise zu überraschen. Er besprach die Angelegenheit recht flott mit seiner Frau und schon feilten wir gemeinsam an den Details eines Vertrags.

Das Gebäude war, wie die meisten Bauwerke in der Gegend, noch im Bau befindlich. Wir vereinbarten eine kräftige Anzahlung, damit in den folgenden sechs Wochen bis zu unserem offiziellen Umzug alle notwendigen baulichen Veränderungen erledigt werden könnten. Es fehlten noch eine Mauer zum Schutz vor Einbrüchen, die Vergitterung der Fenster, ein entsprechendes Tor und die Renovierung der Innenräume. „Machen Sie sich überhaupt keine Gedanken“, versprachen unsere neuen Vermieter. „Alles wird zu Ihrer vollsten Zufriedenheit fertiggestellt!“

In Quito hatten wir bereits einige Möbel erstanden. So bog denn im Mai schließlich unser kleiner Möbelwagen um die Ecke und kam schnaufend vor unserem gemieteten Haus zum Stehen. Unser Blick erstarrte. Es fehlten die Mauer, das Tor und die Gitter vor den Fenstern. Drinnen strichen einige Ecuadorianer mit Pinseln ziemlich wahllos noch etwas Farbe an die Wand. Wir waren geschockt. Erst im Laufe der Zeit lernten wir, dass zeitliche Zusagen und Versprechen in Lateinamerika eine untergeordnete Bedeutung haben. Es handelt sich meist um Absichtserklärungen, von denen eigentlich jeder weiß, dass es bei der Umsetzung etwas hapern wird.

Am 10. Mai 1999 begann mein Dienst am legendären Hospital Vozandes del Oriente. Drei Jahre lang hatte ich keinen Operationssaal mehr betreten und ich fühlte mich in meiner Haut ziemlich unwohl. Der erste reguläre Eingriff im OP wurde gleich zum Sprung ins kalte Wasser. In Puyo, der Hauptstadt der Provinz Pastaza, fand das alljährliche Stadtfest statt. Irgendwo im Getümmel der Feierlichkeiten verspürte ein junger Motorradfahrer den intensiven Wunsch, seiner Freundin hinter sich auf dem Sitz einen Kuss zu geben. Dieser zärtliche Liebesbeweis blieb nicht ohne Folgen, denn der Aufprall mit dem Lastwagen war schmerzlich. Beide trugen schwere Knochenbrüche davon und mussten umgehend in ein Krankenhaus eingeliefert werden. Die Frage war nur, in welches. Wegen des Feiertages in Puyo waren die Ärzte der drei dortigen Krankenhäuser nicht verfügbar. Also brachte ein Autokonvoi die beiden Schwerverletzten nach Shell. Um Mitternacht stabilisierte ich erst einmal die Brüche. Tags darauf wurde das Pärchen mit einem Flugzeug zur Weiterbehandlung in die Hauptstadt Quito verlegt.

Zwei Wochen später traf Dr. Michael Stathis aus Australien ein. Dieser Veteran der Chirurgie hatte eingewilligt, zwei Monate mit mir zu operieren, um mir den Einstieg etwas zu erleichtern. Diese Hilfe war mir sehr willkommen. Wir verbrachten eine schöne und lehrreiche Zeit miteinander. An einem Dienstagmorgen führten wir gerade eine Schilddrüsenentfernung durch, als Steve Manock, einer der Allgemeinärzte, in den Operationssaal stürmte. Er war ziemlich aufgeregt. „Ihr müsst sofort einen Kaiserschnitt machen", rief er, „sonst stirbt das Kind!"

Wir hatten nur eine Anästhesistin und wir als die einzigen Chirurgen befanden uns mitten in einer kniffligen Operation. „Steve, schick die Frau nach Puyo, unsere OP dauert mindestens noch eine Stunde", murmelte ich hinter meinem Mundschutz.

Doch Dr. Manock blieb unnachgiebig. „Entweder wir entbinden das Kind augenblicklich per Kaiserschnitt oder jede Hilfe kommt zu spät!"

In wenigen Sekunden hatten wir einen Krisenplan erstellt. Ich rannte mit einem Medizinstudenten in den Nachbar-OP und stellte mich mental auf den ersten Kaiserschnitt meiner Karriere ein. Die Anästhesistin folgte mir und startete das Narkosegerät. Steve Manock übernahm nach einer zweiminütigen Einführung in die hohe Kunst der Anästhesie die Narkoseführung im Saal 1.

Mein Puls lag in diesem Moment sicherlich um einiges über dem Herzschlag des Babys. Nach einem Stoßgebet zum Himmel fand ich meinen Weg durch die Bauchdecke und hielt bald darauf ein kleines Neugeborenes in Händen. Ein Schrei ertönte und Luft strömte in die kleinen Lungen. Auch ich atmete vor Erleichterung tief durch.

Während meiner viereinhalb Jahre am Missionsspital operierte ich ungefähr 2 000 Patienten. Die Eingriffe waren so unterschiedlich wie die gesundheitlichen Probleme der Kranken. In der Allgemeinchirurgie kannte ich mich nach meiner siebenjährigen Assistenzarztzeit gut aus. Operationen der Gallenblase, des Blinddarms, des Dickdarms sowie Leistenbrüche und Amputationen gehörten zu meinem ureigenen Arbeitsbereich ... was man jedoch von Gebärmutterentfernungen, Eileiterschwangerschaften, großen Zysten des Eierstocks und den eben schon erwähnten Kaiserschnitten nicht sagen konnte. Aber ich lernte diese Eingriffe ebenso wie die Prostataoperationen aus dem Bereich der Urologie. Bei Knochenbrüchen und Sehnenverletzungen konsultierte ich vorher stets meine kleine Fachbibliothek.

Vom ersten Tag an erfasste ich fortlaufend die Daten meiner Patienten und notierte zwar ungern, aber gewissenhaft, alle Komplikationen, die sich hin und wieder einstellten. Keinen einzigen Operationstag begann ich, ohne um Gottes Bewahrung zu bitten. Von meinen ersten 1 000 Patienten, die ich unter dem Messer hatte, verstarb keiner operationsbedingt. Dieses erstaunliche Ergebnis kann ich bis heute nur dem besonderen Segen Gottes zuschreiben.

Viele der endlosen Stunden im Operationssaal haben sich für immer in meine Erinnerung eingebrannt. Der manchmal verzweifelte Kampf um das Leben der Patienten, die nicht selten im Schockzustand ins Spital eingeliefert worden waren, verfolgte mich bis in den Schlaf. Anders als an großen Kliniken in Europa ist der Missionschirurg meist auf sich alleine angewiesen. Niemand ist da, der ihm kompetent assistieren könnte. Wer mehrere Jahre diese ewigen Kämpfe im OP ausgestanden hat, ist um viele Erfahrungen und graue Haare reicher geworden. Manche Patientengeschichten lesen sich wie regelrechte Thriller.

So war es auch, als das Telefon klingelte und ein Arzt sich aus einer Ortschaft im nördlichen Regenwald meldete: „Wir haben hier einen jungen Mann, der sich heute Morgen beim Sprung in den Fluss mit einem Pfahl aufgespießt hat!“ Der Ton seiner Stimme machte deutlich, dass der junge Mann mit dem Tod rang. Nun malte der Arzt uns ein schreckliches Bild vor Augen. „Das Holz ist durch die Brustwand in die Lunge und dann durch das Zwerchfell in die Leber gedrungen. Könnt ihr helfen?“

Er hatte bereits versucht, den Schwerverletzten per Flugzeug in die Hauptstadt Quito zu verlegen. Aber just einen Tag zuvor war nach 100 Jahren des Schweigens der mächtige Vulkan Pichincha vor den Toren der Stadt ausgebrochen. Der Ascheregen bedeckte mit seinem grauen Pulver die Landebahn und der Flughafen musste geschlossen werden. Notgedrungen willigten wir in die Verlegung des Patienten ein.

Als eine Cessna am nächsten Morgen den halbtoten Shuar-Indianer nach Shell flog, stand der Rettungswagen schon bereit und das OP-Team ebenfalls. Ich öffnete Brustkorb und Bauchraum und fand überall ein Meer von Blut vor. Die Genesungsphase des Mannes zog sich über Monate hin, aber er überlebte!

Missionsspitäler zeichnen sich meist durch eine hoch motivierte Mitarbeiterschaft aus. Die Missionare aus Europa oder den USA tun ihre Arbeit nicht des Geldes wegen. Der Dienst am Kranken ist vielmehr ein Ausdruck ihres Glaubens. Deshalb springen sie auch nachts aus dem Bett, ohne zu murren. Diese Haltung findet man an staatlichen Häusern in Ländern der Dritten Welt nur selten.

Ich hatte immer fünf Wochen hintereinander Tag und Nacht Bereitschaftsdienst. Das Telefon befand sich griffbereit neben meinem Kopfkissen. Wenn es in der Nacht klingelte, konnte ich eigentlich sofort in die Schuhe springen. So war es auch an einem Sonntagmorgen um 5 Uhr. Draußen herrschte noch Dunkelheit und ein jeder lag in seinen weichen Federn und schlief fest. Mitten in dieser friedlichen Stille kam ein Krankenwagen mit quietschenden Bremsen vor der Tür des Missionsspitals zum Stehen. Zwei ecuadorianische Ärzte pressten Handtücher auf den Hals eines Mannes, um dessen Blutverlust ein wenig zu drosseln. In einer Messerstecherei war dem Indianer die Klinge durch den Hals bis an die Schädelbasis gedrungen. Der Stich hatte die größte Vene im Halsbereich durchtrennt.

Aus unerfindlichen Gründen war in jener Nacht kein Chirurg in Puyo verfügbar. Während ich zum Spital rannte, wurden mehrere Missionare zum Blutspenden aus den Betten geholt. Fünf streckten wenige Minuten später ihren Arm aus, um mit ihrem Blut das Leben dieses unbekannten Patienten zu retten. Der erste Blutspender war Dr. Roger Smalligan, Allgemeinarzt und ärztlicher Direktor des Krankenhauses.

Kaum hatte man ihm 300 Milliliter Blut abgezapft, eilte er, so schnell er konnte, in den Operationssaal, um mir als erster Assistent beizustehen. Nach unten zu, konnte ich die Vene in den Tiefen der Wunde darstellen und abbinden. Doch an die Schädelbasis kam ich einfach nicht heran, egal, wie tief wir die Haken einsetzten. Irgendwie tamponierte ich die Wunde aus und brachte die Blutung zum Stehen.

Das ganze OP-Team verschnaufte und beriet nun, was weiter zu tun wäre. Wegen des Risikos einer Nachblutung sprach ich mich für die Verlegung des Kranken nach Quito aus. Dr. Smalligan klemmte sich umgehend ans Telefon und rief das größte staatliche Krankenhaus der Hauptstadt an. Das Hospital Eugenio Espejo war offen für arme Patienten, sein Standard lag aber deutlich unter dem der Privatkliniken für die reiche Oberschicht.

Die Nachricht, die er aus Quito erhielt, war ziemlich ernüchternd: „Jetzt ist doch gerade Karneval“, informierte ihn eine Krankenschwester. „In den nächsten drei Tagen wird überhaupt kein Chirurg ins Spital kommen!“ Also behielten wir den Patienten bis zu seiner Entlassung ein paar Tage darauf bei uns.

Missionsärzte arbeiten meist an schlecht ausgestatteten

Spitälern, die nicht selten mit veralteten Geräten bestückt sind. Kaputte Maschinen und chronische finanzielle Engpässe sowie Personalmangel erfordern ein ständiges Improvisieren. Dieses Gefühl der Hilflosigkeit veranlasst Ärzte und Krankenschwestern, ihre Zuflucht im Gebet zu suchen. Bei mir war es jedenfalls so.

Ich erinnere mich gut an einen Fall mit einem großen Bauchwandbruch. Der Bruchsack war in der Tat beeindruckend. Vorsichtig präparierte ich mich durch die Gewebsschichten und versuchte, mir einen Überblick zu verschaffen. Doch je länger ich mit Schere und Messer hantierte, desto unübersichtlicher gestaltete sich das Bild. Nach zwei Stunden wusste ich nicht mehr, wo oben und unten war. Entmutigt legte ich die Instrumente aus der Hand. Der Anästhesist Dr. Kime, ein US-Amerikaner im Ruhestand, sah meine Notlage. Gemeinsam stellten wir uns in die Ecke des Operationssaales und beteten laut um Gottes Beistand. Es dauerte keine zehn Minuten und ich verstand die Anatomie des Operationsfeldes. Binnen kurzer Zeit war die Operation beendet.

Ähnlich verlief es mit einem eingeklemmten Stein im unteren Gallengang. Die arme Patientin hatte acht Stunden Fahrt über eine Schotterpiste überstanden – in der Hoffnung, dass wir sie von ihrem Leiden erlösen würden. Die Gallenblase war rasch entfernt, aber der Stein saß trotz aller angewandten Tricks und Kniffe unbeweglich fest. Stunde um Stunde verging und schließlich gab ich es auf.

In diesem Augenblick betete Dr. Kime: „Gott, du hast gesagt, wenn wir einen Glauben haben wie ein Senfkorn, können wir Berge versetzen. Dieser Gallenstein ist doch nur klitzeklein. Bitte hilf uns!“ Ein allerletztes Mal schob ich die Sonde in den Gallengang. Sekunden später flutschte der Stein in den Zwölffingerdarm und wir hatten unser Ziel erreicht.

Das Gebet vor und während einer Operation ist für mich nicht selten der einzige Schlüssel zum Erfolg. Ich kann bestätigen: In dem Maße, wie man sich Gott anvertraut und von ihm abhängig weiß, erfährt man die Hilfe von oben.

Nach einem meiner Vorträge in einem Rotary Club in Wolfenbüttel sprach mich zum Abschied ein chirurgischer Chefarzt im Ruhestand an. „Am besten hat mir gefallen", sagte er, indem er kräftig meine Hand drückte, „dass Sie immer im OP beten. Ich habe das zu meiner Zeit auch getan, allerdings leise!"

An jedem Abend drehte ich um 21 Uhr eine Runde auf der Station, um den Zustand meiner Patienten zu überprüfen. Diese engmaschigen Kontrollen trugen wesentlich zu den guten Ergebnissen bei. Die Arbeit machte mir zunehmend Spaß. Tief innen ahnte ich aber, dass unsere Jahre in Shell nur der Vorbereitung auf eine größere Aufgabe dienten. Tina und ich sprachen immer wieder über den Bau eines eigenen Missionsspitals für die Armen. Zudem merkten wir im Laufe der Monate, dass eine Reihe armer Patienten von der Krankenhausdirektion abgewiesen wurde. Es fehlte einfach Geld im Wohltätigkeitsfonds der Klinik. Eine deutliche Verschiebung der Patientenschaft zu einer zahlungskräftigen Klientel der Mittelklasse war unverkennbar. Wir hatten aber nicht unsere Karrieren aufgegeben, um für die Reichen zu arbeiten. Unser heimlicher Herzenswunsch eines neuen Missionskrankenhauses in den Anden, das ganz besonders die Armen im Blick hatte, wurde für uns immer dringlicher.

Von einem Krankenhaus zu träumen ist eine Sache, es aber konkret zu planen, eine ganz andere. An einem trüben Septembertag saß ich am Abend im Zimmer eines Gästehauses in der Hauptstadt Quito. Ich starrte an die weiße Wand und hing dunklen Gedanken nach. Wie sollte es für meine Frau und mich jemals möglich werden, solch ein Mammutprojekt anzugehen? Gaben wir uns nicht einer Lebenslüge hin, einer Fata Morgana, die uns ein Bild vorgaukelte, das in Wirklichkeit nicht existierte? Ich spürte deutlich, dass sich unserem vagen Traum schier unüberwindliche Schwierigkeiten entgegenstellten.

Traurig öffnete ich mein kleines Andachtsbuch. Der empfohlene Bibeltext für den Tag stand in Psalm 32. Als ich bei Vers 8 ankam, rissen mich die Worte augenblicklich aus meiner depressiven Stimmung. Dort hieß es: „Gott sagt: Meine Augen sind auf dich gerichtet. Ich werde dir Anleitungen und Ratschläge geben und dir den Weg zeigen, den du gehen sollst!"

In meinem Kopf begann es fieberhaft zu arbeiten. Wenn Gott mich Schritt für Schritt durch die Planungen führen und mir die notwendigen Kontakte verschaffen könnte, dann wäre doch wirklich alles möglich! Meine Resignation wich einem unglaublichen Hochgefühl. Ich hatte plötzlich die felsenfeste Überzeugung, dass dieses Missionskrankenhaus nicht nur entstehen könnte, sondern entstehen *würde*. Nicht ich trüge dabei die letzte Verantwortung, sondern Gott selbst. Er würde mich an seine Hand nehmen und mich schon wissen lassen, welche Aktionen ich wann und wo unternehmen müsste.

Jede große Vision hat ihre Geburtsstunde. Und der Beginn von Diospi Suyana datiert sich haargenau auf den 27. September des Jahres 2000. Seit jener Eingebung habe ich niemals mehr an der Durchführung des Projektes gezweifelt. Ich ahnte damals natürlich nicht, dass ich einmal 430 000 Kilometer im Auto durch Europa, Australien und Nordamerika reisen würde, um Diospi Suyana in die Kirchen, Clubs und Wohnzimmer zu tragen. Aber die innere Überzeugung, die mir später half, selbst lange Durststrecken zu überstehen, war in jenen Sekunden entstanden.

Martina und ich würden also ein Krankenhaus gründen. Genauer gesagt würden nicht *wir* es tun, sondern Gott durch uns. Aber ich hatte weder von Projektentwicklung im Allgemeinen noch von der Planung von Krankenhäusern im Besonderen eine Ahnung. Mir war klar, ich müsste Fakten sammeln und viele Fragen stellen, am besten bei Leuten, die mir auch fundierte Antworten geben könnten.

Am 2. Oktober 2000 reiste ich ein zweites Mal nach Peru und Bolivien. Auf Empfehlung eines peruanischen Bekannten aus Quito besuchte ich zuerst eine kleine christliche Krankenstation in Chilimarca bei Cochabamba, Bolivien. Sie wurde von Jose Miguel de Angulo geleitet, einem kolumbianischen Arzt. Als ich ihm von meinem Fernziel erzählte, ein Missionsspital zu bauen, sparte er in keiner Weise mit Kritik. Aus den unterschiedlichsten Gründen hatte ich in ihm keinen Fürsprecher gefunden. Bevor er mich auf meine weitere Reise entließ, verkaufte er mir jedoch ein Exemplar des Buches „Eine neue Strategie für medizinische Mission" (A New Agenda For Medical Missions). Es diente mir eineinhalb Jahre später als wertvolle Informationsquelle. Zum Beispiel wird darin hervorgehoben, dass die Einrichtung von Krankenhäusern mit der Entwicklung der dörflichen Gesundheitsvorsorge Hand in Hand gehen müsse.

Mit einer kleinen Maschine flog ich von La Paz über den Titicacasee nach Cusco und traf dort wenige Tage später den englischen Missionsarzt Dr. Nat Davis. In den Siebzigerjahren hatte er an einem Missionsspital in Urcos, das eine Stunde Fahrtzeit südlich von Cusco liegt, gearbeitet. Er sah in meinen Zukunftsplänen keine abgehobenen Hirngespinste, sondern nahm sie gleich ernst. Wie er mir Jahre später anvertraute, war er vom ersten Augenblick an davon überzeugt, dass dieses Krankenhaus einmal entstehen würde. Das Wo und Wann blieb zwar noch unklar, aber das „Ob" war für ihn intuitiv beantwortet.

Im Januar 2001 kehrte ich in Begleitung meiner Frau und unserer Kinder zum dritten Mal nach Peru zurück. Gemeinsam besichtigten wir mit Nat Davis die Überreste der alten Klinik in Urcos. Von ihrer großen Vergangenheit war nichts mehr zu sehen. Die kaputten Fensterscheiben und der von den Wänden bröckelnde Putz riefen laut nach einer Abbruchfirma. Aus diesen Ruinen würde sicherlich nie mehr ein neues Spital wie ein Phönix aus der Asche entstehen. Am Nachmittag saßen wir bei Familie Davis im Wohnzimmer. Wir unterhielten uns über ein zukünftiges Krankenhaus, als ob mehrere Millionen US-Dollar auf einem Konto bereitstünden und Expertengremien bereits alle Detailpläne erstellt hätten. Für einen Außenstehenden musste die Szene einfach lächerlich wirken.

„Vielleicht interessiert es euch", sagte Dr. Davis mit einem gewissen Schmunzeln, „heute Morgen riefen mich einige Mitglieder meiner Kirchengemeinde an. Sie wollten wissen, wann genau das neue Krankenhaus seinen Dienst aufnehmen wird ..."

Wie es sich für gute Touristen gehört, fuhren wir mit den Kindern in einer Bimmelbahn nach Machu Picchu. Der Zauber jener mystischen Inkastadt packte uns alle. Was für eine Zukunftsperspektive, einmal in ihrer Nähe leben und arbeiten zu können!

Ein ganzes Jahr lang passierte nichts mehr, was auf eine Konkretisierung unserer Vision hindeutete. Allerdings hatten wir am Hospital Vozandes del Oriente auch mehr als genug zu tun. Es rumorte zwar tief in uns, aber wir wussten einfach nicht, wie wir mit den Planungen anfangen sollten.

Am 18. Januar 2002 stand ich im Schlafzimmer am

Telefon und bat unseren Kollegen Steve Manock um eine Wegbeschreibung zu einem Ausflugsziel in Ecuador. Das Wochenende stand vor der Tür und ich hatte ausnahmsweise frei.

„Ach, übrigens“ bemerkte Steve, indem er plötzlich das Thema wechselte, „unsere Kollegin Jane Weaver hat Probleme, in Quito ihre Lizenz als Missionsärztin zu erhalten. Was hältst du eigentlich davon, wenn sie für ein Jahr zu uns nach Shell käme?“

Von dieser Schnapsidee hielt ich überhaupt nichts. Jane war eine junge amerikanische Chirurgin und ihre Mitarbeit bei uns würde die Anzahl meiner Operationen pro Jahr von 600 auf 300 reduzieren. Ich wollte Steve eben eine scharfe Antwort geben, als Tina sich neben mir zu Wort meldete: „Klaus“, flüsterte sie mir in gedämpftem Ton zu, „wir wollen doch ein Krankenhaus bauen. Dazu brauchst du Zeit ... Lass Jane ruhig kommen!“

Ich starrte Tina entgeistert an. Mit solch einer Bemerkung an einem Freitagabend hatte ich wahrlich nicht gerechnet. Aber irgendetwas ließ mich innerlich aufhorchen. „Steve, ja, ich habe nichts dagegen, dass Jane hier mitarbeitet. Sie kann hier so viel operieren, wie sie will!“ Ich legte behutsam den Hörer auf die Gabel und blickte zu Tina hinüber. Mit einer plötzlichen Entschlossenheit sagte sie leise, aber bestimmt: „Wir sind schon über 40 Jahre alt. Entweder wir packen das Projekt jetzt an oder nie!“ Man kann es schwer in Worte fassen, aber wir spürten in diesem Augenblick, dass das Startsignal für unseren langgehegten Lebenstraum gegeben war.

Am nächsten Morgen setzte ich mich an meinen Schreibtisch und schrieb die erste Seite eines Projektentwurfs. Dreieinhalb Jahre später sollte er folgerichtig zum ersten Spatenstich eines Krankenhauses in Curahuasi/Peru führen. Der originale Wortlaut der ersten beiden Absätze erwies sich rückblickend fast als prophetisch. Der Text atmete die feste Gewissheit, dass etwas entstehen würde, was außer uns niemand in Peru, Ecuador oder Deutschland zu jenem Zeitpunkt ahnte.

„Der vorliegende Entwurf beschreibt die Entwicklung eines Missionsspitals für die Indianer in Peru bzw. Bolivien. Er erläutert die Gründe, die den Bau einer solchen Einrichtung als sinnvoll erscheinen lassen, und zeigt die möglichen Schritte auf dem Weg zum fertigen Projekt im Sinne einer Machbarkeitsstudie. Die Idee zu diesem Werk hat sich im Laufe der Jahre bei meiner Frau Martina und mir herauskristallisiert."

Etwas weiter unten schrieb ich: „Man kann so ein Vorhaben wie eine medizinische Klinik nicht von heute auf morgen ersinnen und aus dem Boden stampfen. Uns ist klar, dass sich die Planungen und Vorarbeiten über einige Jahre hinziehen könnten. Viele Menschen werden uns sicherlich als Berater und Impulsgeber zur Seite stehen, sodass das endgültige Produkt ein Teamergebnis sein wird. Bei allen Überlegungen wollen wir bewusst im Gebet um Gottes Segen und Führung bitten!"

Sechs Monate lang nutzte ich jede verfügbare Minute in den Nachtstunden oder am Wochenende, um mich in die Materie einzulesen. Ich kaufte Bücher über Peru und Bolivien und unterstrich mit einem Bleistift sorgfältig jeden Punkt, der mir beim Lesen wichtig erschien. Ich studierte aufmerksam die Landkarten beider Länder und befragte so ziemlich jeden, der mir begegnete und mehr von Südamerika wusste als ich.

Als mir in einer staubigen Ecke die alten Baupläne des Spitals in die Hände fielen, zeichnete ich den Entwurf gewissenhaft in meinen Computer ab. Dann fragte ich mich, was eigentlich am Krankenhaus in Shell verbesserungswürdig wäre. Diese Analyse führte im zweiten Schritt zu einer neuen Klinik, die all diese Mängel nicht aufweisen würde. Vor meinem geistigen Auge entstand ein modernes Krankenhaus mit eigener Intensivstation, Endoskopie- und Zahnarztraum, einem großzügigen Auditorium, einem Einkaufsladen und ausreichend Stauräumen. Dass diese Einrichtung mit Operationssälen, Röntgen- und Sprechzimmern ausgestattet sein würde, verstand sich von selbst. Im Juni war der Erstentwurf fertig. Er umfasste 50 Seiten und ging detailliert auf die Gründe ein, die für den Bau eines neuen Krankenhauses sprachen. Zudem behandelte er den möglichen Standort, die Ziele unserer Arbeit, die Finanzierung, die Leitungsstruktur und die Bildung von Vereinen in Deutschland und Südamerika.

Als besonderes Bonbon zeichnete ich eine Skizze dieses Krankenhauses, so wie ich es mir in der Fantasie vorstellte. Mit einem genauen Zeitplan beschrieb ich die einzelnen Schritte von der Idee bis zur Ausführung. Das Ganze würde natürlich allerhand kosten. Zwischen 2 und 3 Millionen US-Dollar hatten wir für den Bau und die Ausrüstung veranschlagt. Allerdings benötigten wir für eine realistische Umsetzung auch die Kooperation von 25 bis 30 ehrenamtlichen Mitarbeitern.

Tina las gewissenhaft jede Seite und fügte ihre eigenen Ergänzungen ein. Im Sommer 2002 druckten wir 20 Hefte und verschickten sie an Freunde und Bekannte. Dabei stellten wir ihnen die überraschende Frage, ob sie bereit wären, mit uns einen Verein zu gründen. Als Ironie sei am Rande vermerkt, dass Jane Weaver in Quito blieb und ich auch weiterhin 50 operative Eingriffe pro Monat durchführte. Aber die Begeisterung hielt mich nachts beim Schein der Schreibtischlampe wach.

Zehn Menschen entschließen sich zur Tat

„Die Johns heben jetzt ab!" Viele Bekannte, die unsere Tätigkeit in Ecuador seit Jahren mit Treue und Wohlwollen unterstützt hatten, runzelten die Stirn. Wir konnten sie verstehen: In einem südamerikanischen Land, 10000 Kilometer fern der Heimat, ein großes Krankenhaus zu bauen, wirkte nicht gerade vertrauenerweckend. Es war bekannt, dass weder ein Startkapital für das Projekt noch tragfähige Beziehungen im Lande selbst existierten.

Als Tina und ich im Juli 2002 nach Deutschland reisten, suchten wir Mitstreiter, um die Gründung eines Trägervereins auf den Weg zu bringen. Natürlich hatten wir noch nie in unserem Leben einen Verein gegründet. Doch nach unserem eigenen Zeitplan stand dieser Schritt als Nächstes an. Wir machten uns ein wenig kundig und erfuhren, dass nach deutschem Vereinsrecht mindestens sieben Mitglieder bei der konstituierenden Sitzung anwesend sein müssen. Unseren Projektentwurf hatten wir an potenzielle Unterstützer verschickt. Wer würde sich allerdings auf ein so ungewisses Unterfangen einlassen?

Meine Schwester Helga konnte sich nicht vorstellen, dass Menschen in Deutschland wirklich willens wären, die Verantwortung für dieses riskante Unternehmen zu tragen. Gute Freunde aus Berlin bekundeten zwar Interesse, aber schlugen vor, das ganze Vorhaben doch lieber von einem Krankenhaus auf eine kleine Gesundheitsstation abzuspecken. Das wäre vielleicht etwas realistischer, meinten sie. Ein weiterer Ratgeber fragte nach, wie wir die Gelder an die Spender zurückzahlen wollten, wenn das ganze Projekt sich nach sechs Monaten als totaler Flop erweisen sollte. Diese Möglichkeit hatten Tina und ich allerdings nicht ins Kalkül gezogen.

Unser Enthusiasmus schien niemanden so recht anzustecken. Ihre Sorge, wir könnten uns in eine fixe Idee verrennen, und das in wirtschaftlich unsicheren Zeiten, war sicherlich gut gemeint. Unsere Eltern und Schwiegereltern schüttelten ebenfalls den Kopf. Wie sollten die Millionen, von denen wir so salopp im Entwurf geschrieben hatten, jemals zusammenkommen? Vom langfristigen Unterhalt ganz zu schweigen.

Da Tina und ich ein Leben lang in Südamerika leben wollten, um das Krankenhaus zu bauen und zu leiten, musste eine tatkräftige Person für viele organisatorische Dinge in Deutschland gefunden werden. Ich erinnerte mich an Olaf Böttger. In den Siebzigerjahren war er einer meiner Jungs in einer Jungschargruppe gewesen. Ich hatte ihn immer als integer, gewissenhaft und kompetent erlebt. Viele Jahre waren seit damals verstrichen, doch mithilfe der Auskunft fand ich seine Nummer und rief bei ihm an.

„Olaf, wir brauchen einen geeigneten Vorsitzenden für unseren Verein in Deutschland", kam ich ohne Umschweife zur Sache. „Wäre das nicht eine Aufgabe für dich?" Er gehörte nicht zu den Leuten, die leichtfertig Zusagen machten, ohne sie danach einzuhalten. Also stellte er mir einige Verständnisfragen über den zeitlichen Einsatz und den Umfang der zu erwartenden Verantwortlichkeiten. Da ich seine Fragen nicht so recht beantworten konnte, blieb ich ein wenig nebulös. „Eine Suppe wird nie so heiß gegessen, wie sie gekocht wird", versuchte ich seine Bedenken zu zerstreuen. Es war verständlich, dass Olaf eine Entscheidung dieser Tragweite erst mit seiner Frau Katrin besprechen musste.

Am 17. August 2002 trafen sich nicht nur die erforderlichen sieben, sondern sogar zehn Personen in Tabarz im Thüringer Wald. Außer Tina und mir zählte diese illustre Truppe also noch acht weitere Personen, die alle aus dem Rhein-Main-Gebiet bzw. dem Berliner Raum angereist waren. Gisela Graf aus Wiesbaden war eine von ihnen. Ihr Mann Ulrich wollte sie nur zum Tagungsort begleiten, doch die Stimmung war so nett und herzlich, dass er sich spontan entschloss, doch als Gründungsmitglied einzusteigen. Das Hotel lag nicht weit von der Wartburg entfernt. Was sprach also dagegen, dass mal wieder ein positiver Impuls von diesem Teil Deutschlands ausgehen sollte? Als Olaf Böttger bekanntgab, dass er nach reiflicher Überlegung bereit sei, den Vorsitz zu übernehmen, fiel Tina und mir ein Stein vom Herzen. Wir konnten uns gut vorstellen, dass Olaf aufgrund seiner vielen Qualitäten zur Schlüsselperson in Deutschland werden würde.

Zwei Tage saßen wir zusammen und feilten an den Statuten. Als Namen wählten wir provisorisch den Quechua-Ausdruck „Diospa Yuyana". Dieser Vorschlag von Dr. Nat Davis bedeutete in etwa: „Wir vertrauen auf Gott!" Der Name war gleichzeitig unser Programm, denn ohne Gottvertrauen, da waren wir uns sicher, würde aus dem geplanten Spital höchstens ein Papiertiger werden. Auf Empfehlung mehrerer Linguisten wurde die Bezeichnung im folgenden Jahr in „Diospi Suyana" umgewandelt.

Als wir uns vor der Abreise noch zu einem Gruppenfoto aufstellten, sahen wir vor unserem geistigen Auge in der Ferne ein Missionsspital, wo die Berglandindianer mit Liebe und Respekt behandelt werden würden. Ob dies allerdings in drei, fünf oder zehn Jahren Wirklichkeit werden würde, ließ sich beim besten Willen nicht abschätzen.

Peru oder Bolivien?

Tina und ich verschickten im Oktober einen Rundbrief an über 500 Freunde in 16 Ländern. Er enthielt den vagen Hinweis, dass wir als Missionarsfamilie nach neuen Ufern Ausschau hielten. Wo diese neuen Ufer allerdings zu lokalisieren waren, blieb noch völlig unklar. Sowohl Peru als auch Bolivien kamen beide aufgrund ihrer ähnlichen sozialen Struktur infrage. Es half nichts, ich musste los und mich in beiden Ländern nach einem möglichen Standort persönlich umsehen.

Für Januar und Februar 2003 hatte ich mir eine dreiwöchige „Expedition" vorgenommen. Mir graute gewaltig davor. In klapprigen Fernbussen von einer Stadt zur nächsten zu reisen, um dann übermüdet in zwielichtigen Hotels abzusteigen – es weckte in mir keineswegs das Fernweh. Entscheidend war, dass ich mit kompetenten Vertretern der staatlichen Behörden, der einheimischen Kirchen und aus dem Gesundheitssektor konferieren könnte. Es machte keinen Sinn, auf fremden Marktplätzen quasi wie ein biblischer Prophet den Bau eines Missionsspitals anzukündigen.

Diese Reise, so notwendig sie war, lag mir kräftig im Magen. Eine tiefe Unruhe trieb mich ins Gebet. Bei meinem Schlüsselerlebnis im September 2000 hatte mir Gott doch zugesagt, mir den Weg zu zeigen. Zumindest hatte ich mein Aha-Erlebnis an jenem Abend in Quito so interpretiert. Jetzt war es an der Zeit, die Probe aufs Exempel zu machen.

Vor meinem Dienstbeginn am Krankenhaus Vozandes del Oriente traf ich mich des Öfteren mit Dr. Brad Quist. Er teilte mein Interesse am Langstreckenlauf, und da wir es gemütlich angehen ließen, konnten wir uns dabei unterhalten.

„Klaus, du solltest mit Apollos Landa reden!"

„Wer ist denn das?", fragte ich zurück.

„Ein peruanischer Arzt, der für eine christliche Organisation in Südamerika arbeitet. Sein Büro befindet sich in Quito!“

Einige Wochen später klopften Tina und ich an Dr. Landas Tür. Südamerikaner pflegen gewöhnlich mindestens eine halbe Stunde lang Höflichkeiten auszutauschen, bevor sie auf das Eigentliche zu sprechen kommen. Nicht so wir. Während wir noch durch den Flur ins Wohnzimmer traten, erwähnten wir schon den Grund unseres Besuchs. Wir setzten uns gerade auf die Couch, als er zu seiner Frau in der Küche rief: „Die Provinz Abancay wäre die richtige Gegend für ein Krankenhaus, meinst du nicht auch, Pilar?“ Er konnte nicht wissen, dass meine Kartenstudien mich schon zu diesem Schluss veranlasst hatten, lag doch in Abancay ein wichtiger Verkehrsknotenpunkt in einer Region extremer Armut.

Apollos Landa war gut vernetzt und versprach, seine vielfältigen Kontakte für uns zu nutzen. Unter anderem verhalf er mir zu Audienzen mit den Direktoren der evangelischen Kirchenräte in La Paz und Lima.

Ähnlich interessant verlief mein Zugang zu den Regierungen in beiden Staaten. Horst Rosiak, ein Missionar aus der deutschen Sprachabteilung des Radiosenders HCJB in Quito, riet mir dringend, einmal Dr. Martin Ruppenthal aufzusuchen. Er sei als Chef der Christoffel-Blindenmission für 120 Projekte in Südamerika verantwortlich. Seinem Tipp folgend, rief ich bei Dr. Ruppenthal an und bat um einen Termin in der gleichen Woche. Und siehe da, meine kleine Präsentation auf dem Notebook veranlasste Dr. Ruppenthal tatsächlich, mir eine Audienz bei den Gesundheitsministern in beiden Hauptstädten anzubieten. Wie er das schaffen würde, war mir schleierhaft, aber ich wollte mich gern positiv überraschen lassen.

Im Oktober tauchte in Shell völlig unerwartet Markus

Rolli auf, um für drei Monate im Werkstattbereich mitzuarbeiten. Als das Allroundtalent Markus von meinen Reiseplänen hörte, bot mir der hagere Schweizer gleich seine Begleitung an – und zwar auf eigene Kosten. Ich fühlte mich unendlich erleichtert. Zu zweit wären die weiten Fahrten durch unbekannte Landschaften nicht nur sicherer, sondern auch weniger einsam für mich.

Aber vorher galt es noch ein kleines Problem zu lösen. Da wir einflussreiche Persönlichkeiten treffen würden, musste unsere Garderobe selbstverständlich einem gehobenen Protokoll Rechnung tragen. Markus hatte lediglich praktische und bequeme Reisekleidung dabei. In unserem Wohnzimmer probierte er deshalb meinen blauen Anzug an. Es geschah etwas, was ich mir bis heute nicht so recht erklären kann. Obwohl Markus zehn Zentimeter größer ist als ich und zudem gertenschlank, passte ihm meine Garderobe wie angegossen.

Mitte Januar flogen wir gemeinsam nach Bolivien. Im Handgepäck hatten wir außer Zuversicht und Gottvertrauen auch ein Schachspiel eingepackt. Ziemlich genau 100 Mal würden wir es während der folgenden drei Wochen auspacken und uns damit mental auf über 30 kräftezehrende Gespräche vorbereiten.

Während mein Herz für Peru schlug, hatte Markus eine besondere Vorliebe für Bolivien. Darum hoffte er auch, dass wir in den bolivianischen Anden einen geeigneten Zielort finden würden. Zehn Tage lang verhandelten wir mit Regierungsvertretern und Kirchenführern in La Paz, Cochabamba, Sucre und Potosi. Wo immer wir unsere Pläne eines Missionsspitals vortrugen, war die Begeisterung groß. Wir verließen Bolivien etwas verwirrt und setzten den zweiten Teil unserer Reise in Peru fort.

Am 23. Januar hießen uns Dr. Allen George und seine Frau Amy herzlich in Abancay willkommen. Der amerikanische Missionsarzt hatte eine englische Fassung des Projektentwurfs gelesen und war bereit, uns auf der Suche nach dem geeigneten Standort zu beraten. Da er schon mehrere Jahre medizinische Kampagnen in den Bergdörfern der Region durchgeführt hatte, kannte er Land und Leute recht gut. Am Abend quartierten Markus und ich uns in einem billigen Hotel der Stadt ein. Ich schlief schlecht und wälzte mich auf meiner Matratze hin und her. Unsere Reise wäre bald zu Ende – und noch immer waren wir völlig unschlüssig, wo wir das Krankenhaus sinnvollerweise errichten sollten. Ich befürchtete, wir könnten entweder eine folgenschwere Fehlentscheidung treffen oder unverrichteter Dinge nach Ecuador zurückkehren ... und wünschte mir nichts sehnlicher als einen Fingerzeig von oben. Markus und ich beteten viel vor den Unterredungen und analysierten die Gespräche anschließend gründlich. Um eine baldige Entscheidung würden wir nicht herumkommen, das war uns klar.

Nach dem Frühstück holte Allen uns mit seinem Geländewagen ab. Unsere erste Station war die Quechua-Siedlung San Luis. Sie lag auf 3 400 Metern Höhe und machte insgesamt einen trostlosen Eindruck. Auf einer Wiese hatten die Führer des Dorfes mehrere Hundert Einwohner zusammengerufen. Die Männer standen als große Gruppe auf der einen Seite, während sich die Frauen mit ihren bunten Trachten gemütlich im Gras lagerten. Ich erläuterte unsere Vision auf Spanisch und ein Pastor übersetzte das Gesagte ins Quechua. Die Erwartungshaltung der Indianer war groß, aber ich blieb skeptisch. An diesem Ort pfiff der kalte Wind um alle Ecken und auch die große Höhe wäre für die Genesung der Patienten nicht gerade förderlich. Nach dem Verzehr eines Meerschweinchens verabschiedeten wir uns höflich und fuhren mit dem Wagen ins Tal nach Curahuasi.

Die Kleinstadt lag eingebettet in einem Hochtal der Anden.

Weiße Anisfelder erstreckten sich über idyllische Berghänge. Das milde Klima entsprach einem europäischen Frühlingstag. Schon auf der Durchreise nach Abancay war mir ein Schild mit einem roten Kreuz am Straßenrand aufgefallen. Ich hatte vermutet, dass es sich um ein Krankenhaus handeln müsse und deshalb hier kein Bedarf für ein Missionsspital gegeben war. Das vermeintliche Krankenhaus entpuppte sich aber schnell als baufällige Gesundheitsstation, die nur die medizinische Basisversorgung anbot. Als Allen, Markus und ich ins Innere des Gebäudes traten, überkam mich in diesem Augenblick die feste Gewissheit, dass wir in Curahuasi am Ziel unserer Irrfahrt angekommen waren. An diesem schönen Fleckchen Erde in unmittelbarer Nachbarschaft des Apurímac-Flusses hatten wir endlich das gefunden, was wir so lange vergeblich gesucht hatten.

Als Erstes war es notwendig, den Bürgermeister der Stadt in unsere Pläne einzuweihen. Das Rathaus in der Nähe des zentralen Plazas hatten wir schnell ausgemacht. Wir stellten uns dem frischgewählten Stadtoberhaupt Julio Cesar Luna vor. Er war in den Dreißigern und sprühte förmlich vor Energie. Ich legte ein spanisches Manuskript von 15 Seiten auf seinen Schreibtisch und erläuterte mit kurzen Worten, warum wir ihn an diesem Nachmittag aus einer Besprechung mit seinen Beratern geholt hatten.

Als er die volle Tragweite unseres Anliegens erfasste, strahlte er über das ganze Gesicht. Was er da gerade aus heiterem Himmel gehört hatte, musste für ihn tatsächlich wie eine Botschaft des Himmels klingen. Er versprach uns jegliche Hilfestellung und eilte zurück in seine Sitzung. Außer sich vor Freude überraschte er die wartenden Würdenträger der Stadt mit der unglaublichen Botschaft, dass einige Deutsche in ihrem Distrikt ein modernes Krankenhaus bauen würden. Sie blickten ihn mit großen Augen an. Wahrscheinlich zweifelten sie schon an der Zurechnungsfähigkeit ihres neuen Bürgermeisters.

Am 29. Januar trafen wir in Lima auf den Präsidenten, den Direktor und den Schatzmeister des Evangelischen Kirchenrats von Peru. Am 3. Februar folgte noch eine Sitzung beim peruanischen Gesundheitsminister Dr. Carpone Campoverde. In beiden Gesprächen stellten wir offiziell Curahuasi als Standort unseres Missionskrankenhauses vor. Wir ernteten überall breite Zustimmung. So zaghaft wir Shell Mitte Januar verlassen hatten, so zuversichtlich kehrten wir nun zurück. Wir hatten unsere Mission erfüllt und die wesentlichen Fragen geklärt. Aber ein kleiner Wermutstropfen blieb dennoch: Von unserem Schachspiel war unterwegs eine Figur verloren gegangen …

Reif für das Guinnessbuch der Rekorde

Wer südamerikanische Verhältnisse kennt, weiß, dass man in einer Woche fast nichts auf die Beine stellen kann. Sobald staatliche Behörden involviert sind, gehen Monate ins Land, bis ein Vertrag seinen erfolgreichen Abschluss findet. Und genau diese Zeitspanne von nur einer Woche hatten Olaf Böttger und ich Zeit, um gleich vier Dokumente vorzubereiten bzw. zu unterschreiben.

Wir trafen uns am 7. April 2003 am Flughafen in Lima. Olaf war aus Deutschland angereist und ich aus Ecuador. In seiner Geldbörse brachte Olaf 25 000 US-Dollar mit, die uns verschiedene Spender für den Kauf eines Grundstücks zur Verfügung gestellt hatten. Wir flogen weiter nach Cusco und nahmen ein Taxi bis in den Bundesstaat Apurímac. Schauplatz unserer Aktivitäten würden Abancay, die Hauptstadt jener Region, bzw. Curahuasi sein.

Die Stadtverwaltung hatte eine Vorselektion von acht Grundstücken getroffen. Gemeinsam mit Judd Johnson von Constructec inspizierten wir gründlich jedes Gelände. Einige waren zu klein, andere schwer zugänglich und die meisten ohnehin zu teuer. Kurz und gut, die Auswahl reduzierte sich bald auf zwei Grundstücke. Als die Besitzerin des einen Anwesens unverschämt hohe Preisforderungen stellte, blieb uns am Ende nur noch ein einziges übrig. Es gehörte der katholischen Kirche und bestand aus sechs Anisfeldern in Form eines Dreiecks. Wir hatten dieses Gelände favorisiert, denn sein Ausblick auf die Schneeberge war einfach unbezahlbar. Unverzüglich nahmen wir Kontakt mit Padre Tomás auf, dem die Rechtsgeschäfte des Bischofs oblagen.

Unter großem Zeitdruck bemühten wir uns, an mehreren Fronten Fortschritte zu erzielen. Am 8. April unterschrieben wir einen Kooperationsvertrag mit der staatlichen Gesundheitsbehörde, der für die Arbeit des geplanten Krankenhauses eine erste rechtmäßige Grundlage schuf. Am 10. April erhielten wir für das nächste Dokument die Unterstützung vom Rechtsanwalt Efraín Caviedes. Während er im Computer fleißig an den Statuten unseres peruanischen Vereins feilte, lag Olaf völlig erschöpft auf dem Bett des Hotelzimmers und schlief seinen Jetlag aus. Im Abstand von vielleicht 30 Minuten erklärte Efraín mir den Sachverhalt oder stellte Fragen zu den genauen Zielen unserer Arbeit. Bei wichtigen Punkten weckte ich Olaf aus seinen Träumen, um mit ihm einen Konsens zu erzielen. Es heißt, dass man bedeutsame Entscheidungen erst einmal überschlafen soll. Mit Olaf im Team war für diesen Teil der Aufgabe gesorgt! Um zwei Uhr in der Frühe hatten wir uns auf diese Weise durch einen Wust von zwölf Seiten gearbeitet. Die Tat war getan und am nächsten

Vormittag unterschrieben wir feierlich in Abancay die Gründungsurkunde, die Diospi Suyana in den Status einer juristischen Person erhob.

Mit Constructec unterzeichneten wir am 12. April einen Planungsvertrag über 60 000 US-Dollar. Wir würden zwar alles Geld von Diospi Suyana in den Kauf des Grundstücks stecken, aber bis Ende Januar 2004 blieb uns ja noch etwas Zeit, um auf Spendensuche zu gehen.

Mit der katholischen Kirche verhandelten wir mehrmals über den Kaufpreis. Noch glaubte in der Hauptstadt niemand so recht, dass das Krankenhaus wirklich einmal entstehen würde. In Anbetracht der Aussicht, von einem deutschen Investor 25 000 US-Dollar für sechs Anisfelder zu erhalten oder vielleicht eine seltene Gelegenheit zu versäumen, war der Spielraum der Kirche eng bemessen. Am 15. April einigten wir uns mit Padre Tomás, der sich vorher noch die Genehmigung des Bischofs eingeholt hatte. Gemeinsam mit Allan George zählten wir in der Banco de Crédito unsere Geldscheine im Wert von 25 000 US-Dollar bar auf die Theke. Damit war Diospi Suyana erstmalig in seiner kurzen Geschichte Besitzer einer Immobilie in Südperu.

Auch wenn wir wegen Zeitmangels mit heißer Nadel stricken mussten, haben sich die Ergebnisse der vier Schriftstücke langfristig bewährt. Als Padre Tomás vom Erfolg unserer Arbeitswoche hörte, nannte er ihn reif für das Guinnessbuch der Rekorde.

Über das Erreichte waren Olaf und ich sehr froh und dankbar. Wir hatten auf verschiedenen Parketten getanzt und waren dabei nicht ausgerutscht. Im Vertrauen auf Gott engagierten wir uns für eine Vision, die nach menschlichen Maßstäben völlig unmöglich erscheinen musste. Aber das Wort „unmöglich" gehört ja bekanntlich nicht zum Vokabular Gottes.

Während dieser kurzen, aber intensiven Reise trafen wir

noch eine weitere Entscheidung, die das Erscheinungsbild von Diospi Suyana bis heute prägt: Das Logo wurde aus der Taufe gehoben. Drei professionelle Designerinnen hatten 30 interessante Entwürfe gezeichnet, die wir stundenlang im Verein diskutiert hatten. Am Ende blieben zehn besonders aussagekräftige Embleme in der engeren Wahl. Anhand von Farbkopien und einer Strichliste befragten Olaf und ich unzählige Peruaner – vom einfachen Bauern angefangen bis hin zum Bürgermeister von Curahuasi. Bei dieser informellen Abstimmung wurde ein Motiv eindeutig favorisiert: Es zeigt eine gelbe Sonne, die mit einem roten Kreuz eine harmonische Verbindung eingeht. Über dieses Ergebnis waren wir sehr zufrieden. Mit der Sonne als Symbol der Andenkulturen drücken wir unsere Wertschätzung den Quechuas gegenüber aus und das Kreuz Christi versinnbildlicht die Liebe Gottes zu uns Menschen. Als unser Logo bald die ersten Tausend Flyer zierte und die Zeitungen es fleißig abdruckten, herrschte allenthalben große Einmütigkeit: Genau so und nicht anders hätte es sein sollen.

„Indoor-Camping"

Als wir uns von unseren Kollegen in Shell verabschiedeten, fand Dr. Roger Smalligan vor versammelter Belegschaft ermutigende Worte: „Die Johns wollen in Peru ein neues Krankenhaus bauen", sagte er. „Mit Gottes Hilfe ist alles denkbar!" Doch der Zweifel stand ihm deutlich ins Gesicht geschrieben. Als ärztlicher Direktor kannte er die gewaltige Dimension unseres Vorhabens besser als jeder andere. Woher die vielen Millionen Dollar und Mitarbeiter kommen sollten, konnte er sich einfach nicht erklären. Um ehrlich zu sein, Tina und ich auch nicht.

Mit über 50 Kisten und Koffern verlegten wir unseren Wohnsitz von Ecuador etwa 2000 Kilometer in den Süden nach Peru. Unvergesslich bleibt die lange Fahrt von Lima nach Curahuasi. Zu fünft saßen wir wie die Sardinen im Fahrerhäuschen eines Lastwagens und betrachteten die Berglandschaft aus erhöhter Perspektive. Wir freuten uns, als wir zottelige Lamas auf den Weiden entdeckten und einbeinige Flamingos an den Ufern der Bergseen. Die 22 Stunden im LKW waren besonders für die Kinder recht strapaziös.

Um ein Uhr nachts kamen wir am Zielort an. Während einer Stippvisite im August hatten Tina und ich ein altes Adobehaus (Lehmziegelhaus) im Zentrum von Curahuasi für 11 500 US-Dollar erstanden. Hier hinein schleppten wir nun müde unseren Hausstand und verschwanden dann so schnell wie möglich im nahen Hotel Santa Catalina. Der Blick aus dem Fenster am Morgen zeigte einmal mehr die erschreckende Armut der Bergbauern in ihren unverputzten Lehmhäusern. Besonders Tina ging dieses Elend ziemlich nah.

Noch in der gleichen Woche zogen wir in unsere eigenen vier Wände. In einer Ecke des zukünftigen Wohnzimmers legten wir drei Matratzen auf den Boden, die für unsere fünf Schlafsäcke genügend Platz boten. Wie schon im Voraus geplant, rückte ein Bautrupp aus Abancay an, um das Haus bis Weihnachten gründlich zu renovieren. Da wir mit unseren Köpfen im ersten Stock an die Decke stießen, sollte das Dach um gut zwei Meter angehoben werden. Neue Türen und Fenster sowie ein akzeptabler Holzboden aus Brettern gehörten ebenfalls zum Sanierungsprogramm. Aus einem dunklen Dreckloch unter der Treppe, so hofften wir, würde bald ein schmuckes und sauberes Duschbad entstehen. Beim Zeitplan sahen die Bauleiter überhaupt keine Probleme. Ganz im

Gegenteil, sie wollten nach Abschluss der ersten Bauphase noch eine zweite einschieben und die zerrüttete Lehmruine im hinteren Teil des Hauses abreißen. Als Zementkonstruktion oder in der Adobebauweise würden sie ein zweistöckiges Gebäude errichten. Ihr Optimismus wirkte ungemein ansteckend auf uns. Mit dieser Aussicht auf ein trautes Heim in so kurzer Zeit – und das noch zu einem erschwinglichen Preis – waren wir gerne bereit, einige Härten in Kauf zu nehmen.

An einem Montagmorgen gingen die Arbeiten los. Es dauerte keine halbe Stunde, da hatte sich unser Zuhause in eine wüste Baustelle verwandelt. Während nun zehn Mann täglich von Sonnenaufgang bis Sonnenuntergang ungeahnte Staubmengen produzierten, zogen wir uns in die Enge eines Raumes zurück und warteten auf bessere Zeiten. Als Möbel dienten uns die vielen Kisten, die Tina an einer Wand ordentlich gestapelt hatte. Unsere Schlafstätte glich einem provisorischen Zeltlager und machte dem Begriff „Indoor-Camping“ alle Ehre. Als unangenehm empfanden wir allerdings die Insektenplage. Die Stiche mehrten sich und führten bald zu Hautinfektionen. Irgendwann im November mussten wir alle Antibiotika einnehmen, um die Entzündungen in den Griff zu kriegen.

In der dritten Novemberwoche informierte uns der Bürgermeister Julio Luna über den bevorstehenden Besuch des peruanischen Gesundheitsministers Dr. Alvaro Vidal Rivadeneyra. Er wolle sich am 20. November in Curahuasi selbst ein Bild von unserem Krankenhausprojekt machen. Die Uhrzeit des Gesprächs blieb aber noch unklar. Am frühen Morgen des besagten Tages klopfte ein Vertreter der Stadtverwaltung ungeduldig an unsere Haustür: „Der Gesundheitsminister kommt!“ Die Nachricht versetzte uns sofort in helle Aufregung. Der Bürgermeister, seine Berater und wir standen geschniegelt und gebügelt am Straßenrand, um den hohen Würdenträger respektvoll zu empfangen. Doch anders als erwartet, brauste der Konvoi der Delegation in vollem Tempo durch Curahuasi hindurch Richtung Abancay. Enttäuscht zogen wir wieder unsere normale Alltagskleidung an, aber nicht für lange, denn gegen 10 Uhr erreichte uns die Information, der Minister werde um die Mittagszeit eintreffen. Erneut wechselten wir die Garderobe und blickten erwartungsvoll die Panamericana hinunter. Um 14 Uhr war uns allerdings klar, dass es sich erneut nur um ein Gerücht gehandelt hatte. Diesmal hängten wir mit einer gewissen Routine die Sonntagskleidung in den Schrank zurück. In den Abendstunden erfuhr jedoch die Polizei über Funk, dass der Minister auf seiner Rückreise nach Cusco tatsächlich in der Welthauptstadt des Anis einen Zwischenstopp einlegen würde. Gemeinsam mit dem Stadtoberhaupt und seinen Leuten standen wir zum dritten Mal auf der Straße. Wir waren fest entschlossen, die Fahrzeugkolonne vor dem Restaurant am Ortseingang zum Stehen zu bringen, koste es, was es wolle.

Und siehe da, gegen 20 Uhr kam Bewegung in die wartende Menge. Der Minister war eingetroffen. Er betrat die Gaststätte und nahm am vorgesehenen Tisch Platz. Man erteilte mir das Wort und ich erläuterte nun anhand einer Notebook-Präsentation die vorliegenden Pläne für ein Missionsspital. Auf den Feldern vor der Stadt hätte man bei Tageslicht nur Büsche und Kakteen vorgefunden, aber die Animationen im Computer erlaubten den Blick in eine virtuelle Welt: So oder noch schöner würde das Ganze einmal werden.

Wie man es von einem Politiker erwarten kann, hielt er aus dem Stegreif eine Dankesrede und wünschte uns allen viel Erfolg bei der Umsetzung unseres Konzeptes. Er überreichte Tina und mir eine vorübergehende Arbeitserlaubnis mit einer Gültigkeit von sechs Monaten. Wir freuten uns über diese nette Geste, aber natürlich handelte es sich um pure Symbolik, da das Spital ja noch gar nicht existierte. Überglücklich dankten Tina und ich Gott für den positiven Ausgang des Tages.

Zwischen Anspruch und Wirklichkeit, Plan und Umsetzung klafft in Südamerika eine ziemlich große Lücke. Einen ganzen Monat lang hatten sich die Bauarbeiten nun schon hingezogen. Als der November zuende ging, mussten wir erkennen, dass unsere peruanischen Bauleute sich zeitlich völlig verschätzt hatten. Sie würden nicht einmal die Hälfte von dem schaffen, was sie uns im Brustton der Überzeugung zugesichert hatten.

Kurz vor Weihnachten 2003 verließen wir Curahuasi. Zurück blieb eine Baustelle, die nach unserer Rückkehr aus Deutschland sofort wieder aktiviert werden müsste. Aber wann würde das sein? Wir wussten es nicht. Im Januar wollten Tina und ich eine Vortragsreise durch Deutschland beginnen und unsere Lebensvision bekannt machen. Wann und wie sich die erforderlichen Geldmittel, Mitarbeiter und Geräte finden würden, um ein neues Krankenhaus zu bauen, konnte niemand vorhersagen.

Kurz vor der Abreise las ich morgens in der Bibel den 40. Psalm. Im vierten Vers heißt es: „Er gab mir ein neues Lied in meinen Mund, einen Lobgesang für unseren Gott. Das werden viele Leute hören, sie werden den Herrn wieder achten und ihm vertrauen!"

Während ich ein Lesezeichen in die entsprechende Seite schob, sinnierte ich vor mich hin. Würde unsere Geschichte vielleicht einmal so spannend werden, dass viele Menschen bereit wären, sie zu hören? Könnte Diospi Suyana womöglich so etwas wie eine moderne Erfahrungsreise mit Gott im 21. Jahrhundert werden? Bisher hatten wir außer einer verwegenen Absichtserklärung wenig vorzuweisen. Tief in mir spürte ich jedoch, dass sich diese Worte aus dem Buch der Bücher in unserem Leben erfüllen würden. Auf eine atemberaubende Weise.

Ein Marathon durch Deutschland

In Wiesbaden bezogen wir dieselbe kleine Dachwohnung, die Tina und mir bereits 16 Jahre zuvor als Unterschlupf gedient hatte. Aus dem Pärchen von einst war eine fünfköpfige Familie geworden. Im Jahr 2000 hatte Florian Tim John im Krankenhaus von Shell das Licht der Welt erblickt. Wir hatten also drei Kinder aus drei verschiedenen Kontinenten. Natalie konnte sich als Afrikanerin bezeichnen, Dominik als Europäer und Florian als waschechter Südamerikaner.

Kaum lagen die Weihnachtstage hinter uns, setzte ich mich an den Schreibtisch, um eine Powerpoint-Präsentation vorzubereiten. Zwei Wochen lang sammelte ich alte Fotos und setzte sie zu einer Geschichte zusammen, die in ein Missionskrankenhaus in Peru einmündete. Vor jedem Arbeitsabschnitt betete ich bewusst um Gottes Inspiration. Dieser Vortrag musste zwar Fakten vermitteln, aber vor allem sollte er eines – die Herzen der Zuhörer bewegen.

Mit Olaf Böttger beratschlagten wir unsere Strategie für die kommenden Monate. Eine Broschüre musste her, um Seriosität und Glaubwürdigkeit zu vermitteln. Flyer hatten wir bereits kistenweise drucken lassen. Als weiteres Ziel planten wir die Gründung einer eigenen Stiftung und hofften auf eine gute Präsenz in den Medien. Am 30. Dezember veröffentlichte der Wiesbadener Kurier auf Seite 3 einen großen

Artikel mit der Überschrift: „Das ist schon eine Lebensaufgabe – Wiesbadener Arztehepaar will Missionskrankenhaus im Süden Perus bauen und sucht Unterstützung“.

An der Schwelle zum Jahr 2004 blickten wir mit einem gewissen Bangen nach vorne. Deutschland befand sich mitten in einer Wirtschaftskrise. Die Arbeitslosigkeit lag bei über zehn Prozent und jeder vierte Bundesbürger hatte Angst, innerhalb der nächsten sechs Monate seinen Arbeitsplatz zu verlieren – schlechte Voraussetzungen für ein neues Spendenwerk! Menschlich gesehen würden wir scheitern. Aber vielleicht waren diese schlechten Rahmenbedingungen genau die richtige Grundlage, um Gottes Realität unter Beweis zu stellen.

Am 16. Januar hielten Tina und ich unseren ersten Vortrag vor zwei Schulklassen an einer Frankfurter Schule. Der Stapel Textblätter in unserer Hand ließ erkennen, dass wir noch nicht ganz in Form waren. Im Wechsel kommentierten wir die Bilder, die in Bruchteilen von Sekunden über die Leinwand huschten. Über 50 Schüler lauschten wie hypnotisiert. Unser Traum eines Krankenhauses für die Nachfahren der Inkas wurde eine Schulstunde lang auch der ihre. Ermutigt rollten wir die Leinwand wieder ein und packten den Beamer in den Koffer. Wenn unsere Geschichte geeignet war, vom Fernsehen verwöhnte Teenager ruhigzustellen, musste schon eine ziemliche Faszination von ihr ausgehen.

Zehn Tage darauf sprach ich zu fünf Leuten in einem privaten Wohnzimmer in Siegen. 24 Stunden später zu einer Gruppe von neun Zuhörern in Handewitt Ellund an der dänischen Grenze. Wir waren immer unterwegs, oft sogar mit unseren Kindern. Bis Ende Juni brachten wir es auf 80 Veranstaltungen in zwölf verschiedenen Bundesländern. Wenn ich alleine einen Vortrag gehalten hatte, fuhr ich in der Nacht fast immer nach Hause, egal ob 200 oder 500

Kilometer vor mir lagen. Am nächsten Morgen saß ich gleich wieder am Schreibtisch und telefonierte mit Kirchengemeinden und Clubs, um weitere Vortragstermine auszumachen. An manchen Tagen brachte ich es gut und gerne auf 70 Ferngespräche. Parallel dazu erfasste ich die Spenden, die leider nur spärlich eintrudelten. Während der ersten sechs Monate gingen gerade einmal 251 Überweisungen ein.

Tina rackerte unermüdlich an meiner Seite. Wenn sie nicht mit mir auf Tour war, kümmerte sie sich um unsere Kinder, die erstmals eine deutsche Schule besuchten. Sie erledigte den Haushalt und schrieb in den Nachtstunden an Freunde und Unterstützer unserer Arbeit. Bis zum Jahresende schaffte sie es auf rund 1000 handschriftliche Dankesbriefe. Wir schliefen beide sehr wenig. Falls Diospi Suyana Schiffbruch erleiden sollte, dann wenigstens nicht wegen unserer Faulheit!

Mit unserer Vision, die wir über Zeitungsberichte, Interviews und Vorträge einem täglich größeren Bekanntenkreis vermittelten, hatten wir uns auf den Erfolg festgelegt, sozusagen alles auf eine Karte gesetzt. Wir mussten später noch etliche Durststrecken durchlaufen, aber besonders das erste halbe Jahr entwickelte sich zu einem Tal der Tränen. Angesichts der Größe unseres Vorhabens waren wir Ende Juni 2004 eigentlich gescheitert. Diese Last lag zentnerschwer auf Tina und mir. Vielleicht hätten wir an diesem Punkt fast aufgegeben, aber wir hofften schlichtweg auf ein Wunder, ja auf den großen Durchbruch.

Der große Durchbruch

In der ersten Februarwoche trafen wir uns im „Haus der Stille“ in Thüringen: fünfzehn Freunde vom Verein Diospi Suyana. Wir kannten wohl das Ziel, aber nicht den Weg. In einem kleinen Redebeitrag erinnerte ich an Eric Liddell, der bei den Olympischen Spielen in Paris 1924 auf eine sichere Goldmedaille über 100 Meter verzichtet hatte. Da das Rennen an einem Sonntag stattfinden sollte, weigerte er sich, daran teilzunehmen. Er wollte den „Tag des Herrn“ heiligen. Nicht einmal vom englischen Königshaus ließ er sich umstimmen. Durch einige günstige Umstände konnte er wenige Tage später beim Wettbewerb über 400 Meter an den Startblock gehen. In den letzten Sekunden vor dem Schuss der Pistole steckte ihm ein Freund einen kleinen Zettel zu, auf dem geschrieben stand: „In dem alten Buch steht, ich werde den ehren, der mich ehrt!“ Der Satz bezog sich auf eine Aussage Gottes im Alten Testament. Eine knappe Minute später zog Eric Liddell an der favorisierten amerikanischen Konkurrenz vorbei und gewann die Goldmedaille für England.

In Anlehnung an diese historische Begebenheit rief ich meinen Freunden im Verein zu: „Wenn wir bei unserer Öffentlichkeitsarbeit unseren Glauben an Gott bekennen, selbst wenn dies uns Gegenwind einbringen sollte, wird Gott sich auch zu uns bekennen und das Krankenhaus wird entstehen!“ Ich bin kein sentimentaler Typ, aber in diesem Moment schossen mir die Tränen in die Augen.

Am 15. April saßen Tina und ich in einem schmucken Privathaus in Kleinmachnow am südlichen Stadtrand von Berlin. Im Wohnzimmer hatten sich der Präsident der Berliner Handelskammer, eine Fernsehproduzentin, die Gattin eines Chefarztes und eine Reihe weiterer Personen versammelt, die alle der Oberschicht angehörten. Nach unserem Bericht ernteten wir überschwängliche Kommentare: „Ein faszinierendes Projekt, fantastisch, wir gratulieren Ihnen ganz herzlich zu Ihrer Idee. Aber warum sprechen Sie so viel über Ihren Glauben an Gott?" Die ehrenwerten Zuhörer meinten, wir könnten ja glauben, was wir wollten, aber wir sollten nicht davon reden. „Sie sind doch in Deutschland, um Spenden zu sammeln", so ihr Resümee. „Sie machen sich nur das Leben schwer, wenn Sie Gott ins Spiel bringen!" Es entfesselte sich eine spannende Diskussion, die sich bis in die späte Nacht hinzog.

„Wenn Sie auf dieser Schiene weitermachen", prophezeiten die Herrschaften kopfschüttelnd, „werden Sie mit Ihrem Projekt niemals in ein säkulares Fernsehprogramm kommen!"

Keine 24 Stunden später standen Tina und ich auf der Bühne der vollbesetzten Orangerie in Oranienburg. Unsere Präsentation wurde von einem säkularen Fernsehteam komplett mitgeschnitten und dann eine ganze Woche lang als Report auf einer Medienschleife ausgestrahlt.

Ohne Zweifel gaben Tina und ich alles, was in uns steckte. Aber den großen Erfolg bereiteten andere im Verborgenen vor. Im Oktober 2003 hatten wir in einem persönlichen Rundbrief an Freunde in aller Welt von unserer bevorstehenden Kampagne in Deutschland berichtet. Unsere Bitte um Mithilfe rief Dr. Gabi Risse, eine ehemalige Studienkollegin, auf den Plan. „Ich bereite für euch einen Vortrag in Traben-Trabach an der Mosel vor!"

Was sie uns angekündigt hatte, zog sie tapfer durch. So hängte sie selbst Plakate auf, annoncierte in der Presse und lud ihre Kollegen und Patienten zur Abendveranstaltung in der evangelischen Kirche ein. Sie sorgte für so viel Wirbel in der Stadt, dass Diospi Suyana in vielen Familien zum

Gesprächsthema wurde. Auch Dr. Barbara Meinhardt aus einer katholischen Kirchengemeinde hörte in jenen Tagen von Diospi Suyana. Ohne uns persönlich zu kennen, schrieb die Ärztin an Martin Gundlach, den Chefredakteur der Zeitschrift „Family".

Ihrer Anregung folgend, lud uns Gundlach im Frühjahr 2004 zu einem Interview nach Witten ein. Er hatte die Absicht, eine halbe Seite der Augustausgabe unserem Lebensweg zu widmen. Mit unseren Kindern verbrachten wir zwei Stunden in seiner Redaktion. Als er unsere Präsentation im Notebook sah, saß er wie versteinert auf seinem Stuhl. Das Diospi-Suyana-Fieber hatte ihn gepackt.

Die Zeitschrift „Family" erscheint vierteljährlich und erreicht mit ihren 50000 Exemplaren eine dreimal größere Leserschaft in ganz Deutschland. Was ursprünglich als kleines Thema am Rande gedacht war, funktionierte Martin Gundlach nun zur Hauptreportage der Ausgabe um. Sechs volle Seiten mit vielen Fotos reservierte er der „Arztfamilie, die zu den Indianern zieht". Ein weiteres Großfoto zierte die Inhaltsangabe und im Editorial bat er seine Leser gar, Diospi Suyana zu unterstützen.

Um die Gunst der Stunde zu nutzen, trommelten wir 20 Freunde für eine besondere Aktion in Wiesbaden zusammen. Einen ganzen Tag lang legten wir in der Druckerei Klaus Koch in harter Akkordarbeit Zahlkarten in 50000 Flyer ein. Diese würden der „Family"-Ausgabe beiliegen. Eine innere Unruhe machte sich bei Tina und mir bemerkbar. Stand uns der große Durchbruch vielleicht unmittelbar bevor?

Als die Zeitschrift Ende August ausgetragen wurde, saßen wir zu Hause auf heißen Kohlen. Unsere Erwartungen wurden weit übertroffen. Die acht Seiten in der „Family" katapultierten uns über Nacht einen Quantensprung nach oben. Tausende von Lesern aus allen Sphären der Republik sahen Familie John in den Ruinen eines Lehmhauses in einem Indianerdorf. Die Bilder und der Text wirkten auf viele elektrisierend. Das Echo war überwältigend. Über 50000 Euro wurden gespendet und viele entschlossen sich zu einer Fördermitgliedschaft bei Diospi Suyana. Von überall gingen Anfragen für Vorträge ein und füllten schnell unseren Terminkalender. Der Beitrag in der „Family" zog weitere Artikel in anderen Presseorganen nach sich. Die „Tagespost", die einzige katholische Tageszeitung Deutschlands, überschrieb einen ausgezeichneten Bericht mit den Worten: „Barmherzige Samariter in den Anden!"

Hatten zuerst vor allem christliche Medien wie der Fernsehsender „Bibel-TV" und die Zeitschrift „ideaSpektrum" über uns berichtet, sollte sich das in der zweiten Hälfte 2004 ändern. Außer vielen Stadtzeitungen nahm sich „Bild der Frau" und sogar die Esoterik-Zeitschrift „Body und Mind" unseres Themas an. Im Oktober strahlte Sat. 1 einen sechsminütigen Beitrag mit Live-Interview aus. Im Vergleich zur ersten Jahreshälfte verfünffachte sich das Spendenaufkommen im zweiten Jahresabschnitt. Diese Publicity ermutigte Tina und mich, nicht aufzugeben, sondern „einen Zahn zuzulegen". Noch war von dem Krankenhaus kein Stein zu sehen, aber Hunderttausende hatten bereits davon gehört. Fernsehmoderator Andreas Malessa meinte einmal schmunzelnd: „Es wurde noch nie so viel gegackert, bevor das Ei gelegt war!"

„Mit dem musst du reden!“

Dreierlei braucht man, um ein Krankenhaus zu bauen: Geld, Mitarbeiter und Geräte. Bei unserer permanenten Suche nach geeigneten medizinischen Instrumenten machte uns im April 2004 eine Firma aus der ehemaligen DDR ein überraschendes Angebot. Sie würde das Spital komplett mit Gebrauchtgeräten ausstatten – zu einem Preis von gut 2 Millionen US-Dollar.

Ich war skeptisch. Erstens stand uns zu jenem Zeitpunkt kein Geld für solche Anschaffungen zur Verfügung. Zweitens hatte sich bei mir eine absurde Idee festgesetzt: Ich dachte nämlich, dass eines Tages deutsche Firmen unser Krankenhaus mit Neugeräten ausstatten würden. Zum Nulltarif.

Meine Freude war groß, als im März 2004 Anästhesist Dr. Kursatz aus den Wiesbadener Horst-Schmidt-Kliniken bei mir anrief. „Herr John, wir mustern mehrere Narkosegeräte aus. Wenn Sie wollen, können Sie vier haben!“ Und ob ich wollte! Detlev Hofmann von Stoss Medica kam mit einem Sprinter seiner Firma und half mir beim Einladen. Als ich Frau Teichmann aus der Klinikverwaltung nach dem Wert der Spende fragte, sagte sie: „Ein Euro, denn wir haben die Geräte längst abgeschrieben!“

Wenn sich Detlev Hofmann für uns einsetzte, genoss er dabei die volle Rückendeckung seines Chefs Axel Lantzsch. Als ehemaliger Pfadfinder hatte er durchaus eine Antenne für karitative Projekte. Wenige Wochen zuvor hatten wir in der Evangelisch-Freikirchlichen Gemeinde in Wiesbaden vor 160 Zuhörern von unserem Lebenstraum berichtet. In der ersten Reihe hatten vier Personen besonders aufmerksam zugehört. Es waren Axel Lantzsch, seine Frau und ihre zwei Kinder. An der Tür drückte er fest meine Hand. „Herr John, ich werde Ihnen bei der Materialsuche helfen. Besuchen Sie mich mal in meinem Büro. Wir reden darüber!" Bis zu seiner Auswanderung nach Australien übernahm er in den folgenden 18 Monaten eine Schlüsselrolle, die niemand besser hätte spielen können.

In Hessen und Rheinland-Pfalz verkauft Stoss Medica medizinische Ausrüstung an Krankenhäuser und Arztpraxen. Fest entschlossen, in der Branche für Diospi Suyana Türen zu öffnen, verschickte Axel Lantzsch einen Infobrief an Firmen der Medizintechnik. Sinngemäß schrieb er: „Ich sponsere mit meiner Firma den Bau eines Krankenhauses in Peru. Und Sie sollten das Gleiche tun!" Damit verschaffte er mir eine Art Eintrittskarte, die es mir anschließend ermöglichte, bei einigen Unternehmen vorzusprechen.

Herr Schmitz von Schmitz & Söhne und sein Geschäftsführer Herr Ingermann waren in Wickede meine einzigen Zuhörer. Auf meine Frage, ob er uns vielleicht vier neue Operationstische spenden könne, antwortete Herr Schmitz spontan: „Herr John, die kriegen Sie!" Das Paket, das die Firma für uns schließlich schnürte, hatte einen Wert von 200 000 US-Dollar und bestand außer den OP-Tischen aus Patiententransportern, Tragen und Möbeln.

Im Sommer 2004 sah meine Mutter im Fernsehen eine Reportage über Ludwig Georg Braun, den Präsidenten des Deutschen Industrie- und Handelskammertages. „Junge", sagte sie, „mit dem musst du reden!" Da auch eigene Mütter gute Vorschläge machen können, versuchten wir über verschiedene Kanäle an Herrn Braun heranzukommen. Vergeblich. Schließlich schaltete sich Axel Lantzsch ein. Über seine Geschäftskontakte zur Firma Aesculap in Tuttlingen, die zum Braun Melsungen Konzern gehört, gelang ihm der große Coup. Am 27. Oktober empfing der wichtigste Industrielle Deutschlands unsere kleine Delegation, die aus Axel Lantzsch, meiner Frau und mir bestand, zu einer 90-minütigen Audienz.

Das Treffen war generalstabsmäßig vorbereitet und verlief in freundlicher Atmosphäre. Da Prof. Braun keine klaren Zusagen machte, fuhren wir etwas enttäuscht nach Wiesbaden zurück. Der unschätzbare Wert unseres Besuchs in Melsungen erwies sich erst im Frühjahr 2005. Ludwig Georg Braun autorisierte die Spende von chirurgischen Instrumenten durch Aesculap im sechsstelligen Bereich und eine zweijährige Unterstützung durch Braun (Peru) mit Infusionen und Medikamenten.

Im Herbst 2005 wanderte Axel Lantzsch nach Australien aus und blieb nur noch als stiller Teilhaber mit Stoss Medica verbunden. Für eine gute Wegstrecke war er für Diospi Suyana unverzichtbar gewesen. Als er die Koffer packte, machte ich mir die größten Sorgen – völlig unnötigerweise. Längst waren andere Unternehmer in seine Fußstapfen getreten und die Akquisition von Geräten ging zügig weiter.

Die Kaltenbach-Story

Kurz nach Erscheinen der „Family"-Reportage meldete sich Pastor Günter Born aus Lörrach bei uns. Wir kannten ihn noch aus alten Tagen und freuten uns über seinen Anruf. „Wir können euch leider nicht regelmäßig unterstützen", sagte er bescheiden, „aber wir weisen in der Fußgängerzone gern auf eure Arbeit hin!"

Am Ende dieser Aktionswoche sollte ich nach Lörrach kommen und in seiner Gemeinde persönlich berichten. Ob ihr Werbefeldzug für Diospi Suyana ein Erfolg war oder nicht, vermochte ich nicht zu beurteilen. An jenem Abend meines Vortrages, es war der 28. September, versammelten sich rund 40 Personen in Pastor Borns Kirchengemeinde. Sie legten eine gute Kollekte zusammen und versprachen, einen weiteren Geldbetrag zu überweisen. In der Nacht fuhr ich nach Wiesbaden zurück und fiel gegen zwei Uhr in der Frühe todmüde ins Bett.

Als ich am Morgen wie üblich im Internet die Spenderliste durchging, entdeckte ich eine auffällig hohe Spende. Ich rief bei der Badischen Beamtenbank an und erkundigte mich, aus welcher Stadt diese Überweisung stamme. Sie komme aus Lörrach, sagte eine freundliche Dame und wünschte mir viel Glück bei meinen Nachforschungen. Ich kannte nun die Herkunft des Geldbetrags und den Namen des Spenders. Mithilfe einer Telefon-CD konnte ich binnen weniger Minuten seine Telefonnummer ausfindig machen.

Eine Frauenstimme ertönte in der Leitung. „Kaltenbach, guten Tag!"

„Ich heiße Klaus John. Meine Frau und ich sind die Initiatoren von Diospi Suyana. Wir haben heute eine erstaunliche Spende erhalten. Kommt die vielleicht von Ihnen?"

„Ja, das stimmt!" Frau Kaltenbach sprach nicht viel und hielt sich ziemlich bedeckt.

„Waren Sie gestern vielleicht bei meinem Vortrag in Lörrach?" Ich wollte der Sache jetzt wirklich auf den Grund gehen.

„Nein, von welchem Vortrag reden Sie?"

Die edle Spenderin aus Lörrach war mir ein einziges Rätsel. „Ja, wieso haben Sie denn so viel für Diospi Suyana überwiesen?"

„Ich habe vor Kurzem eine Reportage über Sie in einer Familienzeitschrift gelesen. Außerdem war in den letzten Tagen in Lörrach überall von Diospi Suyana die Rede!"

Ihre Antwort war endlich erschöpfend und ich bedankte mich herzlich für ihre Großzügigkeit. Eine kurze Recherche im Internet ergab, dass die Kaltenbachs Besitzer eines Großunternehmens waren, das Metallsägen in die ganze Welt exportierte.

In der zweiten Oktoberwoche wollte ich bei einem schweizerischen Missionswerk die Arbeit von Diospi Suyana vorstellen. Der Zielort lag bei Zürich und ich würde am 16. Oktober direkt an Lörrach vorbeifahren. Kurz entschlossen meldete ich mich erneut bei Frau Kaltenbach und bot ihr für den Samstagmorgen einen Privatvortrag in ihrem Wohnzimmer an. Erst zögerte sie, doch dann willigte sie ein.

Mit einem großen Blumenstrauß in der Hand klingelte ich um zehn Uhr an ihrer Haustür. Die Kaltenbachs und ihre vier kleinen Kinder begrüßten mich herzlich. Die Stimmung war so nett, dass ich mich wohl drei Stunden bei ihnen aufhielt.

„Also“, meinte Herr Kaltenbach nach dem Vortrag, „eigentlich könnten Sie auch mal in meinem Rotary Club sprechen!“ So etwas hörte ich gerne. Jetzt schaltete sich Frau Kaltenbach ebenfalls in das allgemeine Brainstorming ein. „Zu Weihnachten organisieren wir regelmäßig ein Benefizkonzert in der evangelischen Christuskirche. Diospi Suyana wäre da ein guter Spendenzweck!“

Mit einem Sack Walnüsse und besten Grüßen schickten mich die Kaltenbachs wieder auf die Autobahn nach Hause. Der informelle Vortrag im Familienkreise trug reiche Früchte. Beim Weihnachtskonzert hielten Tina und ich einen Vortrag vor einer vollbesetzten Kirche. Die Kollekte ergab den stolzen Betrag von 2 000 Euro. Die Rotarier überwiesen 5 000 Euro.

Die Achse Kaltenbach – Diospi Suyana wurde immer fester. Bei einem meiner vielen Besuche in Lörrach erläuterte mir Herr Kaltenbach eine weitere Idee. „Wir könnten doch mit unserem Firmennetz die Werkstatt des Spitals ausstatten!“ Die Genialität seines Vorschlags war sofort offenkundig.

„Ich kenne die Chefredakteure der führenden Tageszeitungen der Region", spann er den Faden weiter. „Wir machen daraus eine Fortsetzungsgeschichte in der Presse!"

Wie immer hielt Herr Kaltenbach Wort. Zwei seiner Mitarbeiter wurden eigens für die Akquise und Aufarbeitung der Maschinen freigestellt. Die Tageszeitungen Südbadens veröffentlichten mehrmals ausführliche Berichte über dieses „Werkstattprojekt", das bald ein Finanzvolumen von 50 000 Euro umfasste.

Nach einem Informationsabend in der Christuskirche, die fast einer Pressekonferenz glich, standen Herr Kaltenbach und ich noch im Foyer zusammen und plauderten. „Herr John, ich war neulich mit dem Chef des Sandoz-Konzerns Ski fahren. Der muss Sie unbedingt mal einladen!"

Ich sah das genauso, aber meine Pressemappe an Sandoz ein Jahr zuvor war wohl ungelesen im Papierkorb verschwunden. Doch mit der Unterstützung von Kaltenbach war diesmal wohl mehr drin. Genau zehn Tage später empfingen mich Konzernchef Andreas Rummelt und Anne Schardey, die Leiterin der Öffentlichkeitsabteilung. Sie sahen auf dem Notebook, wofür sich Clubkamerad Kaltenbach so überaus einsatzfreudig ins Zeug gelegt hatte.

„Herr John, Sie bringen eine Menge Begeisterung rüber. Wie können wir Ihnen helfen? Brauchen Sie Geld oder Medikamente?" Die Frage von Herrn Rummelt hatte ich natürlich erwartet.

„Sie könnten den Bau der Intensivstation sponsern", schlug ich zaghaft vor.

„Wie viel wäre das?"

Das wohlwollende Gesicht von Herrn Rummelt machte mir mächtig Mut. Ich holte tief Luft, nahm Anlauf und sagte: „50 000 Euro!"

„Sie werden von uns hören!"

Sandoz überwies exakt diesen Geldbetrag auf das Konto von Diospi Suyana. Nach einem Vortrag vor 150 Angestellten des Konzerns in der Kantine spendeten die Mitarbeiter der IT-Abteilung weitere 5000 Euro. Im Jahr 2009 schob Sandoz noch einmal 10000 Euro nach. Das Unternehmen spendete ferner Medikamente im Wert von 20000 Euro und will auch zukünftig Diospi Suyana unter die Arme greifen.

Wie hatte Pastor Born sich geäußert? „Wir können euch leider nicht langfristig unterstützen, aber wir stellen gerne in der Fußgängerzone einen Stand auf!" Das Endergebnis ihres „kleinen Projektes" belief sich bis jetzt auf 187000 Euro. Zehntausende von Baden-Württembergern nahmen über die Medien Anteil an den verschiedenen Aktionen und Benefiz-Veranstaltungen zugunsten des Missionsspitals in Peru.

Solch eine mysteriöse Verkettung von Umständen – bei Diospi Suyana gehört das zur Normalität. Bei der Suche nach Erklärungen greifen selbst eingefleischte Agnostiker hin und wieder zu metaphysischen Denkmodellen. Christen haben es da relativ einfach. Sie sagen: „An Gottes Segen ist alles gelegen …", und falten dankbar ihre Hände.

Beim Europäischen Parlament

Langsam begannen wir, über den besten Zeitpunkt unserer Rückreise nach Peru nachzudenken. Aber wer würde dann die Betreuung der Spender übernehmen? Wer könnte in einem zukünftigen Diospi-Suyana-Büro als Ansprechpartner zur Verfügung stehen?

Einige Bewerber meldeten sich, aber Olaf, Tina und ich

konnten uns zu keiner Entscheidung durchringen. Im Sommer 2004 kamen wir mit Anette Bauscher aus Solms ins Gespräch. Sie verfügte über eine zehnjährige Erfahrung im Bereich der Öffentlichkeitsarbeit eines christlichen Medienunternehmens. Unser Telefongespräch, so herzlich es auch war, endete jedoch in einer Sackgasse. Wir verlangten nämlich von ihr, entweder ins Rhein-Main-Gebiet oder in den Darmstädter Raum umzuziehen, wo unser Verein offiziell gemeldet war.

Am 1. September reisten wir nach Brüssel, um Hartmut Nassauer, Chef der CDU-Fraktion im Europäischen Parlament, unser Projekt zu präsentieren. Die Konferenz in Brüssel endete wie das Hornberger Schießen. Man riet uns dringend ab, Anträge, welcher Art auch immer, an die EU zu stellen. „Verschwenden Sie nicht Ihre Zeit mit solchen Formalitäten. Verfahren dieser Art ziehen sich über Jahre in die Länge und haben einen höchst ungewissen Ausgang!“

Während der sechsstündigen Rückfahrt im Auto hatten wir drei viel Zeit zum Reden. Als wir am Abend zu Hause ausstiegen, hatten wir uns zu einem Entschluss durchgerungen, der mit der EU in Brüssel überhaupt nichts zu tun hatte: Wir würden Anette Bauscher eine Arbeitsstelle anbieten, gleichgültig, ob sie zu einem Wohnungswechsel bereit wäre oder nicht.

Mein Anruf gegen 21 Uhr kam für sie ziemlich unerwartet, traf aber mitten in eine vorbereitete Situation. Um die Mittagszeit des gleichen Tages hatte Frau Bauscher nämlich Gott ganz bewusst um eine neue Arbeitsstelle gebeten. Und nun wurde sie ihr von mir in den wärmsten Tönen angeboten.

Ab dem 1. Januar 2005 leistete Anette Bauscher acht Jahre lang eine unschätzbare Arbeit für Diospi Suyana. Sie ist der einzige Grund, warum uns der vergebliche Besuch bei der EU in Brüssel in bester Erinnerung bleiben wird. Ende 2012 sorgte sie für einen nahtlosen Übergang zu Erika Alex, die sie vor ihrem Ausscheiden gewissenhaft einarbeitete. Rückblickend stellen wir fest, dass Anette Bauscher maßgeblich zum Erfolg unseres Werkes beigetragen hat (www.perlenschatz.info).

Rädchen im großen Räderwerk

Sorgenvoll blickte ich auf den 18. Februar 2005. Die zwei Chefs der Baufirma Constructec würden aus Ecuador nach Deutschland kommen, um mit Diospi Suyana die Details eines Bauvertrags auszuhandeln. Ich fühlte mich wie ein Fantast und Hochstapler. Im ersten Jahr unserer Sammelaktion hatten meine Frau Tina und ich gerade mal 300 000 Euro zusammengebracht. Nicht schlecht für den Anfang, aber lächerlich wenig im Hinblick auf die erforderlichen Finanzmittel. Die Kosten für den Bau des Krankenhauses lagen nach Aussage des Vertragswerks bei deutlich über 3 Millionen US-Dollar. Wohlgemerkt: ohne Ausstattung! Den Wert der medizinischen Geräte schätzte ich grob auf weitere 2 Millionen US-Dollar. Es fehlte uns aber nicht nur an Geld. Etwas anderes bereitete mir noch größeres Kopfzerbrechen.

Monatelang hatten wir nach einem Ingenieur Ausschau gehalten, der die Bauarbeiten in Peru als unser Consulting-Partner überwachen könnte. Ein Mann mit internationaler Erfahrung, noch gesund und bei Kräften und zudem bereit, für zwei Jahre nach Peru zu ziehen. Da wir ein kleines Spendenwerk waren, wollten wir ihm kein Gehalt zahlen, sondern hofften auf eine ehrenamtliche Tätigkeit. Wahrscheinlich existierte solch eine fiktive Person gar nicht. Jedenfalls hatten wir niemanden mit diesen Charakteristika gefunden.

Zwei Tage vor jener Sitzung saß ich morgens in unserer

kleinen Dachwohnung. Neben mir am Tisch bemühte sich Rechtsanwalt Klaus Schultze-Rhonhof, mir den Inhalt von 50 Seiten Kleingedrucktem zu erklären. Der erste Entwurf für einen Bauvertrag enthielt eine Menge juristische Vokabeln, die mich als Arzt völlig unverständlich anmuteten. Herr Rhonhof hatte angeboten, mich bei den Verhandlungen mit Constructec zu beraten. Meine ganzen Hoffnungen ruhten auf ihm, denn zu allem Unglück erkrankte in jener Woche auch noch Olaf Böttger. Er würde bei den Gesprächen mit Constructec nicht dabei sein können.

„Ich gehöre übrigens auch zu einer wohltätigen Vereinigung", bemerkte der Rechtsanwalt und schob die vielen Blätter mit seinen Notizen ein wenig zur Seite. „Wir sind so um die 20 Personen aus ganz Deutschland und sammeln Gelder für Kinder von Straßenmädchen in São Paulo, Brasilien!"

Klaus Rhonhof lag auf meiner Wellenlänge, das spürte ich. Mein Interesse an seinem karitativen Engagement steigerte sich aber erheblich, als er anfügte: „Einer von uns hat früher als Ingenieur für Philipp Holzmann gearbeitet!" Ich erinnerte mich sofort daran, dass Philipp Holzmann bis zu seinem Konkurs eines der führenden Bauunternehmen Deutschlands gewesen war. Der Mann, von dem er sprach, musste wohl etwas mit dem Baugewerbe zu tun haben.

„Darf ich fragen, wie dieser Mann heißt?"

„Natürlich. Es ist Udo Klemenz, er wohnt in Solms bei Wetzlar!"

„Haben Sie vielleicht rein zufällig seine Telefonnummer bei sich?" Meine Stimme verriet eine gewisse Dringlichkeit. Der Rechtsanwalt bückte sich und kramte in seiner Tasche unter dem Tisch. Eine ganze Weile verging und es sah nicht danach aus, dass er in den Tiefen seiner Aktentasche fündig würde.

„Hier hab ich sie!", rief er mit einem Anzeichen der Befriedigung und reichte mir einen kleinen Zettel.

„Würde es Ihnen etwas ausmachen, wenn ich mal ganz kurz bei Herrn Klemenz anrufe?"

Der Rechtsanwalt schüttelte den Kopf. „Durchaus nicht. Vielleicht haben Sie Glück und er ist zu Hause!"

Eine tiefe Stimme meldete sich am anderen Ende der Leitung.

„Sind Sie Herr Klemenz?", fragte ich und bemühte mich, freundlich zu klingen.

„Ja, der bin ich. Worum geht es?"

„Wir sind eine kleine Gruppe von Ärzten und Krankenschwestern, die in Peru ein Missionsspital bauen wollen. Wir suchen aber noch einen Bauingenieur, der die Arbeiten beaufsichtigen könnte!" Ich wusste, es machte keinen Sinn, lange um den heißen Brei herumzureden. Ich holte noch einmal tief Luft und ließ die Katze aus dem Sack. „Könnten Sie sich vorstellen, diese Aufgabe zu übernehmen, aber umsonst?"

Ich lauschte gespannt in den Hörer. Mein Anliegen hatte nicht gerade den Anstrich von Seriosität. Auf Herrn Klemenz mussten meine Worte wie eine Mischung aus Naivität und Unverschämtheit wirken.

„Ja, das kann ich mir vorstellen. Am besten, Sie besuchen meine Frau und mich und wir reden in aller Ruhe darüber. Was halten Sie von heute Abend?"

„Passt mir hervorragend!", antwortete ich verdattert, bedankte mich artig und versprach, um Punkt 19 Uhr in Solms zu erscheinen.

Als ich den Hörer auflegte, bemerkte der Rechtsanwalt trocken: „Herr John, Sie sind genau der Richtige für diese Aufgabe!" Nach diesem ermutigenden Lob machten wir uns wieder an die Durchsicht des Vertragsentwurfs.

Mit einem Tastendruck schaltete ich mein Navigationsgerät ab. Hier in diesem Haus am Hang lebte also das Ehepaar

Klemenz. Während der einstündigen Fahrt von Wiesbaden nach Solms hatte ich versucht, mir die erste Begegnung mit den beiden vorzustellen. Ob sie überhaupt Interesse an unserem Krankenhaus in Peru haben würden? Hoffnungsvoll stand ich an der Tür und klingelte.

Udo und Barbara Klemenz hatten mich schon erwartet. Sie führten mich in ihr Wohnzimmer und halfen mir, Leinwand und Beamer im richtigen Winkel zueinander aufzustellen. Mein Vortrag über Diospi Suyana dauerte eine knappe Stunde. Wort für Wort wiederholte ich anhand der Bilder zum 250. Mal Tinas und meine Lebensgeschichte, die dann wie immer in unseren verwegenen Traum einmündete, den Traum eines modernen Missionsspitals in den Anden. Das Ehepaar Klemenz folgte meinen Ausführungen schweigend, ohne eigene Kommentare abzugeben.

Nach meiner Präsentation war es überraschenderweise Barbara Klemenz, die zuerst das Wort ergriff. Was sie in wenigen Sätzen schilderte, verschlug mir die Sprache. „Mein Mann und ich sind überzeugte Christen hier aus der Landeskirche im Ort. Seit drei Tagen fragen wir uns ganz intensiv, ob Gott vielleicht einen besonderen Auftrag für uns bereithält!" Ein kalter Schauer lief mir den Rücken herunter und ich musste mich beherrschen, um meine Erregung zu verbergen.

„Wir haben wiederholt um Gottes Führung gebeten", fuhr Barbara Klemenz fort. „Als Sie uns heute Morgen anriefen, saßen mein Mann und ich gerade in der Küche zusammen und dachten über unser Leben nach. Für uns kommt Ihr Anruf wie ein Fingerzeig Gottes!"

Nun war ihr Mann Udo an der Reihe. „Ich habe 35 Jahre als Bauingenieur für die Firma Holzmann gearbeitet. Davon 13 Jahre in Ländern der Dritten Welt." Er räusperte sich ein wenig und kam dann auf den springenden Punkt zu sprechen. „Ich hätte durchaus die Erfahrung, die Sie suchen. Das

Timing von heute Morgen scheint darauf hinzuweisen, dass Gott will, dass wir nach Peru gehen!“

Die Rückfahrt nach Wiesbaden dauerte mir viel zu lange. Ich musste Tina unbedingt von meinem Erlebnis bei den Klemenz’ berichten. Es war offensichtlich, dass Gott auf eine schier unglaubliche Weise gehandelt hatte. Als Tina die Geschichte hörte, schwieg sie ergriffen. Dann sagte sie: „Wir alle sind Rädchen im großen Räderwerk Gottes!“

Die Verhandlungen mit Constructec begannen, wie geplant, am 18. Februar und dauerten vier volle Tage. Am Tisch dabei: Udo Klemenz. Er war gewissermaßen über Nacht zu einer Schlüsselperson bei Diospi Suyana geworden.

Nägel mit Köpfen

Einige Wochen später reisten Udo Klemenz und ich nach Peru. Für mich war es bereits der zehnte Flug nach Lima. In der Nacht vor dem Abflug tat ich kein Auge zu, sondern schickte eine wahre Flut von E-Mails nach Südamerika, um die folgenden Tage so produktiv wie möglich zu gestalten.

Das Ergebnis war geradezu spektakulär. Vom 7. bis 15. April, also innerhalb einer Woche, stellten wir beide das Krankenhausprojekt dreizehnmal vor. Zu den vielen wichtigen Persönlichkeiten, die wir trafen, zählte der deutsche Botschafter, Dr. Roland Kliesow, die neue Gesundheitsministerin Perus, Dra. Pilar Mazzetti, die Präsidentin des Bundesstaates Apurímac, Liz. Suarez Aliaga, und der Direktor des Nationalen Evangelischen Kirchenrats, Dr. Victor Arroyo. Am 15. April hielt ich gleich drei Präsentationen bei den führenden Tageszeitungen des Landes. „El Comercio“, „La Republica“ und „Peru 21“ publizierten bald darauf ausführliche Berichte und machten Diospi Suyana dadurch einem breiten Publikum in Peru bekannt. Während ich meine Verslein aufsagte, knipste Udo fleißig mit seiner digitalen Kamera. Obwohl er des Spanischen noch nicht mächtig war, stellte er bald seine weit überdurchschnittliche Auffassungsgabe unter Beweis. Aus Wortbrocken, Gesprächsfetzen, Gesten und Minenspielen versuchte er die Ergebnisse der Konferenzen zu deuten und lag mit seinen Annahmen meistens haargenau richtig.

Natürlich besuchten wir auch die zukünftige Baustelle in Curahuasi. Als Erstes statteten wir dem Bürgermeister Julio Cesar Luna im Rathaus einen Besuch ab. Er hieß uns auf das herzlichste willkommen und organisierte spontan eine Sitzung in seinem Büro. Seine Berater, einige Frauen und Kinder drängten sich auf eilig herbeigeschleppten Stühlen zusammen, um sich auf dem kleinen Notebookbildschirm über den Stand der Dinge zu informieren. Meine Präsentation galt hier den Menschen, die zu den hauptsächlichen Nutznießern dieses Spitals zählen würden. Die Bilder intonierten eine Zukunftsmusik, die zu schön klang, um wahr zu sein.

„Liebe Curahuasinos“, sagte ich abschließend und ließ meinen Blick über die Runde von gut 20 Personen schweifen, „wir sind so weit! Im Mai geht es los!“

In den großen Augen meiner Zuhörer las ich eine Mischung aus Staunen und Zweifel. Alle schwiegen und warteten nun auf den Redebeitrag ihres Bürgermeisters. Nach dem üblichen Protokoll würde er nun mit vielen blumigen Sätzen seine Antwort geben. Julio Cesar stand auf und holte tief Luft. Doch er brachte kein Wort über seine Lippen. Erneut setzte er an, aber auch diesmal versagte seine Stimme. Man reichte ihm ein Taschentuch, damit er sich die Tränen aus dem Gesicht wischen konnte. Schließlich hatte er seine

Fassung so weit wiedererlangt, um etwas Passendes zu sagen. Aber eigentlich drückten seine Tränen weit mehr aus, was unser Krankenhaus für die Bevölkerung bedeuten würde, als es eine Ansprache je hätte tun können.

Am nächsten Tag flog Judd Johnson von Constructec aus Quito ein, um mit uns die nächsten Schritte zu planen. Wir stiegen gemeinsam im Hotel Santa Catalina ab. Nach jahrelangen theoretischen Erwägungen waren wir nun definitiv in die heiße Phase eingetreten. Bis in die Nachtstunden berieten wir in meinem Hotelzimmer über die ersten Baumaßnahmen, die kurz nach dem ersten Spatenstich erfolgen sollten.

Mr. Johnson, ein gebürtiger US-Amerikaner, hatte schon ein Jahrzehnt in Ecuador verbracht. Er verhielt sich wie ein typischer Latino. Egal, welches heiße Eisen wir anschnitten, er sah überhaupt kein Problem. Alles schien für ihn lösbar zu sein. Er zauberte aus seiner hohlen Hand beeindruckende Pläne für eine Marschroute, die Udo Klemenz als nicht ganz seriös durchschaute. Wir beide machten uns nun Sorgen, ob wir tatsächlich einem Judd Johnson das Bauvorhaben anvertrauen könnten. Aber da Constructec die Planungsarbeiten durchgeführt hatte und wir keine andere Baufirma in der Region kannten, blieb uns wohl nichts anderes übrig.

Mitten in der Nacht vor unserer Abreise wuchsen wir drei dann überraschenderweise zu einem schlagkräftigen Team zusammen. Die Wasserversorgung von Curahuasi war am Abend zum Erliegen gekommen und Udo hatte den Wasserhahn nicht ganz zugedreht. Irgendwann vor Mitternacht strömte das Wasser wieder in die Rohre und es dauerte nicht lange, da floss das Waschbecken über. Udo schlief wie ein Stein und merkte nicht, dass der Wasserpegel in seinem Zimmer mit jeder Stunde zentimeterweise nach oben kletterte. Judd und ich hörten im Halbschlaf das Plätschern, hielten die Geräusche aber für Nieselregen auf der Straße. Als Judd an meine Tür pochte, hatten sich die Wassermassen bereits einen Weg auf den Hotelflur gebahnt. Wir mussten augenblicklich handeln, um einen Schaden am Gebäude gerade noch zu verhindern. Unsere aufgeregten Rufe brachten Udo endlich aus dem Bett und unsanft ins knöcheltiefe kalte Nass. Mit Eimern, Schrubbern und Putzlumpen brachten wir die peinliche Angelegenheit wieder unter Kontrolle. Judd und ich wurden dabei von Lachkrämpfen geschüttelt und machten auf Udos Kosten unsere Späße, was er uns glücklicherweise nicht übel nahm.

Mitte April kehrten wir nach Deutschland zurück. Die Orientierungsreise verstanden wir als Generalprobe vor dem symbolischen ersten Spatenstich, den wir auf den 24. Mai datiert hatten. Immense logistische Schwierigkeiten lagen vor uns und die finanziellen Reserven waren eng begrenzt. Nach fast eineinhalbjähriger Kampagne hatten Tina und ich durch rund 200 Vorträge 600 000 US-Dollar gesammelt. Da wir ohne Hilfe der deutschen Regierung, ohne Bill Gates und ohne Kredite arbeiten würden, konnte jeder Tag der letzte Tag des Projektes sein. Das wussten wir. Nichtsdestotrotz wollten wir die Bagger rollen lassen – in der Hoffnung, dass die Spendeneingänge auf wundersame Weise mit den Ausgaben Schritt halten würden. Menschlich gesehen, war unser Vorhaben der blanke Wahnsinn. Ohne Gottvertrauen war es schlichtweg undurchführbar.

Lagerhalle gesucht

Unsere Sachspenden waren bisher kostenlos in einem kleinen Lager der Firma Stoss Medica untergekommen. „Nur vorübergehend“, wie ich immer behauptete. Ich war der Meinung, dass Diospi Suyana die Gastfreundschaft von Herrn Lantzsch, dem Stoss Medica zu 50 Prozent gehörte, nicht überstrapazieren durfte. Außerdem benötigten wir langfristig – für ein bis zwei Jahre – ohnehin eine deutlich größere Halle, in der wir alle Geräte sammeln und für den Transport verpacken konnten. Wir hatten einen Platzbedarf von mindestens 350 Quadratmetern errechnet, aber ein Mietpreis von rund 2 000 Euro kam für uns einfach nicht infrage. Für den bevorstehenden Beginn der Bauarbeiten brauchten wir jeden Cent.

Ich erkundigte mich bei verschiedenen Transportfirmen. Keine von ihnen schien über freie Kapazitäten an Lagerflächen zu verfügen. Kein Wunder, wir suchten das Lager zum Nulltarif! Verständlicherweise drängt sich kein Unternehmen in den Vordergrund, um auf eine Jahresmiete von 25 000 Euro zu verzichten. Auch unsere Aufrufe über Infobriefe und die Webseite verhallten ungehört. Vielleicht gab es irgendwo leere Hallen, aber niemand meldete sich. Solange freundliche Hände unsere Kisten irgendwo bei Stoss Medica hineinquetschten, konnte ich ruhig schlafen. Diese Schonfrist endete aber abrupt Mitte Mai mit einem Telefonanruf von Herrn Hofmann.

„Herr John, Sie müssen umgehend Ihre Sachen bei uns rausräumen. Das Lager platzt aus allen Nähten!“

„Ja, wir suchen schon eine Ausweichmöglichkeit.“ Meine Antwort entsprach den Tatsachen. Leider stand aber keine Alternative in Aussicht.

Ich besprach die missliche Lage mit Helmut Steitz. In

den Siebziger- und Achtzigerjahren hatten wir gemeinsam Jungschararbeit in unserer Kirchengemeinde betrieben. Als langjähriger Mitarbeiter des Hessischen Ministeriums für Umwelt und Naturschutz verfügte er über interessante Kontakte. Und siehe da, ich durfte bald beim Leiter des Immobilienamtes der Hessischen Landesregierung vorsprechen.

Die Bürokraten zeigten sich erstaunlich unbürokratisch und boten mir das leerstehende Katasteramt in Dieburg, südlich von Darmstadt, an. Wir hatten wirklich keine Zeit zu verlieren. Axel Lantzsch, Olaf Böttger und ich trafen uns einige Tage später zur Ortsbegehung des besagten Objekts. Eine freundliche Beamtin erwartete uns. Das Gebäude war aber leider in jeder Hinsicht untauglich. Die engen Räume boten kaum Stauraum. Eine Rampe fehlte. Wer in das Hochparterre wollte, musste erst einige Treppen überwinden. Wie sollten hier tonnenschwere Gegenstände hoch- und hinunterbewegt werden? Zudem waren die Räume in keiner Weise diebstahlsicher. Unschlüssig schritten wir drei durch die Büros. Unsere Gesichter spiegelten alles andere als Enthusiasmus wieder.

„Warum fragen Sie nicht in Darmstadt bei der Firma Schenck nach? Die haben große Hallen!“ Der Rat der Beamtin war sicherlich gut gemeint, aber nicht gerade vielversprechend. Ich hatte schon bei so vielen Firmen angefragt und mir immer nur einen Korb geholt. Unverrichteter Dinge verabschiedeten wir uns und fuhren wieder heim.

Andererseits: Unsere Tage bei Stoss Medica waren gezählt, wir mussten jede Möglichkeit ausloten. Also versuchte ich umgehend mit dem Technologiepark Schenck Kontakt aufzunehmen. Eine Telefonnummer führte mich zu einem mir unbekannten Kontaktmann. Dieser gab mir eine Adresse für schriftliche Eingaben. Ich schickte meinen Brief an die empfohlene Anschrift und fragte eine Woche später telefonisch nach. Zu meiner Überraschung stellte man mich direkt zum Verwaltungsleiter, einem gewissen Herrn Pfuhl, durch.

„Herr John, ich habe mir Ihre Unterlagen genau angesehen. Mir ist klar, dass es sich bei Ihrem Krankenhausprojekt um eine Herzblut-Angelegenheit handelt", sagte er und machte eine kleine Pause. Ich platzte förmlich vor Ungeduld. „Leider kann ich Ihnen überhaupt nichts anbieten", fuhr er fort. „Alle unsere Hallen sind voll!"

Enttäuscht ließ ich meine Schultern hängen. Aber irgendetwas in seiner Stimme ließ mich Hoffnung schöpfen. „Herr Pfuhl, Sie müssen mir einfach helfen, ich habe seit Monaten versucht, eine Lagerhalle zu finden. Ich weiß nicht mehr, was ich machen soll!" Der Ton meiner Stimme war als klares SOS-Signal gedacht.

„Ich würde Ihnen ja gerne helfen. Aber ich kann nicht!" Ohne Zweifel hatte Herr Pfuhl für unsere Sache eine Menge Sympathie. Er redete wirklich nicht wie jemand, der sich billig aus der Affäre ziehen wollte. Trotzdem ließ ich nicht locker.

„Herr Pfuhl, lassen Sie mich bitte nicht hängen, wir befinden uns in einer Notlage!"

„Ich hätte da möglicherweise einen Kellerraum von 100 Quadratmetern, aber der würde Ihnen ja ohnehin nicht reichen!"

Ich horchte auf. War das vielleicht der rettende Strohhalm? „Fantastisch, wir sind für alles dankbar, was Sie uns anbieten können!" Vielleicht hatte ich jetzt allzu triumphierend geklungen, denn Herr Pfuhl sah sich genötigt, meine Erwartungen etwas zu dämpfen. „Fahren Sie erst einmal zum ersten Spatenstich nach Peru. In der ersten Juniwoche reden wir dann weiter!"

Ein Fest der Freude

Einen Tag vor dem ersten Spatenstich kam ich in Curahuasi an, und das nicht alleine. Jörg Bardy und seine Frau Birgit aus Lüdenscheid hatten ebenfalls Tickets nach Peru gebucht, um sich die Situation vor Ort anzuschauen. Sie spielten nämlich mit dem Gedanken, langfristig als Physiotherapeut bzw. Allgemeinärztin mitzuarbeiten. Als sie hörten, dass das symbolträchtige Fest just während ihrer Reise stattfinden sollte, flogen sie von Lima gleich in den Süden weiter, um dabei zu sein. Gynäkologe Dr. Jens Hassfeld und seine Frau Damaris ließen ihre drei Kinder in Deutschland zurück, um ihre zukünftige Wirkungsstätte genauer unter die Lupe zu nehmen. Die Tage in den Bergen Perus verstanden sie als zweite Flitterwochen, was mich zur scherzhaften Bemerkung veranlasste, sie hätten außer ihrem Techtelmechtel wohl nichts anderes im Sinn. Aus Ecuador stieß die australische Röntgenassistentin Lyndal Maxwell zu uns. Zusammen mit dem amerikanischen Missionsärzteehepaar Allen und Amy George sowie der Sozialarbeiterin Hannelore Zimmermann brachten wir es auf neun Personen aus dem Dunstkreis von Diospi Suyana.

Die Trockenzeit hatte begonnen und die Schneeberge in Sichtweite von Curahuasi hoben sich majestätisch vom strahlend blauen Himmel ab. Doch ich schaute besorgt drein. Auf dem angehenden Baugelände war nämlich außer Gestrüpp und Büschen nichts zu sehen, was auf ein gesellschaftliches Großereignis schließen ließ. Keine 24 Stunden später erwarteten wir immerhin 3 000 Menschen zum ersten Spatenstich. Sogar der deutsche Botschafter und der Direktor des Evangelischen Kirchenrats hatten ihr Kommen aus der fernen Hauptstadt Lima angekündigt.

Um die Mittagszeit stemmten wir das schwere Bauschild

in die Höhe. Auf ihm stand in großen schwarzen Buchstaben gedruckt, was das Ziel von Diospi Suyana sein sollte: Wir wollten mit diesem Krankenhaus Gott ehren und dem peruanischen Volk dienen. Als voraussichtlichen Einweihungstermin hatten wir Ende April 2007 vermerkt.

Judd Johnson kletterte, vom Mittagessen gestärkt, in eine Raupe und fand sichtlich großen Spaß daran, einen Platz für die Großveranstaltung zu planieren. Von einer Bühne war zwar weit und breit noch nichts zu sehen, doch hatten Mitarbeiter der Gemeindeverwaltung einige Stämme und Bretter abgeladen. „Morgen ist alles fertig", versprachen sie und machten sich gemächlich an eine Gerüstkonstruktion, die als Plattform dienen sollte.

Der Dienstagmorgen begann im Hotel mit einer Singstunde aller deutschen Teilnehmer. Wir übten kräftig die deutsche Nationalhymne, um auf alle Eventualitäten vorbereitet zu sein. Zu Fuß oder im Taxi machten wir uns dann auf den Weg zum Festplatz. Hier hatte sich über Nacht Erstaunliches getan. Eine Bühne von gut 20 Metern Breite stand an der richtigen Stelle und war zudem mit Hunderten von Luftballons in den Farben Perus und Deutschlands dekoriert. Einige Zelte zu beiden Seiten eines viereckigen Platzes würden der Prominenz aus Curahuasi Schutz vor der stechenden Sonne bieten.

Als der Botschafter und der Direktor des Kirchenrats aus Lima pünktlich erschienen, fiel mir ein Stein vom Herzen. Ganze Pilgerzüge von Curahuasinos wanderten in langen Kolonnen vor die Tore der Stadt. Mehrere Schulklassen marschierten zum Rhythmus zweier Musikkapellen auf das Gelände. Ihre farbenprächtigen Uniformen verliehen dem Ganzen einen würdevollen Rahmen. Auf dem Podium heizte währenddessen der Sprecher der Stadtverwaltung die allgemeine Stimmung an. Er rief stakkatoartig seine markigen

Sprüche ins Mikrofon. „Dieses Krankenhaus in der Welthauptstadt des Anis wird das schönste, beste und größte in Peru!" Sein Vorrat an Superlativen war einfach unerschöpflich. Die Kirchen des Distriktes formulierten ihre Meinung zum Projekt auf Plakaten und langen Bannern. Ein Slogan traf den Nagel auf den Kopf. „Das Hospital Diospi Suyana ist ein Geschenk Gottes für Curahuasi!"

Die Würdenträger, darunter auch die Schönheitskönigin aus Cusco, wurden unter dem Applaus der Volksmenge einzeln auf die Bühne gebeten. So saßen bald die Vertreter der Kirchen, der Regionalregierung und des Rathauses einträchtig neben uns Missionaren. Auf mich wirkte die ganze Szene fast unwirklich. Drei Jahre waren vergangen, seitdem Tina und ich an einem Schreibtisch in Ecuador den Bau eines neuen Missionsspitals vorgeschlagen hatten – und hier standen nun dichtgedrängt mehrere Tausend Menschen, die offensichtlich unserer Vision Glauben schenkten. Sie schmetterten die Hymne Perus beim Hissen ihrer Fahne und freuten sich über das Deutschlandlied, das der Botschafter und wir oben auf der Plattform zum Besten gaben.

In meiner Ansprache zitierte ich einige Verse aus dem 4. Kapitel des Lukasevangeliums. Jesus hatte sein öffentliches Wirken damals mit einer programmatischen Rede begonnen, die ich bewusst auf unsere missionsärztliche Tätigkeit bezog: „Mit mir ist der Geist des Herrn, weil er mich berufen hat. Er hat mich beauftragt, den Armen die frohe Botschaft zu bringen. Den Gefangenen soll ich die Freiheit verkünden, den Blinden sagen, dass sie sehen werden, und den Unterdrückten, dass sie bald von jeder Gewalt befreit sein sollen!"

Der Botschafter hob in seiner Rede hervor, die deutschen Mitarbeiter würden künftig Seite an Seite mit den Curahuasinos leben, wofür er stürmische Ovationen erntete. Während des Festaktes ging der kurze Beitrag von Dr. Allen George vielen unter die Haut. Er erzählte vom Gehirntumor seiner Frau Amy, ihren beiden Operationen und dem ungewissen Ausgang ihrer Erkrankung. „Ich habe gelernt“, sagte er nachdenklich ins Mikrofon, „dass in meinem Leben nur das einen bleibenden Wert haben wird, was ich für Gott getan habe!“

Zwei Folkloretanzgruppen erweckten die alte Inkakultur zum Leben und erinnerten uns an die eigentliche Zielgruppe unserer humanitären Arbeit. Der Höhepunkt der dreistündigen Zeremonie war natürlich der erste Spatenstich, in den wir bewusst auch die katholische Kirche sowie die Regionalregierung integrierten. Bestimmt mag so manch einer seine Zweifel gehabt haben, ob dem bunten Medienereignis der Bau eines Krankenhauses wirklich folgen würde. Die hochtrabende Rhetorik der peruanischen Politiker weckt meist Hoffnungen, die selten befriedigt werden. Aber wir waren eine Handvoll Deutsche und den „Alemanes“ war so ziemlich alles zuzutrauen …

Stoßgebete auf der Autobahn

Kaum hatte ich in Wiesbaden die Koffer wieder ausgepackt, da klingelte das Telefon. Herr Hofmann meldete sich in seiner schnörkellosen und unmissverständlichen Art: „Herr John, am Donnerstag müssen Sie aus unserem Lager raus. Ist das klar?“

Ich war in keiner Weise begriffsstutzig. Die Botschaft war bei mir voll angekommen. Noch blieben mir 48 Stunden.

Und am nächsten Tag würde ich Herrn Pfuhl in Darmstadt aufsuchen.

Mein Navigationsgerät führte mich am Mittwoch zielsicher nach Darmstadt vor die Tore der Firma Schenck. Die Fahrt auf der Autobahn hatte ich für mehrere Stoßgebete sinnvoll genutzt. An der Pforte erhielt ich meinen Besucherausweis, und schon meldete ich mich pünktlich bei der Sekretärin des Chefs.

„Schön, dass Sie da sind!" Herr Pfuhl gab sich aufgeräumt. „Ich rufe gleich noch Herrn Weg, unseren Hausmeister, und dann schauen wir mal!" Ich witterte Morgenluft.

Es gibt solche und solche, wie man so sagt, besonders bei Hausmeistern. Herr Weg beeindruckte mich vom ersten Augenblick an durch seine Gemütlichkeit und Freundlichkeit. Zu dritt zogen wir los, um uns in den Lagerhallen umzusehen. In einem der hinteren Gebäude gelangten wir mit dem Fahrstuhl ins Untergeschoss.

„Da wären wir!" Herr Weg schloss gleich drei Räume auf. Ich sah auf den ersten Blick, dass sie alle sauber, trocken und sicher waren. Wie mir Herr Pfuhl am Telefon schon angedeutet hatte, standen sie uns für einen gewissen Zeitraum kostenlos zur Verfügung. Mir fiel ein Stein vom Herzen. Nach den vielen Absagen der vergangenen Monate war ich hier bei Schenck endlich fündig geworden.

„Herr Weg, was hätten wir denn sonst noch für den lieben Herrn John anzubieten?" Die Bemerkung von Herrn Pfuhl kam völlig unerwartet. Ich spitzte meine Ohren und bemühte mich, dabei ein möglichst freundliches und unschuldiges Gesicht zu machen. Wie sich zeigte, hatte unser Gang durch den Gebäudekomplex erst begonnen. Wir durchquerten mehrere Hallen und standen schließlich vor zwei Sälen von jeweils 150 Quadratmetern.

„Ja, diese Räume hier kann er eigentlich auch haben." Die

Feststellung des Hausmeisters traf die volle Zustimmung seines Vorgesetzten.

„Das sind ja insgesamt schon 400 Quadratmeter", meldete ich mich mit überschäumender Dankbarkeit zu Wort.

„Das mag hinkommen", murmelte Herr Pfuhl und freute sich offensichtlich mit mir über die gute Nachricht. „Also für ein Jahr gehören diese Lagerflächen Ihnen!" Er klopfte mir auf die Schultern. In seinen Augen blitzte der Schalk eines Pfadfinders, der für den Tag seine gute Tat geleistet hatte.

Als ich nach Wiesbaden zurückfuhr, war ich überglücklich. Dem nahtlosen Umzug unserer Sachspenden von Stoss Medica zur Firma Schenck stand nichts mehr im Wege. Zwei volle Jahre wurden in den Hallen des Darmstädter Unternehmens bis zu zehn Containerladungen gleichzeitig für Diospi Suyana eingelagert. Die erlassenen Mietkosten kann man nur vermuten. Sie lagen irgendwo zwischen 50 000 und 100 000 Euro.

„Erst reicht man ihm den kleinen Finger und dann will er die ganze Hand!" Dieses Sprichwort sollte sich in der Beziehung Diospi Suyana und Schenck eindrücklich bewahrheiten. Was ursprünglich mit einem Angebot von 100 Quadratmetern begonnen hatte, weitete sich im Laufe der Monate auf 1500 Quadratmeter aus.

Ausreise nach Peru

Vier Wochen nach dem offiziellen ersten Spatenstich begannen die Bauarbeiten unter Leitung von Judd Johnson. Natürlich war es eine Mammutaufgabe für ihn, fernab von Lima in einem Hochtal der Anden ein Bauprojekt loszustoßen. Als Erstes zog er durch die Straßen von Abancay, um die ansässigen Baugeschäfte zu sichten. Bis zur Hauptstadt des Bundesstaates sind es von Curahuasi 75 Kilometer. Die Fahrt dauert hin und zurück drei Stunden und führt über einen 4000 Meter hohen Pass. Die Fotos, die Judd gelegentlich übers Internet nach Deutschland schickte, zeigten endlose Schlangen von Männern auf unserem Gelände, die sich um Arbeitsstellen bemühten. Aber es schien nicht so recht voran zu gehen. Es wurde Zeit, dass Udo und ich uns in das Baugeschehen einschalteten.

Am 3. August 2005 gab es in der Abflughalle des Frankfurter Flughafens einen kleinen Menschenauflauf: Fünf Johns und zwei Klemenz' wurden von ihren Verwandten und Nachbarn verabschiedet. Es herrschte eine Aufbruchstimmung wie vor einer Expedition. Wir waren nicht im Begriff, an der Adria einen Badeurlaub zu verbringen, sondern als Pioniere unterwegs in die Anden. Auf dem historischen letzten Foto blickt man in 30 erwartungsvolle Gesichter. Eine junge Dame hält enthusiastisch ein großes Holzschild in die Höhe. Es zeigt eine gelbe Sonne mit einem roten Kreuz, das Logo von Diospi Suyana.

Den langen Flug über Atlanta nach Peru überstanden wir gut. Kaum in Lima angekommen, richteten wir uns für zwei Wochen im Gästehaus einer schweizerischen Missionsgesellschaft ein. Wir wollten keine Wurzeln schlagen, sondern lediglich Visaangelegenheiten regeln, unsere peruanischen Führerscheine machen und die Reise nach Curahuasi vorbereiten. Dazu kaufte ich mit Udo einen Geländewagen der Marke Hyundai, auf dem tags drauf noch ein Dachgepäckträger befestigt werden sollte. Man hatte uns gesagt, dass der berüchtigte Stadtteil Victoria für Autozubehör jeder Art die richtige Adresse sei.

Wir fuhren gerade durch eine breite Avenida, als uns rechter Hand eine Frau mittleren Alters aufgeregt zuwinkte. Wohl hundert Meter weiter deutete ein Mann von der linken Seite mit sorgenvoller Miene auf unser Auto. Hatte sich womöglich an unserem Hyundai etwas gelockert? Wir hielten an, um der Sache schnell auf den Grund zu gehen.

Just an dieser Stelle erwartete uns ein Automechaniker, der nach einem prüfenden Blick unter unser Fahrzeug mit einer ölverschmierten Hand wieder zum Vorschein kam. Seinem Wortschwall entnahmen wir, dass unser Auto einen ernsten Defekt aufwies. Worum es sich aber genau handelte, blieb uns noch ein Rätsel.

„Ich kenne eine gute Werkstatt hier in der Nähe. Ich bringe Sie hin!“ Unser Engel am Straßenrand stieg gleich ein und lotste uns um mehrere Ecken. „Hier wären wir“, rief er und wir wussten sofort, was die Uhr geschlagen hatte. Wir standen in einer heruntergekommenen Gegend der Victoria und sahen uns von einer Traube von Menschen umringt, die alle wild gestikulierend auf uns einredeten. Der Geländewagen sei unten komplett kaputt, sie hätten aber zufällig die entsprechenden Ersatzteile zur Hand.

Udo und mir wurde sofort klar, dass wir einer Autobande auf den Leim gegangen waren. Ein Gefühl von Panik machte sich bei mir breit und zu allem Übel sprang der Wagen nicht mehr an. Hatten die Burschen vielleicht bei ihrem Getue unter dem Kotflügel unseren Wagen fahruntüchtig gemacht? Während Udo keinen Zentimeter vom Auto wich, rannte ich auf die Straße und rief laut nach der Polizei. Und tatsächlich,

Minuten später hielt direkt neben uns ein Streifenwagen, dem zwei Beamte ziemlich gelangweilt entstiegen.

„Regen Sie sich doch nicht so auf", meinte der eine Polizist. „Die Männer hier wollen doch nur Ihren Wagen klauen!" Seine Beschwichtigung verfehlte ihre Wirkung auf uns.

„Bitte bringen Sie uns von hier weg", baten wir die Polizei mit einem flehenden Unterton.

„Ja, das machen wir gerne!" Ein Uniformierter nahm auf dem Rücksitz Platz und gab uns Anweisungen, dem Polizeiwagen seines Kollegen zu folgen. Der Motor sprang auf wundersame Weise wieder an und wir entfernten uns, so schnell wir konnten, von der gefährlichen Ecke, die für uns zu einer Falle hätte werden sollen. Bald erreichten wir die Comisaria, das Polizeibüro des Stadtteils.

„Wir haben Sie aus dem Loch geholt und erwarten dafür eine kleine Anerkennung!" Die Worte der Polizisten waren frech und unverschämt. Um zu verdeutlichen, was sie wollten, hielten sie auffordernd ihre Hände auf. Ich legte einen Geldschein von 10 Soles auf die Handfläche und murmelte ein Dankeschön auf Spanisch. Doch die beiden Wachtmeister schüttelten energisch ihre Köpfe. „Das reicht nicht!"

Da platzte mir der Kragen. Ich zog einen Zeitungsartikel über uns aus der Tasche und erklärte ihnen, dass wir in Peru ein Krankenhaus für die Armen bauen wollten. Wir hätten es nicht verdient, weder von Strauchdieben noch von einer korrupten Polizei ausgenommen zu werden. Meine wütende Bemerkung schien zu fruchten. Wir kamen ungeschoren davon.

Im Sumpf der Korruption

Missmutig schaute Udo Klemenz über das gewalzte Plateau. Auf der Baustelle fehlte es an Stahl und Zement und überhaupt an sichtbaren Fortschritten. Die Adventszeit des Jahres 2005 stand vor der Tür und unsere Spender in Europa hofften auf sichtbare Baufortschritte mit Fundamenten und Mauern. Aber was hatten wir ihnen zu präsentieren? Erdarbeiten, nichts als Erdarbeiten.

Drei Monate waren seit unserer Rückkehr nach Peru vergangen. Udo Klemenz wartete immer noch auf die Baupläne von Constructec. „Judd, wie soll ich meine Consulting-Arbeit machen, wenn ich keine Pläne habe?" Udos Frust über das Fehlen der benötigten Unterlagen schien Judd Johnson nicht sonderlich zu beeindrucken. Meist antwortete er: „Am nächsten Dienstag. Oder in einer Woche!" Seine Zeitangaben bezüglich jedweder Planungen waren höchstens fantasievolle Absichtserklärungen. Er hatte sich leider als ein genialer Erfinder leerer Versprechungen entpuppt. Die Organisation des Bauvorhabens glitt ihm zusehends aus den Händen.

Einige Vertreter der evangelischen Pastoren baten mich um eine Unterredung. Sie brachten eine Serie von Vorwürfen gegen Judd vor, die so ungeheuerlich klangen, dass es mir schwerfiel, auch nur einen von ihnen ernst zu nehmen. Falls in diesen Beschuldigungen nur ein Fünkchen Wahrheit stecken sollte, stand nicht nur der gute Ruf von Diospi Suyana auf dem Spiel, sondern früher oder später kämen wir durch die Umtriebe von Constructec vielleicht sogar mit dem Gesetz in Konflikt. Ehepaar Klemenz und wir machten uns inzwischen ernsthafte Sorgen.

Tina und Barbara Klemenz trafen sich regelmäßig zum Gebet. Im Blick auf die Baufirma begann Barbara zu beten: „Herr, lass alles ans Licht kommen, was im Dunkel liegt!"

Sie hatte ihr Gebetsanliegen höchstens zehnmal vorgetragen, als wirklich Bewegung in die festgefahrene Situation kam.

Es war Samstag – Zahltag. Zur Mittagszeit fuhr ich zurück zur Baustelle. „Habt ihr euren kompletten Lohn erhalten?“, fragte ich einige Bauarbeiter, die gerade das Gelände verlassen wollten. Sie schüttelten ärgerlich die Köpfe. „Nein, Constructec zahlt den Lohn immer verspätet aus!“

Mein Argwohn war geweckt. Sollten sich etwa die schlimmen Unkenrufe der Pastoren bestätigen? Ich musste handeln, und zwar schnell. Judd Johnson befand sich in jener Woche in Quito, Ecuador. Ihn konnte ich nicht gleich zur Rede stellen. Aber vielleicht war seine Abwesenheit eine gute Gelegenheit, den Vorwürfen auf den Grund zu gehen.

Für 14 Uhr bestellte ich die leitenden Ingenieure von Constructec und die Zahlmeister zu einer Krisensitzung in unser Haus. Mit dabei war Andres Murillo, die rechte Hand von Judd Johnson. Wir saßen alle an unserem Küchentisch. Die Anspannung stand jedem ins Gesicht geschrieben. In der Art eines Verhörs nahm ich alle Beteiligten in die Mangel. Es dauerte nicht lange, da hatten sich Murillo und seine Leute derart in Widersprüche verstrickt, dass am Ende eine Reihe von finanziellen Unregelmäßigkeiten zutage trat.

Am Nachmittag berieten Udo Klemenz, zwei befreundete Pastoren und ich über die nächsten Schritte. Wir hatten allen Anlass zu befürchten, dass auch andere Beschuldigungen gegen Judd Johnson und seine Firma berechtigt sein könnten. In den späten Abendstunden fuhren wir über den Pass nach Abancay, um unsere eigenen Recherchen aufzunehmen. Mehrere Tage lang befragten wir Augenzeugen und schnitten alle Aussagen mit. Schließlich lagen die Fakten auf dem Tisch.

Judd hatte sich in zwielichtigen Kreisen bewegt und fortwährend gegen gute Sitten und Moral verstoßen. Seine Eskapaden im Rotlichtmilieu und seine Saufgelage in aller Öffentlichkeit waren für uns ein ziemlicher Schock. Zudem hatte er gegen gesetzliche Bestimmungen bei der Beschäftigung der Arbeiter verstoßen. Sein Subunternehmer und persönlicher Vertrauter Andres Murillo stellte sich als ein richtig übler Bursche heraus. Anhand konkreter Tatbestände konnten wir ihn relativ einfach überführen. Unter anderem hatte er den Treibstoff für die Baustelle mit seinen Lastwagen aus dem fernen Abancay anfahren lassen, obwohl der Diesel zu einem wesentlich günstigeren Preis an einer Tankstelle direkt neben dem Baugelände erhältlich gewesen wäre. Durch diese korrupte Praktik hatte er mindestens 5 000 US-Dollar in die eigene Tasche gewirtschaftet. Wir lernten bald das kleine und das große ABC der südamerikanischen Vetternwirtschaft buchstabieren. Andres Murillo war ein berüchtigter Bursche. Unbekannte hatten uns sogar Kopien der Polizeiakte über ihn ausgehändigt.

Über E-Mail und Telefon zitierten wir Judd Johnson aus Ecuador herbei. Wie sollten wir vorgehen? War es ratsam, ihn von der Polizei verhaften zulassen, sobald er seinen Fuß auf den Boden des Bundesstaates Apurímac setzte? Schließlich kündigte Judd sein Kommen an, angeblich um alle Gerüchte über seine Person als Verleumdungen zu entlarven. In der Nacht zuvor saß ich bis zum Morgengrauen am Schreibtisch und schrieb die gesammelte Beweislast übersichtlich zusammen. Mit unseren engsten Freunden beteten wir unentwegt, dass Gott uns helfen möge, die gesamte Situation zu bereinigen, um weiteren Schaden von Diospi Suyana fernzuhalten.

Judd Johnson erschien in Begleitung einer Anwältin aus Lima. Auf unserer Seite saß Rechtsanwalt Efraín Caviedes aus Cusco. Die Lage war ernst. Die Krise konnte, je nach Ausgang, auch das Ende von Diospi Suyana bedeuten.

Judd Johnson machte ein trotziges Gesicht, stimmte aber zu, dass die Verhandlungen mit meinen Ausführungen beginnen sollten. Punkt für Punkt präsentierte ich die Ergebnisse unserer Untersuchungen. Die Beweislast war erdrückend. Als ich nach 45 Minuten alles verlesen hatte, brach Judd in sich zusammen und legte ein umfassendes Schuldgeständnis ab.

Als einige Tage später noch vierzig Rechnungen auftauchten, auf denen Judd die Daten gefälscht hatte, wurde ihm untersagt, jemals wieder die Baustelle zu betreten. Carlos Pullas, sein Geschäftspartner sollte ihn zukünftig ersetzen und die Arbeiten fortführen. Auch alle Geschäftsbeziehungen mit Andres Murillo endeten mit sofortiger Wirkung. Die peruanischen Arbeiter wurden nun auf legale Weise angestellt und von diesem Tage an pünktlich bezahlt. Genau wie Barbara es gebetet hatte, war alles restlos ans Licht gekommen.

Für den ermittelten Schaden musste die Firma voll aufkommen, denn wir waren nicht gewillt, auch nur einen Cent an Spendengeldern zu verschleudern. Niemand von unseren Unterstützern hat damals mitbekommen, wie nah der Traum eines modernen Krankenhauses für die Quechuas vor seinem Aus gestanden hatte.

Hindernisse und Sackgassen

Trotz unseres chronischen Geldmangels wuchsen die ersten Mauern langsam in die Höhe. Aber je mehr der Umfang der Arbeiten zunahm, desto schwieriger gestaltete sich die Logistik. Besonders schmerzlich vermissten wir ein funktionierendes Informationssystem. Der energiegeladene Bürgermeister Julio Cesar Luna hatte zwar im Rathaus die ersten Internetverbindungen installiert, aber der Datenverkehr geschah so langsam, dass man vor der Webseite eher verhungerte, als tatsächlich sinnvolle Datenmengen zu bewegen.

Das Telefonnetz des Ortes bestand aus neun Fernsprechern mit Münzbetrieb. Um ein Gespräch zu führen, musste man allerdings erst eine längere Wartezeit in der Schlange auf sich nehmen. Die starke Verzögerung in der Leitung sowie Störgeräusche machten das Telefonieren ohnehin zu einem eher zweifelhaften Vergnügen. Die Koordinierung zwischen dem Baubüro in Curahuasi und den Zulieferfirmen in Lima entwickelte sich zu einem Albtraum. Das Gleiche galt für den Kontakt zwischen uns in Peru und Diospi Suyana in Deutschland. Da die Gegend für den mobilen Funkverkehr noch nicht erschlossen war, mussten wir auf dem Baugelände ohne Handys auskommen. Nicht einfach bei 35 000 Quadratmetern Größe. Es war einfach zum Verrücktwerden.

Vielleicht konnte ja Telefonica für Abhilfe sorgen. Der Telefonriese aus Spanien erfreute sich Ende 2005 in Peru einer gewissen Monopolstellung auf dem Sektor der Telekommunikation. Ich unternahm also einige Anläufe, um mit dem Direktorium in Lima ins Gespräch zu kommen. Vielleicht, so dachte ich, könnte der Konzern eine Satellitenanlage für Internet und Telefon direkt auf der Baustelle installieren.

Dass dieses Treffen mit den Chefs von Telefonica tatsächlich stattfinden konnte, verdankte ich dem deutschen Botschafter Dr. Roland Kliesow. Seit seiner Teilnahme am ersten Spatenstich hatte er sich immer wieder als echter Freund von Diospi Suyana erwiesen. Wo er nur konnte, machte er seinen enormen Einfluss geltend, um für uns Türen zu öffen. Am 17. November 2005 begleitete mich der Botschafter sogar höchstpersönlich ins Hauptquartier der Telefonica. Die Unterredung mit drei Direktoren des Konzerns hatte Dr. Kliesow dankenswerterweise vorher arrangiert.

Meine hohen Zuhörer folgten höflich, wenn auch etwas distanziert, meinem Vortrag über Diospi Suyana. Als ich sie bat, unser Projekt mit einer Satellitenschüssel zu unterstützen, riefen sie sogleich nach einer Landkarte von Peru. Von Curahuasi hatten sie noch nie etwas gehört. Ihr Blick auf die Karte zeigte, warum das so war.

„Curahuasi liegt ganz schön weit weg in den Bergen", murmelten sie abfällig. „Das sind ja gut 1000 Kilometer von Lima!" Ihr Interesse, uns zu helfen, wenn es denn jemals bestanden haben sollte, erlosch augenblicklich. Seit Jahrhunderten sind und bleiben die Andenberge eine vergessene Region. Das Los der Quechua-Indianer, die dort leben, bedeutet den meisten Peruanern der Oberschicht weniger als das Schicksal ihrer Haustiere. „Wir werden sehen, ob wir für Sie etwas erreichen können!"

Ein Südamerikaner sagt ungern Nein. Lieber schiebt er die Dinge auf die lange Bank und damit in Vergessenheit. Als der Botschafter und ich uns von den vornehmen Herren in der Tür verabschiedeten, erschien mir eine Hilfestellung durch die Telefonica eher zweifelhaft. Trotzdem gab ich die Hoffnung nicht auf.

Einige Tage später stieg ich ins Flugzeug, um in Deutschland erneut unsere Lebensvision in Kirchen, Clubs und Schulen vorzustellen. Die Rundreisen durch Deutschland entwickelten sich im Laufe der Zeit zu echten Gewalttouren. In drei oder vier Wochen presste ich bis zu 50 Vorträge hinein, sodass ich in diesem Zeitraum 10000 bis 15000 Kilometer zurücklegte. Die chronische Übermüdung war besonders auf den langen Nachtfahrten gefährlich. Oft grübelte ich darüber nach, warum ich während dieser Reisen stets von Unfällen und Erkältungskrankheiten verschont geblieben war. Es müssen die Gebete zahlloser Menschen gewesen sein.

Am 19. Dezember 2005 kehrte ich um Mitternacht nach Peru zurück. Erschöpft von dem Vortragsmarathon in Deutschland und den Strapazen des Flugs wollte ich eigentlich nur noch nach Hause, um mit Frau und Kindern die letzten Weihnachtsvorbereitungen zu treffen. Die Passkontrolle am Flughafen hatte ich längst passiert. Artig reichte ich nun dem Zollbeamten mein Formular, auf dem ich „Nichts zu verzollen“ angekreuzt hatte, und drückte auf die Taste. Jedem Touristen, der einmal Lima besucht hat, ist diese Zeremonie bekannt. Nach Tastendruck leuchtet entweder eine grüne oder eine rote Lampe auf. Bei Rot werden alle Taschen und Koffer geöffnet und einer gründlichen Inspektion unterzogen. „Na, was soll's?“, dachte ich, als mir das grelle Rot den Durchtritt verweigerte. „Meine Koffer sind schnell geöffnet und wieder geschlossen.“

„Was ist das hier?“, fragte eine Beamtin etwas ungehalten und zog meinen digitalen Projektor aus der Tasche. „Mit diesem Beamer sammle ich Gelder für ein humanitäres Projekt. Wir bauen ein Krankenhaus für die Quechua-Indianer!“

Die Dame vom Zoll war mit meiner Erklärung in keiner Weise zufrieden. Offensichtlich hatte sie zu nächtlicher Stunde einen Schmuggler entdeckt, der versuchte, ein elektronisches Gerät ins Land zu schleusen. Als ich gegen zwei Uhr am Morgen endlich aus den Räumen der Zollbehörde entlassen wurde, war ich meinen Beamer los. Wie man mir erklärte, hätte ich auf dem Zollformular an einer bestimmten Stelle ein Kreuzchen setzen müssen. Der Ärger in mir saß tief. Ich hatte zwar viele Schauergeschichten über den Zoll von Lima gehört, aber immer gehofft, nie selbst in seine unbarmherzigen Fänge zu geraten.

Nach Weihnachten fing ich an, mich um die Rückgabe des beschlagnahmten Geräts zu bemühen. Einige Beamte des Gesundheitsministeriums schalteten sich zu meinen Gunsten in den Vorgang ein. Auch der Direktor des Evangelischen Kirchenrats intervenierte und schließlich klopfte sogar der deutsche Botschafter Dr. Kliesow beim Zoll mächtig auf den Putz. Die Direktoren des Zolls für Luftfracht luden mich daraufhin für den 1. Februar 2006 in ihr Büro ein. Nun hatte ich Gelegenheit, meinen Standpunkt zu erläutern. Natürlich trug ich auch dort meine Powerpoint-Präsentation über die Geschichte von Diospi Suyana vor. Wie konnte ich überzeugender beweisen, dass mein Beamer in den vergangenen zwei Jahren nur einem edlen Zweck gedient hatte? Das Hospital würde schließlich den Ärmsten der peruanischen Gesellschaft dienen.

Die darauffolgende Woche grub sich als großes Frusterlebnis in meine Erinnerung ein. Der Zoll entschied, meinen Beamer nicht freizugeben. Vermutlich hatte das Gerät die Zollbehörde längst über dunkle Kanäle verlassen … und zwar unwiederbringlich. Es heißt, dass ein Unheil selten alleine kommt. Just zur gleichen Zeit erreichte mich eine weitere Hiobsbotschaft. Eine dienstbeflissene Frauenstimme informierte mich per Telefon, dass die Direktion der Telefongesellschaft von einer Unterstützung unserer Arbeit Abstand nehmen müsse. Im Klartext bedeutete dies: keine Satellitenschüssel für Diospi Suyana.

Meine Vorstöße bei der Telefonica und beim Zoll hatten mich viele Wochen beschäftigt. Endlose Stunden hatte ich in meine Vorträge in Lima, in meine Briefe und Anrufe investiert. Das Ergebnis war eine runde Null. Für mich als zielorientierten Menschen war das nur schwer zu verdauen. Ich haderte mit meinem Schicksal. Aber als Christ fragte ich auch Gott nach dem Warum.

In jener Woche irrte ich an einem Nachmittag ziellos durch die langen Straßenzüge Limas. Ich fühlte mich innerlich ausgepowert, enttäuscht und leer. Auf der Webseite von Diospi Suyana veröffentlichte ich eine Nachricht mit dem Titel: „Sackgasse Lima“. Das Bild dazu zeigte passend eine dunkle Straßenschlucht, die blind endete. Eigentlich war es ein Blick in mein Herz.

Erstaunliche Wendung

Ein Beamer musste her, das war klar. Für März und April standen schon rund 40 Vorträge in Deutschland auf meinem Plan. „Kauf dir das Gerät doch in Lima", empfahl mir Olaf Böttger. „Dann vermeidest du demnächst Probleme mit dem Zoll!"

Im Gästehaus der Schweizer Indianermission in Lima blätterte ich durch die Gelben Seiten eines Telefonbuchs. Es gab in der Hauptstadt überraschend wenige Firmen, die solche Projektoren vertrieben. Am 10. Februar machte ich mich auf den Weg, um Modelle und Preise zu vergleichen. Der Fünfuhrverkehr, die berühmte „Hora punta", setzte gerade ein, als mich ein Taxi vor der Tür der Firma absetzte. Als ich die Klingel drückte, musterte ich das Gebäude. Das zweigeschossige Haus wirkte eher wie eine private Adresse als ein kommerzielles Unternehmen.

Ein junger Peruaner öffnete freundlich und führte mich durch den Flur in einen ansehnlichen Raum, der ganz offensichtlich für Vorführungen hergerichtet war. An einem großen Tisch saßen mehrere Techniker und beugten ihre Köpfe über elektronische Komponenten. An der Stirnseite hing eine Leinwand.

Ein Mann, Mitte 30, stellte sich mir als Chef der Firma vor. „Ich heiße Passalacqua. Womit kann ich Ihnen dienen?" Sein aufmunterndes Lächeln und seine ruhige Art flößten mir gleich Vertrauen ein.

„Ich möchte einen Beamer kaufen mit 2000 Ansilumen. Was haben Sie im Angebot?"

Aus dem Sortiment der verfügbaren Projektoren kamen bald zwei in die engere Auswahl. Ich packte mein Notebook aus, um mit den Bildern meiner Präsentation die beiden Geräte zu testen. Die Atmosphäre war herzlich. Als ich anhand der Fotos die Geschichte von Diospi Suyana erzählte, ließen alle Anwesenden ihre Arbeit ruhen. Offensichtlich fanden sie den Vortrag interessant. Eines meiner letzten Fotos zeigte den Botschafter und mich bei Telefonica. „Leider ist bei diesem Besuch nichts Positives herausgekommen“, bemerkte ich und klickte auf das nächste Bild.

Nach meiner Blitzpräsentation sprach mich völlig unerwartet ein Mann an. Er hatte wohl hinter mir in einer Ecke gestanden, denn trotz seiner Körpergröße war er mir bis dahin nicht aufgefallen: „Ist es wirklich wahr, dass die Telefonica Ihnen bei so einem tollen Projekt nicht helfen möchte?“ Seine Stimme klang ungläubig. „So ist es leider“, bemerkte ich, „diese Woche kam eine definitive Absage!“

„Vielleicht kann ich Ihnen helfen. Hier haben Sie meine Karte!“

Zu meiner Verblüffung reichte er mir eine Visitenkarte mit seinen Kontaktdaten. „Dante Passalacqua, Präsident von Impsat“ stand dort in gut leserlichen, blauen Druckbuchstaben. Der Mann um die vierzig vor mir war ein Verwandter des Geschäftsinhabers und, wie es schien, gerade auf einen Familienbesuch hereingeschneit.

„Wir verkaufen die gleichen Anlagen wie Telefonica“, erklärte er. „Wenn Sie das nächste Mal nach Lima kommen, können Sie übrigens den gleichen Vortrag vor meinem Direktorium halten!“

Drei Wochen später brachte mich ein Taxi in die Avenida Olguin. Mächtige Antennen auf dem Dach und die Aufschrift IMPSAT an der Fassade zeugten davon, dass ich mein Ziel erreicht hatte. Die Straße liegt im Süden der Achtmillionenstadt Lima und begrenzt eine Flanke des Jockey Plazas. Diese Pferderennbahn bietet den edlen Rossen der Reichen die Möglichkeit, sich einmal kräftig auszutoben. Die

Zuschauer auf den Tribünen können dann das Geld verwetten, das ihnen nach dem Kauf der Eintrittskarte noch übrig geblieben ist. Wie jeder in der Hauptstadt weiß, hat auch der peruanische Fußballspieler Claudio Pizarro seine Pferde dort in den Ställen untergebracht. Aber all das ging mir nicht durch den Kopf, als ich mich dem großen Gebäudekomplex rechter Hand näherte.

Ein Aufzug brachte mich in die vierte Etage. In einem Konferenzraum wurde ich vom Präsidenten Dante Passalacqua und zwei seiner Direktoren bereits erwartet. Das Verkabeln meines Notebooks an einen Beamer auf dem Tisch war eine Sache von wenigen Sekunden. Mit einer Geste forderten mich die Herren auf, mit meinem Vortrag zu beginnen. Wenn es so etwas wie eine Sympathiewelle gibt, dann wurde sie während meines 45-minütigen Vortrags spürbar. Kaum war ich fertig, wandte sich Herr Passalacqua an seine Kollegen. Er sprach langsam, sichtlich bemüht, seine Fassung zu bewahren. „Ich hab euch ja schon gesagt, diese Bilder gehen ins Herz!"

Nun drehte er sich zu mir und überreichte mir ein vorgefertigtes Dokument, das seine Unterschrift trug. Während meine Augen die Zeilen überflogen, teilte er mir den Inhalt des Dokuments mit. „Wir werden Diospi Suyana eine Satellitenschüssel spenden und kostenlos auf der Baustelle installieren. Die Anlage ermöglicht internationale Telefongespräche und einen relativ schnellen Internetverkehr!" Passalacqua genoss es offensichtlich, der Verkünder einer so guten Nachricht zu sein. „Unsere Spende", fuhr er langsam fort, „entspricht damit 25 000 US-Dollar im Jahr und ist zeitlich nicht befristet. Solange IMPSAT in Peru am Markt ist, bleibt unsere Zusage gültig!"

Nun war ich es, der nach Worten rang. Die ganze Szene erinnerte an ein Märchen aus Tausendundeiner Nacht. Im Zoll hatte ich meinen Beamer verloren. Ärgerlich genug. Aber: Als

Folge davon hatten wir nun für das Hospital eine Satellitenschüssel erhalten, durch die wir langfristig Hunderttausende Dollar einsparen würden. Mit Gesetzen der Wahrscheinlichkeit ließ sich dieses Ereignis nicht mehr erklären, wohl aber mit einem Eingreifen Gottes. Meine Freude war grenzenlos. Niemand konnte damals wissen, dass diese mysteriöse Geschichte noch lange nicht an ihrem Ende angelangt war. Sie hatte nämlich gerade erst begonnen.

Das Amphitheater

Wer auch immer die Idee hatte, lässt sich kaum noch feststellen. Der Vorschlag, neben dem Krankenhaus ein Amphitheater zu errichten, muss rückblickend als genial bezeichnet werden. In einer Region, wo es keine Kinos, Konzerthallen und Theater gab, bietet solch eine Anlage interessante Möglichkeiten für Veranstaltungen jeder Art. Als Teil des Bauvertrags hatte Constructec bei der Planung des Krankenhauses ein Halbrund eingezeichnet, über das die alten Griechen in Athen und Sparta begeistert gewesen wären. Die abschüssige Lage des Geländes war ideal dafür.

Wir hofften, dieses Zusatzprojekt mit freiwilligen Hilfskräften zu schultern, um die Kosten auf ein erträgliches Maß zu reduzieren. Am 11. November mag sich mancher Beobachter der Baustelle erstaunt die Augen gerieben haben: Dreißig Pastoren der lokalen Kirchengemeinden rückten an, um Steine zu schleppen. Sie wollten den Mitgliedern ihrer jeweiligen Gemeinden den Einsatz zur Nachahmung empfehlen. Und siehe da: In den nächsten vier Monaten folgten 750 Menschen ihrem Vorbild. Meist erschienen am Morgen 20 Männer und Frauen auf der Baustelle. Sie wuschen Felsbrocken jeder Größe, trugen Zementsäcke und setzten puzzleartig die Steine zu schönen Mauern zusammen. Im Laufe der Wochen wuchsen 18 lange Reihen, eine über der anderen, langsam den Hügel hinauf. Die Entlohnung bestand am Vormittag aus einem Glas Mangosaft, den Tina eimerweise produzierte.

In jeder Beziehung entwickelte sich das Freilichttheater als ein Beispiel für gute Kooperation. Katholiken und Protestanten stöhnten Seite an Seite unter der Hitze der Sonne und dem Gewicht ihrer Lasten. Aber es gab sogar noch eine internationale Dimension. Die Webseite „Jesus.de“ griff unser Vorhaben auf und war bereit, ein ganzes Jahr lang im Internet um Spenden zu bitten. Dadurch kamen immerhin 15 000 US-Dollar zusammen.

„Am Samstag, dem 23. April, müssen wir das Amphitheater einweihen“, sagte ich dem Diospi-Suyana-Team in Curahuasi. „Ich brauche nämlich eine Woche später gutes Bildmaterial für meine Reise durch die USA!“ Meine Logik schien niemanden zu überzeugen. Vielleicht hielten die anderen Mitarbeiter meinen Vorschlag auch für einen verspäteten Aprilscherz. Zustimmung erntete ich jedenfalls keine. „Das ist unmöglich“, meine Udo Klemenz. „Die Bühne ist noch nicht fertig, das Geländer fehlt, es gibt keine funktionierenden Toiletten ... Und wir haben zurzeit ohnehin kein Geld für größere Investitionen!“

„Wo ein Wille ist, da ist ein Weg“, erwiderte ich. „Udo, du schaffst das. Irgendwie!“

Mein Vertrauen in Udo Klemenz und die Baucrew sollte mich nicht täuschen. Eine ganze Woche lang wurde bis in die Nachtstunden gemauert, gepinselt und geschweißt.

Während der Bautrupp um Udo Klemenz das Rennen gegen die Zeit aufnahm, luden die lokalen Fernseh- und Radiostationen bereits kräftig ein. Spruchbänder wurden über den Straßen aufgehängt. Einladungen ergingen an die Prominenz des Bundesstaates Apurímac sowie an alle Kirchengemeinden des Distriktes.

In schnell anberaumten Krisensitzungen erstellten wir ein Programm, das in bunter Mischung Musik, Ansprachen und Präsentationen vereinigen sollte. Für das leibliche Wohl wollten wir auch sorgen. Der Taschenrechner brachte bald die nackte Wahrheit ans Tageslicht: Wir benötigten eine Vierteltonne Hühnerfleisch, mindestens 3 000 belegte Brötchen und die gleiche Anzahl Cola-Flaschen. Wie viele Menschen tatsächlich den Weg ins Amphitheater einschlagen würden, wusste allerdings keiner so genau. Die Schätzungen schwankten zwischen 2 000 und 4 000 Besuchern.

Am Tag zuvor wurden die Aktivitäten zunehmend hektisch. Die Brotproduktion des Bäckers hatte sich um einige Stunden verzögert. Am späten Nachmittag gab Tina das Kommando zum Brötchenaufschneiden – und alle Mitarbeiter zogen ihre Messer. In einem anderen Teil Curahuasis waren 20 Indianerinnen emsig dabei, 250 Kilogramm Hühnerfleisch in kleine Einzelteile zu pulen. Als die Dunkelheit einbrach, warteten wir immer noch auf den Lastwagen mit den bestellten Getränken. Um 22 Uhr traf er endlich ein.

Der große Tag war da. Als sich die ersten Sonnenstrahlen am Himmel zeigten, machten sich die Dekorateure an die Arbeit und schmückten das Amphitheater. Gerhard und Heike Wieland, Tina, unsere Kinder und die Klemenz unterzogen sich einer Lungenfunktionsprüfung und bliesen 300 Luftballons auf.

Um 13.45 Uhr sollte das Programm beginnen. Erst 500 Besucher verloren sich um diese Uhrzeit im Theater, aber wir fühlten uns den Prinzipien der Pünktlichkeit verpflichtet. Auf los ging's los! Im Laufe der ersten Stunde füllte sich das Freilichttheater zusehends und gegen 16 Uhr hatten sich tatsächlich 3000 Menschen im großen Halbrund versammelt.

Die Hymnen Perus und Curahuasis erklangen und schon waren wir mitten drin in der Veranstaltung. In meiner Eröffnungsansprache nannte ich das Amphitheater eine ausgestreckte Hand der Freundschaft. Hoffnung solle von dieser Einrichtung ausgehen, im Vertrauen auf Gottes Gegenwart und Liebe.

Etwas untypisch für südamerikanische Verhältnisse war die minutiöse Planung des Programmablaufs. Aber auf wundersame Weise wurde dieser Zeitplan sogar eingehalten. Drei Musikgruppen boten eine wunderschöne Klangkulisse dar und luden alle zum Mitsingen ein. Nun ehrten wir die 30 Kirchengemeinden und Dorfgemeinschaften, die 750 Freiwillige für den Bau der Anlage entsandt hatten. Jede Gemeinde erhielt eine große Uhr für ihr Kirchengebäude. Die Freude war groß und 20 Minuten lang schüttelten Tina und ich dankbar die Hände der Preisträger.

Die Grußworte der Würdenträger fallen in Peru deutlich blumiger und pathetischer aus als in Deutschland. Der Bürgermeister des Distrikts, ein Vertreter der Zentralregierung, der Chef der Baugesellschaft Constructec und sogar der Dekan der Juristenkammer des Bundesstaates Cusco kamen zu Wort.

Nach einer mitreißenden Predigt eines Pastors schwärmten 30 ehrenamtliche Helfer aus, um die vorbereitete Mahlzeit zu verteilen. Währenddessen sorgte ein folkloristisches Ensemble auf der Bühne für die musikalische Untermalung. Nach dem Essen verließen 500 Besucher fluchtartig den Veranstaltungsort und ließen an der Motivation ihres Kommens keinen Zweifel.

Um Punkt 18 Uhr begannen Tina und ich mit unserem Vortrag über die Geschichte von Diospi Suyana. Mehrere

Hundert Präsentationen hatten wir bis dahin in Deutschland, in Peru und den USA über das Missionsspital gehalten, aber dieser Auftritt toppte alles. Hinter uns eine 30 Quadratmeter große Projektionswand, über uns die Sterne und vor uns 2500 begeisterte Curahuasinos. Immer wieder wurden wir durch spontanen Applaus unterbrochen. Als wir Diospi Suyana wegen seiner Abstützmauern als ein zweites Machu Picchu bezeichneten, machte sich allgemeine Heiterkeit breit. Aufmerksame Spannung herrschte hingegen, als wir von Gottes Wundern während der letzten Monate erzählten. Zum Film am Abend blieben noch 600 Zuschauer. Die meisten Teilnehmer mussten zurück in ihre Bergdörfer.

Um Mitternacht kippten wir müde in unsere Betten, wurden aber am nächsten Tag schnell wieder munter, als wir die Ausgabe des „Chaskies", der wichtigsten Zeitung Apurímacs, in Händen hielten. Ein Drittel der Titelseite und drei weitere Berichte auf der zweiten Seite würdigten die Einweihung des Amphitheaters als Großereignis des Bundesstaates.

Reise durch 12 Bundesstaaten

Im Jahr 2004 waren Olaf Böttger und ich für eine Woche in die USA gereist, um in Michigan den gemeinnützigen Verein „Diospi Suyana-USA" zu gründen. Roger Smalligan, unser ehemaliger ärztlicher Direktor aus Ecuador, hatte die Präsidentschaft übernommen und Steve Deters aus Jenison die Rolle des Sekretärs. Bei dieser Gelegenheit hatten wir einem Spendenkomitee der Innotec Company unsere Vision eines Indianerkrankenhauses vorgestellt. Damals hatten alle Mitglieder gnädig genickt, mir auf die Schulter geklopft und den „Spinner“ freundlich verabschiedet.

Zwei Jahre waren seitdem vergangen. Nun begann eine vierwöchige Rundreise durch die USA. Den ersten von 35 geplanten Vorträgen würde ich am 1. Mai wieder vor dem gleichen Ausschuss halten. Am Vorabend halfen mir Steve und seine Frau Crystal, meine englische Fassung sprachlich zu verfeinern. „Wenn alles gut läuft“, vermuteten sie, „kriegst du morgen 5 000 US-Dollar!“

Anders als beim letzten Besuch liefen jetzt keine Computeranimationen über die Leinwand, sondern ich zeigte die Rohbauten von mehreren Gebäuden. Auch unser Gerätepark in den Lagerhallen in Deutschland machte einen durchaus respektablen Eindruck. Die Bilder zeigten sehr überzeugend, wie 2 Millionen US-Dollar an Geld- und Materialspenden für ein Projekt gesammelt worden waren, das die Mitglieder damals als unrealistische Träumerei abgetan hatten. Ihre Augen und Münder wurden immer größer. Mit dieser Entwicklung hatte keiner von ihnen gerechnet. Als Höhepunkt präsentierte ich ihnen die brandaktuellen Fotos aus dem Amphitheater mit 3000 jubelnden Menschen.

„Dr. John, was dort in Curahuasi mittlerweile steht, ist geradezu unglaublich“, äußerte sich ein Mitglied des Komitees. „Was können wir für Sie tun?“

„Ja, wenn Sie wirklich einen Beitrag leisten wollen“, sagte ich bedachtsam „dann könnten Sie den Bau der Krankenhauskirche übernehmen!“

„Über welchen Geldbetrag reden wir hier?“, fragte er zurück.

„Ich denke 100 000 US-Dollar würden ausreichen!“ Woher ich diesen Mut nahm, kann ich heute nicht mehr sagen. Noch niemals zuvor hatte Innotec einen Betrag von über 10 000 US-Dollar in ein soziales Projekt gesteckt.

„Wir werden über diesen Vorschlag beraten“, sagten die Amerikaner freundlich. Offenbar nahm man mir die Bitte nicht übel.

Um die Mittagszeit aß ich mit Steve in der Kantine der Firma. Ich merkte sofort, dass Steve etwas außer Fassung war. Offensichtlich wusste er etwas, was sein inneres Gleichgewicht durcheinandergebracht hatte. „Klaus, rate mal, wie das Komitee entschieden hat“, sagte er schließlich. Schon aus dem Tonfall seiner Stimme entnahm ich, dass die Mitglieder sich zu einer Spende von deutlich über 5 000 US-Dollar hatten hinreißen lassen.

„Ich habe keine Ahnung“, entgegnete ich wahrheitsgemäß.

Steve blickte mir in die Augen und formulierte in Zeitlupe eine Zahl, die meinen Herzschlag sofort steigerte. „100 000 US-Dollar!“

Mit dieser Entscheidung der Firma Innotec hatte sich meine Reise durch die USA schon ausgezahlt, bevor sie richtig begonnen hatte. Vier Wochen lang flog ich anschließend von einem Bundesstaat in den anderen, von der Ost- zur Westküste und wieder zurück. Ich sprach in Clubs, Kirchengemeinden und karitativen Organisationen. Ich pendelte stets zwischen Flughäfen, Autoverleihern und Hotels hin und her. Außer der Megaspende als Ergebnis meines ersten Vortrags kamen in den folgenden 34 Veranstaltungen noch weitere 30 000 Dollar zusammen. Einen ganzen Monat war ich pausenlos „on the go“. Von den 30 Nächten schlief ich mich vielleicht zwei- oder dreimal wirklich aus.

Als ich in der ersten Juniwoche zu Hause in Curahuasi meine Koffer abstellte, sank ich erschöpft auf den nächstbesten Stuhl. Ich fühlte mich wie ein Zombie, ausgelaugt, leer und unendlich müde.

In den Mühlen der Bürokratie

Sobald es mir gelang, mein Notebook auf den Schreibtisch eines Generaldirektors zu stellen, hatte ich meist schon gewonnen. Nach der Präsentation gingen die Daumen der Chefs im Regelfall nach oben und der Preis rapide nach unten. So war ich ständig zwischen der Küste und dem Bergland unterwegs, um bei den Baufirmen, die uns belieferten, Preisnachlässe zu erreichen.

Im Juni war es der Inhaber einer führenden Fensterglasfirma, Carlos Myasatu, der sich zu einem 40-prozentigen Preisnachlass auf alle Fensterscheiben des Spitals bewegen ließ. Damit verzichtete er zwar auf gut 20000 US-Dollar Gewinn, wurde aber Teil eines Traums, der wohl auch ihn mit einer gewissen Freude erfüllte. Im selben Monat bot uns das belgische Unternehmen „Celima" einen 30-prozentigen Rabatt auf seine Produkte an. Dadurch sparte Diospi Suyana bei den Kacheln und abgehängten Decken mindestens weitere 50000 US-Dollar ein.

Ein schwieriges Arbeitsfeld war dagegen der tägliche Kampf mit den peruanischen Behörden. Als gemeinnützige Vereinigung hatten wir ein Anrecht auf die Rückerstattung der 19 Prozent Mehrwertsteuer. Die Formalitäten bei den Ämtern zogen sich allerdings gut und gerne sechs Monate hin. Eine echte Geduldsprobe für die 450 aktiven Nichtregierungsorganisationen, die alle auf ihre Schecks warteten. Unser chronischer Geldmangel beschwor ständig die Gefahr eines Baustopps herauf. Deshalb bekniete ich alle Sachbearbeiter, unsere Angelegenheit doch bitte bevorzugt zu behandeln. Mit einem Gebet auf den Lippen, einem flehenden Blick in den Augen und der Überzeugungskraft, die mir jemand in die Wiege gelegt hatte, konnte ich die Wartezeit fast immer um etliche Monate verringern.

Oft musste ich nach Abancay, der Hauptstadt des Bundesstaates Apurímac, um Behördengänge zu erledigen. Diese sogenannten „Trámites“ sind ein Albtraum. Egal, wie gut vorbereitet man zu einem Amtstermin erscheint, etwas fehlt immer. Mal ist es ein Stempel, ein andermal eine Unterschrift. Erstaunlich oft ist der jeweilige Beamte auf Reisen, gerade im Urlaub oder verhindert, weil ein naher Verwandter erkrankt daniederliegt … Es ist besser, man lässt sich von diesem bürokratischen Schlendrian den Atem verschlagen, als dass man unkontrolliert losbrüllt. Mit einem grimmigen Blick und bösen Worten bewegt man sein Dokument keinen Millimeter auf dem Behördenweg nach vorne. Aus eigener leidvoller Erfahrung habe ich diese Lektion lernen müssen. Lässt man jedoch freundlich einfließen, dass am Abend der Chefredakteur einer Zeitung auf einen wartet, weckt man in vielen Beamten ungeahnte Lebenskräfte. Der Schlüssel zum Erfolg liegt darin, eine persönliche Beziehung zu dem Mann auf dem Amtssessel aufzubauen. Das Familienbild auf dem Schreibtisch bietet dazu die beste Gelegenheit. „Ist die Schönheitskönigin auf dem Bild Ihre Tochter? Einfach hinreißend, wie ihre Mutti!“ Mit dieser Bemerkung kann man nichts falsch machen.

Erwähnt man dann noch, dass der peruanische Fußballspieler Pizarro erst am letzten Samstag in der Bundesliga ein Tor geschossen hat, wird ein Lächeln der Genugtuung über das Gesicht des Beamten huschen. Schon hat man schwer gepunktet und den eigenen Antrag im Stapel von ganz unten ziemlich weit nach oben befördert. Und wenn der Sachbearbeiter sich dann entschließt, das Dokument vor seiner Nase sofort und nicht erst in zwei Wochen zu unterschreiben, darf man nicht vergessen, sich überschwänglich zu bedanken. Man lobe ihn in den höchsten Tönen und drücke ihm die Hand mit einer Festigkeit, die die Dankesworte glaubhaft unterstreicht.

Wer sich über die Schikanen der Bürokratie ärgert, lebt kürzer; wer über sie herzlich lachen kann, lebt vielleicht sogar länger. Aber wehe dem, der in die Fänge des Staatsapparats gerät. Paragraphenreiter und Gesetzesapostel können in null Komma nichts das beste Projekt zu Fall bringen.

Es war schon dunkel, als ich am Abend des 22. Juni aus Abancay zurückkehrte. Mir war klar, dass ich auf der Baustelle niemanden mehr antreffen würde. Trotzdem – vielleicht war es eine innere Eingebung – fuhr ich die holperige Auffahrt hoch. Im Lichtkegel meiner Scheinwerfer tauchten plötzlich drei Gestalten im Eingangsbereich auf. Ein Mann mit Schlapphut und zwei Frauen. Wer trieb sich zu so später Stunde noch zwischen den Bauruinen herum? Ich kurbelte meine Fensterscheibe herunter und warf ihnen einen argwöhnischen Blick zu.

„Darf ich fragen, was Sie hier suchen?"

Der Herr mit Hut antwortete: „Wir kommen vom Kulturinstitut aus Abancay. Wir haben uns hier nur ein wenig umgeschaut!" Seine stechenden Augen und der Tonfall seiner Stimme machten mich misstrauisch. „Wir haben leider feststellen müssen, dass Diospi Suyana keine Lizenz unseres Institutes hat", fuhr er drohend fort.

Mir schwante Böses. Unwillkürlich biss ich mir auf die Lippen.

„Vielleicht befinden sich sogar alte Tonscherben der Inkas im Boden. Wir werden Ihnen in Kürze schriftlich mitteilen, wie hoch die Strafgebühr für Sie ausfällt!" Nach diesen unerfreulichen Worten drehten sich die drei auf dem Absatz um und entfernten sich.

Fast 350000 Kubikmeter Erde hatten wir bewegt, ohne auch nur einen Splitter von einer Tonscherbe gefunden zu haben. Also maß ich der Geschichte keine große Bedeutung bei.

Meine Eltern Rudolf und Wanda John mit ihren vier Kindern im Jahr 1963. Gerlinde steht in der Mitte hinten, ich in der Mitte vorne, mein Bruder Hartmut links und meine Schwester Helga rechts.

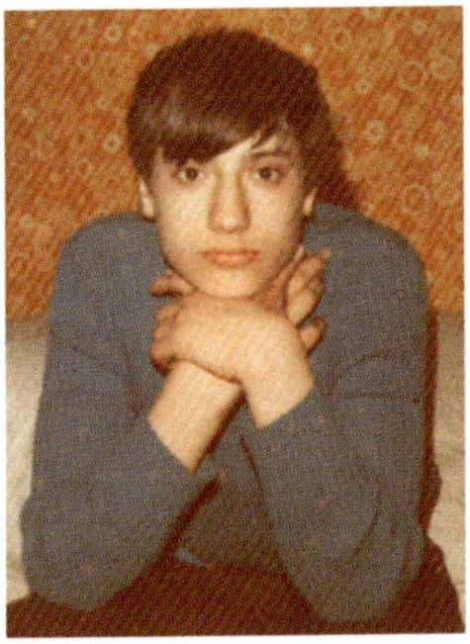

oben links: Schon als Kind träumte ich von einem Leben als Arzt in Übersee.

oben rechts: Martina und ich im Alter von 18 Jahren. Von Anfang an hatten wir ein Ziel: „Wir studieren einmal Medizin und gehen dann als Ärzte in die Dritte Welt!“

unten rechts: Martina – hier im Alter von 25 Jahren – wollte ich unbedingt heiraten.

April 1987: Mein Praktisches Jahr konnte ich (3.v.l.) an der Harvard Universität abschließen.

Unsere Hochzeit am 1. August 1987 in Wiesbaden

Im Frühjahr 1991 reisten wir gemeinsam für drei Monate durch Südamerika und verbrachten die meiste Zeit in Peru.

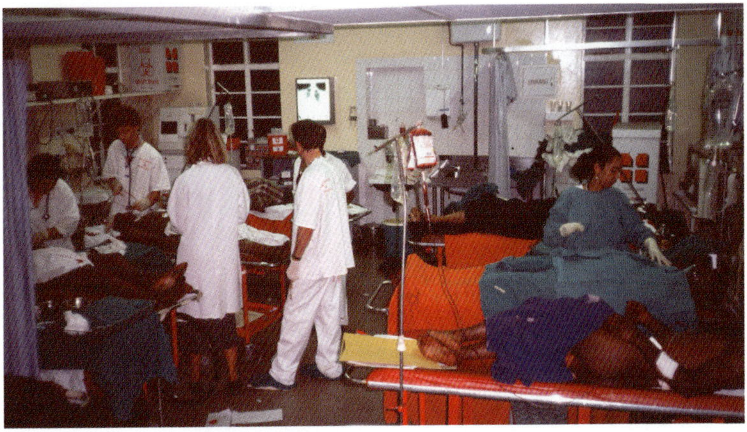

oben: In der Notaufnahme des Baragwanath Krankenhauses vor den Toren Sowetos.

links: Mein Patient (3.v.r.) überlebte einen tiefen Messerstich in den Hals.

unten: 1998 – 2003 arbeiteten wir am Hospital Vozandes del Oriente in Ecuador.

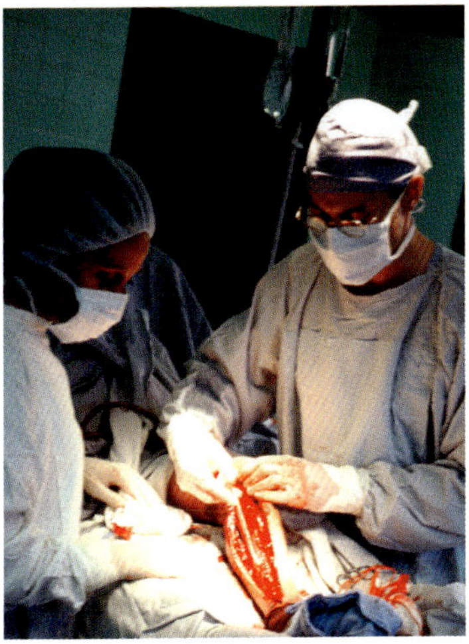

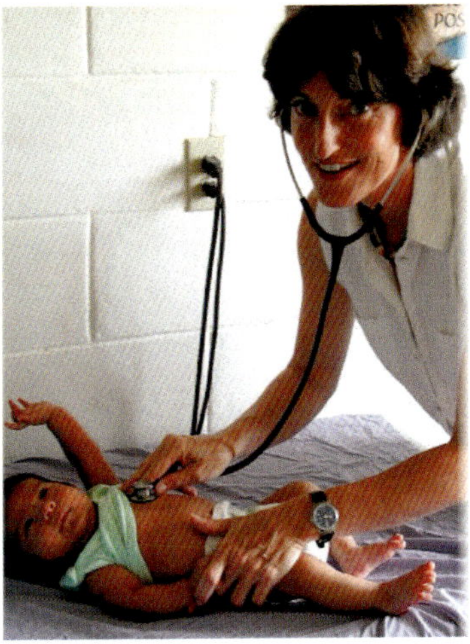

oben: Gründung des Vereins Diospi Suyana e.V. am 18. August 2002

oben: April 2003: Martina John nachts am Küchentisch. Wir verschickten 540 Rundbriefe an Freunde in aller Welt mit der Botschaft: Wir haben es gewagt.

rechts: Unser Umzug nach Peru im Oktober 2003. Hier am Flughafen in Quito. Die meisten Kisten hatten wir vorausgeschickt.

oben: Blick über das Grundstück für das geplante Krankenhaus.

links: Im Herbst 2003 nisteten wir uns in Curahuasi, Peru ein. Wir lebten für einige Monate auf Matratzen am Boden eines Lehmhauses – als einzige weiße Familie unter 30.000 Quechua-Indianern.

unten: Von Januar 2004 bis Mai 2019 haben Martina und ich in 23 Ländern und auf 5 Kontinenten über 2650 Vorträge gehalten.

Vortrag in einer Kirchengemeinde in Berlin Schöneberg. Die Vorträge wurden die Basis für die Öffentlichkeitsarbeit.

Am 23. Mai 2005 stemmten wir in der Mitte von Nirgendwo das schwere Bauschild in die Höhe.

Der deutsche Botschafter, Dr. Roland Kliesow vollzog den ersten Spatenstich. Dr. Victor Arroyo, Direktor des Nationalen Evang. Kirchenrats steht rechts. Ich klatsche daneben.

oben: 3000 Curahuasinos, darunter viele Schüler, feierten mit Diospi Suyana den ersten Spatenstich.

Mitte links: Im November 2005 versammelten sich 30 Pastoren, um beim Bau des Amphitheaters mitzuhelfen.

unten: Die Baustelle des Krankenhauses wurde durch Udo Klemenz geleitet.

Udo Klemenz und seine Frau Barbara lebten für 30 Monate in Curahuasi, um den Bau des Spitals zu überwachen.

Lyndal Maxwell und meine Frau gründeten im November 2005 den ersten Kinderclub in Curahuasi.

Minenbesitzer Guido del Castillo las eine Reportage über uns und wurde dann ein treuer Unterstützer des Missionsspitals. Er spendete Zement, dann das Dach des Spitals und sogar den ersten Brunnen der Abancay Provinz.

Am 23. April 2007 trafen 7 Container für das Krankenhaus ein. Fast alle unsere Transporte in Peru werden durch die Firma Neptunia gesponsert.

links: Die Firma Kaltenbach aus Lörrach spendete die Werkstatt des Spitals.

Olaf Böttger, der Vorsitzende von Diospi Suyana, gratuliert dem 250. Fördermitglied, Frau Gräb.

41 Fernsehreportagen machten Diospi Suyana als „das Krankenhaus des Glaubens“ in ganz Peru bekannt.

Ein Stand in Lörrach. Unzählige Aktionen von privaten Personen, Clubs und Kirchengemeinden sammelten einen Betrag von 22,8 Millionen USD bis Mai 2019.

Dr. Sybille Storz spendete wie auch die Konkurrenz Schölly die Ausstattung für die laparoskopische Chirurgie. Ich besuchte rund 200 Firmen, von denen die meisten mit Sachspenden halfen.

Meine Frau und ich hatten am 20. März 2007 eine Audienz bei Eva Luise Köhler im Schloss Bellevue.

Die peruanische Präsidentengattin Pilar Nores de García vor dem CT von Siemens.

Die Einweihung (von l. n. r.): Der Präsident von Apurímac, David Salazar, der peruanische Gesundheitsminister Dr. Carlos Vallejos, die First Lady Perus, Sra. Pilar Nores de García, meine Frau und ich, Herr Lamle von der Deutschen Botschaft und die Generalkonsulin Maria Jürgens.

Blick auf den Bühnenbereich. Der Event wurde von neun Fernsehteams aufgezeichnet.

Die First Lady Perus schneidet das rote Band durch.

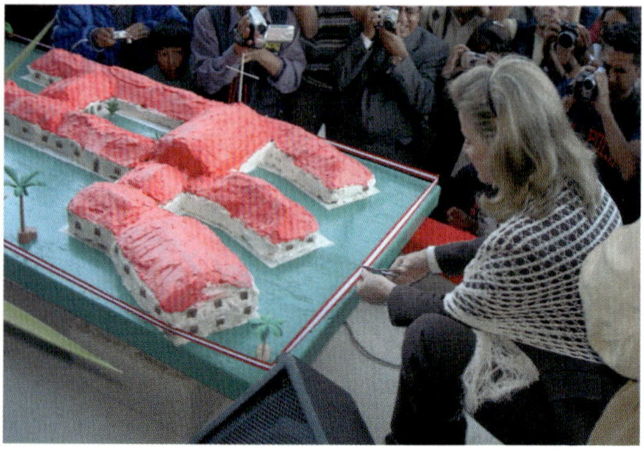

unten:
Meine Eröffnungsansprache vor 4500 Menschen.

oben: 50 m² bleiverglaste Kirchenfenster aus 3000 Einzelteilchen.

links: Die ehrenamtlichen Mitarbeiter singen ein Lied am Tag der Einweihung.

Ein Notstromgenerator von Detroit Diesel MTU.

links: Groß-spende von Dräger wurde von Frau Claudia Dräger persönlich überreicht.

rechts: Dr. Jens Hassfeld führt eine laparoskopische Operation durch.

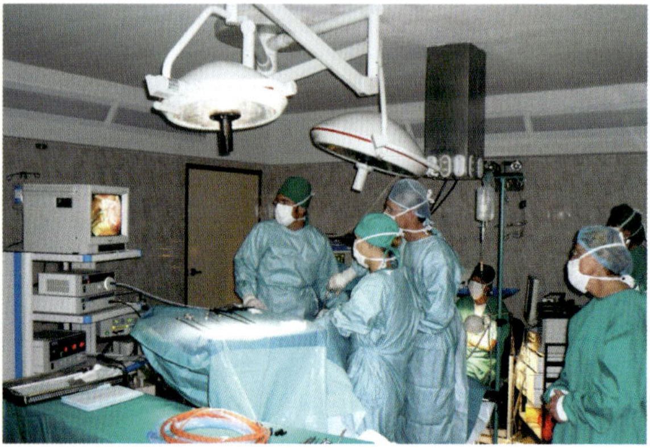

oben: Das Hospital Diospi Suyana von vorne gesehen.

links: Dichtes Gedränge am Haupteingang des Spitals. Die Patienten kommen aus ganz Südperu.

Audienz am 26. April 2008 im Regierungspalast (v. r. n. l.): Dr. David Brady, meine Frau und ich, Staatspräsident Alan García und seine Gattin Pilar Nores, Dr. Victor Correa.

Familie John am 4. Juni 2006 auf dem Hausberg von Curahuasi. Auf der Baustelle unten im Tal war noch nicht viel zu sehen. Aber wir hatten einen festen Glauben.

Und wer hat gesagt, dass der Glaube an Gott langweilig ist? Wir sicherlich nicht. (22. Oktober 2009)

Ich hatte den Vorfall schon fast wieder vergessen, als einige Tage später ein Brief an unserer Haustür abgegeben wurde. Er kam vom Kulturinstitut und wirkte höchst offiziell. Ich öffnete den Umschlag und überflog die Zeilen.

Der Inhalt klang unheilvoll. Da Diospi Suyana keine Bauerlaubnis des Instituts habe, müsse mit sofortiger Wirkung ein Baustopp verhängt werden. Eine mathematische Formel bezog sich auf die Höhe unserer Geldstrafe. Ich eilte in das Baubüro und zeigte das Schreiben einem unserer peruanischen Ingenieure. „Robinson, wie viel wollen die von uns?"

Robinson Palacio studierte den Bescheid sorgfältig und antwortete ohne jegliches Anzeichen von Erregung: „700 000 US-Dollar!"

Diese Zahl reichte aus. Alle meine Haare standen zu Berge. Wir waren als Ausländer gerade im Begriff, in den Mühlen eines unpersönlichen gesetzlichen Regelwerkes zermahlen zu werden. Was kümmerten sich die korrupten Beamten in Abancay schon um den humanitären Charakter unseres Vorhabens? Egal, ob Hausfrauen oder Schüler in Deutschland die Finanzen für das Hospital zusammenbrachten oder nicht. Offensichtlich war bei Diospi Suyana viel Geld im Spiel und da ließ sich bestimmt etwas herauspressen!

Im Vertrauen auf Gott hatten wir den Bau des Krankenhauses begonnen. Nun waren Menschen fleißig dabei, diesem Vorhaben den Garaus zu machen. Wie sollten wir uns in dieser schlimmen Lage verhalten? Wir haben gebetet – und die anderen Mitarbeiter natürlich auch. Die Bibel sagt, dass Gott von jedem nur ein Gebet weit entfernt ist. Aber ob das wirklich stimmt, zeigt sich erst in der Krise.

Drei Wochen zuvor – am 4. Juni – saßen fünf Johns, die Wielands und die Klemenz vor dem Fernseher. Um 18 Uhr würde der Nachrichtensprecher die erste Trendmeldung der Präsidentenwahl mitteilen. Die Umfragen im Vorfeld hatten auf ein enges Kopf-an-Kopf-Rennen zwischen Alan García Perez und Ollanta Humala hingedeutet. Letzterer versprach einen nationalistischen Kurs im Sinne eines Hugo Chavez aus Venezuela.

Wie gebannt starrten wir auf den Flimmerkasten im Regal: „55 Prozent für Alan García Perez!" Die Ansage sorgte bei uns allen für gewisse Erleichterung. Nach seiner ersten missglückten Amtsführung in den Achtzigerjahren hatte sich der charismatische Führer der sozialdemokratischen Apra-Partei also eine zweite Chance erkämpft. Er würde sie hoffentlich zu nutzen wissen.

Einige Tage darauf hatte ich eine ganz merkwürdige Idee. Ich wurde sie einfach nicht los und griff zum Telefonhörer. „Herr Botschafter, können Sie mir helfen, beim neugewählten Staatspräsidenten oder seiner Gattin eine Audienz zu bekommen?"

Dr. Kliesow befand sich in seinem Amtssitz in Lima, 1000 Kilometer von mir entfernt, deshalb konnte ich sein Gesicht nicht sehen. Wahrscheinlich war es auch besser so, denn seine Reaktion kam schnell und überdeutlich. „Herr John, das ist völlig unmöglich!", rief er in den Hörer. „So kurz nach der Wahl könnte ich noch nicht einmal für mich selbst als Botschafter eine Audienz bei den Garcías erwirken!"

Das kurze Telefongespräch mit dem deutschen Botschafter hätte mir eigentlich meine Vermessenheit vor Augen führen müssen. Aber ich war einfach unverbesserlich. Am Abend schrieb ich eine E-Mail mit der gleichen Frage an Dr. Francisco Contreras, den ehemaligen Präsidenten der Augenärzte Perus. Drei Jahre zuvor hatte ich ihn durch Vermittlung der Christoffel-Blindenmission kennengelernt. Er war und ist ein Gentleman vom Scheitel bis zur Sohle mit den besten Kontakten in der peruanischen Oberschicht.

Seine Mail ließ nicht lange auf sich warten. „Herr John,

ich kenne viele Leute, aber leider nicht Alan García und seine Frau Pilar Nores!" Im letzten Satz sprach Dr. Contreras aber von einem gewissen Melitón Arce, der während der ersten Amtszeit von García als Vize-Gesundheitsminister im Kabinett gedient habe. Er wolle ihn um Rat fragen.

Noch in derselben Woche kam eine elektronische Nachricht von Dr. Arce. Unbekannterweise schickte er mir ein paar Zeilen, die mir wenig Mut machten. Aus meinem Ersuchen würde wohl nichts werden, aber er könne mein Anschreiben gern an den Privatcomputer des Präsidenten weiterleiten. Alan García und er seien seit 30 Jahren Parteifreunde. Ich bedankte mich artig und verfasste einen Brief, dem ich auch einige Bilder beifügte. Er trug das Datum vom 26. Juni 2006.

Als das Telefon einige Tage später klingelte, meldete sich die Sekretärin von Dr. Arce. Ihre Stimme klang dringlich. „Herr John, Sie und Ihre Frau haben am nächsten Dienstag, dem 4. Juli, eine Audienz bei Pilar Nores de García. Dr. Arce wird auch dabei sein!"

Ich spiele kein Lotto, vermute aber, dass sich jemand nach einem Sechser genauso fühlen dürfte, wie mir damals zumute war. Tina und ich überprüften unsere Garderobe, putzten unsere Schuhe und buchten im Internet für den 3. Juli unsere Flüge von Cusco nach Lima. Am Wochenende hofften wir sehnlichst, dass uns die vielen Ereignisse der Tagespolitik nicht doch noch einen Strich durch die Rechnung machen würden. Wir ließen die Kinder in der Obhut der Klemenz zurück und reisten in die Hauptstadt.

Als wir gemeinsam mit Dr. Arce das Büro der zukünftigen Präsidentengattin betraten, waren wir ziemlich nervös. Unsere Präsentation würde eine Dreiviertelstunde dauern, falls sich Pilar Nores überhaupt so viel Zeit für uns nehmen konnte. Wir wussten allerdings, dass sie eine Hilfsorganisation mit dem Namen „Sembrando“ leitete. Sie war also über soziale Ungerechtigkeit und menschliche Not bestens informiert.

Als Pilar Nores den Raum betrat, erhoben wir uns von unseren Sitzen. Das freundliche Lächeln auf ihrem hübschen Gesicht ließ unsere innere Anspannung weichen. Nach dem üblichen Austausch von Höflichkeiten saßen wir vier nun auf der gleichen Seite ihres Schreibtisches und schauten auf eine kleine Bildfläche, genau 15 Zoll groß. Unser erster Vortrag vor einer First Lady konnte beginnen.

Im Wechsel führten Tina und ich unsere beiden Zuhörer durch die wichtigsten Stationen unseres Lebenstraums. Und wir zeigten, was sich in den vergangenen vier Jahren bei Diospi Suyana schon getan hatte. Pilar Nores und Melitón Arce blieben bis zum Ende konzentriert bei der Sache. Auf der letzten Bildfolie stand in großen Buchstaben: „Wären Sie bereit, die Patenschaft für Diospi Suyana zu übernehmen?“

Tina und ich atmeten vor Erleichterung auf. Wir hatten alles sagen können, was uns wichtig war. Das Ergebnis dieser einzigartigen Audienz lag nun in Gottes Hand.

Die Präsidentengattin war sichtlich gerührt. „Ja, ich werde gern Ihre Patin und will Ihnen besonders bei den schwierigen Einfuhren Ihrer Sachspenden durch den Zoll helfen!“

Siebzig Minuten hatte das Treffen gedauert. „Eigentlich unerklärlich, dass wir hier so kurz nach der Wahl zusammen sind“, sagte Pilar Nores bei der Verabschiedung. „Aber mein Mann hat mich gebeten, Sie zu empfangen. Es geschieht übrigens höchst selten, dass mich mein Mann um etwas bittet!“

Ein blauer Himmel wölbte sich über Lima. Die frische Luft auf der Straße tat uns gut. Dr. Arce wandte sich uns zu: „Ihr Vortrag hat das Herz der First Lady tief berührt!“ Das konnten Tina und ich als Augenzeugen bestätigen.

In der folgenden Woche fuhren der Bürgermeister von Curahuasi, einige seiner Berater und ich nach Abancay. Wir hatten den Direktor des Kulturinstituts um eine Unterredung gebeten. Diospi Suyana hatte weder den verhängten Baustopp beachtet noch irgendeine Geldsumme an das Institut überwiesen.

Wie gewöhnlich bat ich darum, die Sitzung mit meinem Vortrag eröffnen zu dürfen. Als ich fertig war, sah ich dem Beamten fest in die Augen: „Wie Sie sehen, ist die Präsidentengattin unsere Patin. Wollen Sie wirklich, dass wir die Konstruktion des Spitals einstellen?“

„Nein, nein, natürlich nicht“, murmelte der Direktor. „Machen Sie nur weiter, Ihr Krankenhaus ist ein fabelhaftes Projekt!“

Bis zu 700 000 US-Dollar hatte das Kulturinstitut als Strafe über Diospi Suyana verhängt. Nach unserem Treffen mit Pilar Nores war jenes böse Schreiben reif für den Papierkorb. Und da gehörte es auch hin.

Treffen mit der Präsidentengattin Pilar Nores

Der erste Container

An ernsten Warnungen hatte es nicht gefehlt. Die Einfuhr von Sachspenden nach Peru sei ein Albtraum, ein Hindernisrennen mit ungewissem Ausgang. Der Kampf mit den Funktionären im Zoll für See- und Luftfracht könne sich über Monate, ja sogar Jahre hinziehen.

Ein katholischer Priester klagte mir einmal sein Leid, er habe sechs Jahre um die Freigabe eines Autos für seine Kirchengemeinde kämpfen müssen. An Horrorgeschichten dieser Art mangelte es wirklich nicht. Aufgrund meiner eigenen unangenehmen Erfahrungen mit Zollinspektoren musste ich befürchten, dass die düsteren Prognosen recht behalten würden. Die Gründe für dieses Trauerspiel, das dem eigenen Land großen Schaden zufügt, sind vielfältiger Natur. Ohne Zweifel existiert in Peru eine bürokratische Überfrachtung mit Gesetzesvorschriften, die eine zügige Abwicklung der Verfahren nicht zulassen. Hinzu kommt die Gleichgültigkeit vieler Staatsdiener hinsichtlich der Not der Menschen, für die die Spenden gedacht sind. Konfrontiert mit diesen widrigen Faktoren hatte ich lange nach einer Lösung Ausschau gehalten.

Curahuasi befindet sich fast 1 000 Kilometer von der Hauptstadt Lima entfernt. Der Transport eines Containers von der Küste zum Hospital in den Bergen kostet hin und zurück rund 5 000 US-Dollar. Bei dem Gedanken, Spendengelder in dieser Höhe nur für die Beförderung von Gütern auszugeben, wurde mir ganz übel. Am 13. Juli traf ich eine Direktorin von Hapag Lloyd in Lima und zeigte ihr meine Bilder auf dem Notebook. Frau Cateriano, eine reife Dame österreichischer Abstammung, gab sich wortkarg. Auf meine Bitte um kostenlose Zwischenlagerung und Transporte unserer Sachspenden sagte sie erst gar nichts. Dann nannte sie einen Namen, der mir bis dahin nicht geläufig war: „Carlos Vargas!“

Carlos Vargas ist Generaldirektor und Teilhaber des Neptunia-Unternehmens. Große Lagerflächen in Hafennähe und eine beachtliche Flotte von Sattelschleppern weisen Neptunia eine Schlüsselstellung bei der Abfertigung von Containern zu. Bei diesem Herrn Vargas rief Frau Cateriano also an und bat ihn, mich zu empfangen. Mit keiner Silbe erwähnte sie, worum es ging.

Für den 21. Juli hatte Carlos Vargas mit seiner Familie eine Urlaubsreise zu den Bahamas gebucht. Einen Tag vorher nahm ich in einem Sitzungssaal im Verwaltungstrakt von Neptunia Platz und baute Notebook und Beamer auf. Ich war allein im Raum und betete laut vor mich hin, Gott möge meinen Vortrag segnen.

Ein Mann um die 40 trat ein und begrüßte mich freundlich. Ich zeigte ihm meine altbewährte Präsentation auf der Leinwand und lehnte mich nach dem letzten Foto zurück.

„Herr John, was wollen Sie von mir?“, fragte Carlos Vargas. Ich merkte instinktiv, dass ich hier genau bei der richtigen Adresse gelandet war.

„Könnten Sie unsere Container kostenlos lagern und transportieren?“ Ich trage mein Anliegen immer völlig neutral vor, wie ein Geschäftspartner auf gleicher Augenhöhe. Nie fühle ich mich als Bittsteller. Vielmehr lade ich meine Zuhörer ein, sich an einer großartigen Sache zu beteiligen.

„Um wie viele Container handelt es sich?“ Herr Vargas schien dem Ganzen nicht abgeneigt zu sein.

„Vermutlich zehn.“ Ich blickte ihn erwartungsvoll an.

„In Ordnung, machen wir. Bei zehn Containern helfen wir Ihnen gerne!“ Der Chef von Neptunia hatte sich damit ziemlich weit aus dem Fenster gelehnt und eine Spende von 50 000 US-Dollar mündlich zugesagt. Ich wünschte ihm eine schöne Ferienzeit in der Karibik und bastelte in Gedanken bereits an einer Schlagzeile für unsere Webseite.

Der Container mit der Werkstatt war für uns gewissermaßen ein Versuchsballon. Irgendwann im Juli 2006 sollte er auf dem Seeweg Peru erreichen. Im Frühjahr hatte die Firma Kaltenbach für ihre zwei Mitarbeiter die Flüge gebucht. Da sie am 30. Juli in Curahuasi eintreffen würden, um die Geräte aufzubauen, standen wir unter einem enormen Zeitdruck. Das wahrscheinlichste Szenario war endloser Ärger mit dem Zoll und zwei Azubis aus Lörrach, die in Curahuasi Däumchen drehen würden.

Aber wenn wir Gott vertrauen, geschehen oft Dinge, die im Vorfeld schwer vorauszusehen sind. Am 16. Juli erhielten wir von der First Lady Perus ein Schreiben, in dem sie ganz offiziell die Patenschaft von Diospi Suyana übernahm. Im Brief wies Pilar Nores de García explizit darauf hin, dass sie uns bei den Zollangelegenheiten helfen wolle. Genau zwei Tage später fuhr das Schiff in den Hafen von Callao ein.

Wie üblich, verging fast eine halbe Woche, bis alle Container entladen waren und das elektronische System im Hafen die verschiedenen Ladungen registriert hatte. Nun kam der aufregende Teil des Papierkriegs. Roberto von der Zollagentur Prosoi und ich wollten die Unterlagen an einem Schalter in der zentralen Zollhalle abgeben. Aber die Dame am Schreibtisch dachte gar nicht daran, unseren Fall entgegenzunehmen. Wir sollten am Nachmittag wiederkommen. Mehrere verlorene Stunden!

Roberto und ich schnappten uns ein Telefon und riefen schnurstracks die Zolldirektion an. „Wir vertreten das Hospital Diospi Suyana“, sagte ich selbstbewusst der ahnungslosen Chefsekretärin. „Pilar Nores de García ist unsere Patin und wir möchten Sie um eine zügige Abwicklung bitten!“ Sie möge doch so freundlich sein und sofort bei der Sachbearbeiterin am Schalter anrufen, um sie an die Erfüllung ihrer Pflichten zu erinnern.

Was wir erhofft hatten, geschah tatsächlich. Die Tatsache, dass die Gattin des Staatspräsidenten sich unser angenommen hatte, wirkte überall Wunder. In 90 Minuten gab der Zoll den ersten Container von Diospi Suyana frei. Ohne Zweifel war dieser Zeitrahmen deutlich besser als die sechs Jahre des Priesters. Am 29. Juli bog ein Sattelschlepper der Firma Neptunia mit dem Container durch das Tor der Baustelle. Über 20 Stunden hatte der Fahrer die Ladung bergauf, bergab durch die Anden gesteuert. Er war genau eine Woche nach meinem Treffen mit Carlos Vargas aus Lima abgefahren.

Während ich mit Filmkamera und Fotoapparat bereitstand, half ein großes Aufgebot von Freiwilligen, die wuchtigen Maschinen abzuladen. Ein Radlader von der Stadtverwaltung erwies sich dabei als ungemein hilfreich. In seiner Schaufel saß der Bürgermeister höchstpersönlich, um die tonnenschweren Teile mit kräftigen Tauen abzuseilen. Am Samstagnachmittag konnte ich mein Glück kaum fassen. Wir hatten unsere Arbeit getan. Die Kaltenbach-Mitarbeiter konnten kommen.

Keine 24 Stunden später waren sie da. In luftigen T-Shirts erschienen die beiden auf der Baustelle. Sie bezogen ihre Hotelzimmer und legten am Montag mit ihrem Programm los. Dieses messerscharfe Timing mag bei deutschen Lesern nur ein Achselzucken hervorrufen. Für den Kenner peruanischer Verhältnisse hingegen ist es – menschlich gesehen – völlig unerklärlich.

Schneeballeffekt

Im Frühjahr 2006 installierten die Techniker von IMPSAT die versprochene Satellitenantenne auf der Baustelle. Hardware, Software und Gebühren waren eine unbefristete Spende des Unternehmens und entsprachen 25 000 US-Dollar pro Jahr. Als die Schüssel einige Monate später durch eine größere ersetzt wurde, erhöhte sich der Wert sogar auf das Doppelte.

Solch ein ungewöhnlicher Beitrag eines Teleunternehmens verdiente es, in den Medien publiziert zu werden. Impsat ließ seine Pressekontakte spielen und so reisten im Juni die Journalistin Doris Bayly und eine Fotografin von der beliebten Wochenzeitschrift „Somos“ nach Curahuasi. Impsat hatte die Flüge bezahlt – natürlich nicht ganz uneigennützig. Der Bericht würde schließlich nicht nur die Lebensvision eines deutschen Ärzteehepaars darstellen, sondern – in Bild und Text – auch die Sachspende von IMPSAT ins Rampenlicht der Öffentlichkeit rücken. Woche für Woche geht jede Ausgabe von „Somos“ durch unzählige Hände und erreicht so über eine Million Leser in Peru.

Im September erschien die Reportage auf drei langen Seiten. Unter der Überschrift „Engel in den Anden – deutsche Ärzte verwirklichen ein modernes Krankenhaus in Apurímac“ beschrieb Doris Bayly, was sie mit eigenen Augen auf dem Baugelände gesehen hatte. Sie kommentierte unser Vorhaben mit ihrem originellen Schreibstil, der Humor mit Sarkasmus vereint. Ein Absatz lautete: „Wenn es den Johns eingefallen wäre, im Roller um die Welt zu fahren, schön und gut. Aber diese Geschichte, davon zu fantasieren, langfristig und auf organisierte Weise Gutes zu tun, ohne dass man Neffe von (Bill) Gates ist – das erweckt ein gewisses Misstrauen!“

Anscheinend hatte die Begegnung mit uns sie aber innerlich berührt. Denn sie ließ an ihrer Sympathie für Diospi Suyana keinen Zweifel aufkommen: „Es ist nicht alltäglich, von einem Ehepaar zu hören, das außer seinen drei Kindern und einem brillanten beruflichen Werdegang nichts besitzt und sich dafür entscheidet, ein Krankenhaus zu gründen, wo die Ärmsten der Armen mit Würde und moderner Technologie versorgt werden können!“ Diese und ähnliche Formulierungen gingen vielen Peruanern unter die Haut.

Zehn Tage später rollte ein Sattelschlepper mit 600 Sack Zement auf die Baustelle. Nach den üblichen Preisen entsprach die Spende 5 000 US-Dollar, einschließlich der Transportkosten. Ich ging sogleich zum Fahrer und erkundigte mich nach dem edlen Spender.

„Den Zement schickt Ihnen Guido del Castillo“, bemerkte er kurz. „Ihm gehört eine Goldmine im Süden des Landes!“

Del Castillo hatte, wie ich bald erfuhr, die Reportage in „Somos“ gelesen. Sein Wunsch, uns zu helfen, kam wohl nicht ganz von ungefähr. Einige Monate zuvor war sein Sohn beim Fallschirmspringen tödlich verunglückt. Der Tod von Andres del Castillo hatte ihm sicher einmal mehr die Augen für eine ganz neue Dimension geöffnet, in der menschliche Werte mehr zählen als Millionen.

Ich griff zum Telefon und bedankte mich herzlich für seinen Großmut. Bei dieser Gelegenheit bot ich ihm natürlich auch eine kleine Privatpräsentation in Lima an. Von dieser Idee war er sehr angetan und zwei Wochen später schritt ich durch den Eingang seiner Firma „MDH“.

Guido del Castillo, seine Schwester und eine Handvoll weiterer Mitarbeiter begrüßten mich überschwänglich im zweiten Stock. Del Castillo hatte wohl die 70 schon überschritten. Sein zerfurchtes Gesicht ließ auf so manches Abenteuer in seinem Leben schließen. Er besaß eine wohltuende Ausstrahlung und natürliche Autorität.

Als ich mein Notebook aufklappte und mit dem Vortrag begann, gruppierten sich alle stehend um mich herum. Mit großem Interesse sahen sie, welchem edlen Zweck die Zementspende dienen würde.

„Was braucht ihr denn noch so alles?“, erkundigte sich Guido del Castillo.

Genau diese Frage hatte ich erwartet und mir die Antwort schon Tage vorher genau zurechtgelegt. „Vielleicht wollen Sie den Stahl für das Krankenhausdach spenden? Wir benötigen insgesamt 55 Tonnen!“ Was ich hier so gelassen aussprach, kostete auf dem peruanischen Markt immerhin 70 000 US-Dollar. Auch einem Multimillionär musste solch eine Anfrage zunächst die Sprache verschlagen.

„Wir werden sehen, was sich machen lässt.“

Del Castillo gab mir weder ein Ja noch ein Nein. Ich musste mich einfach gedulden und alles Weitere Gott anbefehlen. Glücklicherweise brauchte ich nicht lange zu warten. Del Castillo schickte mir noch in der gleichen Woche eine höchst erfreuliche E-Mail: „Klaus, wir spenden den Stahl!“ Ich machte innerlich einen Luftsprung und las die Zeilen ein zweites Mal. Da fiel mir auf, dass er mich mit meinem Vornamen anredete.

Eigentlich war es fast immer die persönliche Beziehung zwischen dem Spender und mir, auf die es ankam. Die Chemie musste stimmen. Denn ob jemand spendet, ist nicht eine Frage des Kontostandes, sondern des Herzens. Bei meinen spanischen Vorträgen sprach ich meist schnell und verschluckte mitunter ganze Wörter. Aber trotz meiner miesen Rhetorik sah ich oft Tränen in den Augen meiner Zuhörer. Viele trafen danach Entscheidungen, die sie in ihrem Leben in dieser Tragweite noch niemals getroffen hatten.

Ein Direktor der Universität Cayetano Heredia beschrieb dieses Phänomen, das meine Vorträge auslösten, einmal als pure Mystik. Ich selbst sah hinter den Ergebnissen meiner Präsentationen den Segen Gottes. Die Bibel sagt, dass Gott die Herzen der Menschen leitet wie Wasserbäche. Diese Erkenntnis ist für mich wichtig. Sie nimmt mir eine schwere Last von der Schulter. Der Erfolg auch in Drucksituationen ist nicht von mir abhängig, sondern von Gott. Deshalb sind wir gut beraten, darauf zu achten, dass unsere Beziehung zu Gott in Ordnung ist. Er ist der Einzige, der vor zehn Nullen der Unmöglichkeit eine Eins setzen kann.

Die Rechtsabteilung der Minengesellschaft MDH lud mich zu einem Gespräch nach Lima ein, um das weitere Prozedere zu erläutern. Die Rechtsanwältin wies mich darauf hin, dass Diospi Suyana beim Finanzministerium als Spendenwerk eingetragen sein müsste, damit MDH seine großzügige Geste auch von der Steuer absetzen könnte. „Sie benötigen dazu die Unterschrift des Finanzministers höchstpersönlich!"

Diese Worte waren für mich ein ziemlicher Schuss vor den Bug. Ich hatte durchaus viel Fantasie, aber wie ich das bewerkstelligen sollte, war mir in keinerlei Weise klar. Doch dann sah mich die Rechtsanwältin mit einem seltsamen Blick an und sagte: „Dr. John, Sie sind ein Mann des Glaubens. Sie schaffen das in einer Woche!" Ich war mir dessen nicht so sicher und verabschiedete mich ziemlich entmutigt. Der Stahl und damit das Dach des Krankenhauses verschwanden in weiter Ferne.

Da die Pflege von Kontakten in der südamerikanischen Gesellschaft das A und O ist, stieg ich noch ein Stockwerk höher, um Guido del Castillo schnell die Hand zu schütteln. Die Tür seines Büros war verschlossen, aber die Sekretärin bat mich, auf einem Sessel Platz zu nehmen.

Wie immer, wenn ich in Lima Termine wahrnahm, stand ich gehörig unter Zeitdruck. Ich blickte unruhig auf meine

Uhr. Noch zwei Minuten, dann müsste ich einfach wieder los. In diesem Moment öffnete sich die Tür und Del Castillo lachte mich an. Mit einer Handbewegung winkte er mich herein und begann die Unterhaltung mit dem Austausch der üblichen Höflichkeiten. Schließlich leitete ich das Gespräch genau dorthin, wo mich der Schuh drückte.

„Herr Castillo, ich werde mich um die Unterschrift des Finanzministers bemühen. Ich weiß zwar noch nicht wie, aber es wird schon klappen!“

Etwas nachdenklich blickte er zu mir herüber. „Ach, Klaus“, brummelte er, „das ist doch alles viel zu kompliziert!“ Aus einer spontanen Anwandlung heraus ergriff er den Telefonhörer und bestellte, während ich mit großen Ohren zuhörte, den gesamten Stahl für das Dach. Mit diesem Entschluss verzichtete er darauf, seine Sachspende bei der Steuer geltend zu machen. Später musste ich schmunzeln: Die Rechtsanwältin hatte prophezeit, dass ich innerhalb einer Woche die Voraussetzungen für die Spende schaffen würde. Tatsächlich hatte es nur 15 Minuten gedauert.

Im November brachten drei Sattelschlepper 55 Tonnen Stahlprofile nach Curahuasi und die Firma Untecsa machte sich mit ihren Schweißern umgehend an die aufwändige Dachkonstruktion. Nach einer Präsentation bei der peruanischen Minenkammer, die auch Del Castillo eingefädelt hatte, landete ich am 26. Oktober beim Direktor für Marketing von Southern Peru. Als Ergebnis schickte die Firma die asbestfreien Eternitplatten für das Spitaldach im Wert von weiteren 50000 US-Dollar.

Als ich rückblickend noch einmal über diese Spendenreihe nachdachte, fiel mir wieder ein, wie es dazu gekommen war: Wir hatten nun 120000 US-Dollar von zwei peruanischen Unternehmen erhalten – wegen einer Reportage in einer Wochenzeitschrift. Jener Artikel war das Resultat der

Pressearbeit von IMPSAT gewesen, die ihre Satellitenschüssel werbewirksam vermarkten wollte. Die Spende der Antenne wurde ausgelöst, als ich einen Beamer kaufen musste, weil mir der Zoll meinen Projektor konfisziert hatte. Damals, im Dezember 2005, hatte ich 1 000 US-Dollar verloren, aber schon bis Ende 2007 würde ich 200 000 US-Dollar an Material und Telefongebühren für Diospi Suyana eingespart haben.

Es ist diese erstaunliche Erfahrungsreise mit Gott, die unser Leben bereichert, nicht die Anhäufung von persönlichen Besitztümern. Guido del Castillo vermittelte für mich vier Interviews bei Zeitschriften aus dem Minengewerbe. Als Monika Belling eine Seite über Diospi Suyana in ihrem Journal „ProActivo“ veröffentlichte, konnte niemand ahnen, was ihr Bericht auslösen würde. Das Magazin hat zwar nur eine kleine Auflage von 5 000 Exemplaren, aber eines der Hefte geriet in die Hände von Renato Canales. Er ist der Programmdirektor von „90 Segundos“, dem Nachrichtenmagazin des zweiten peruanischen Fernsehens. Im März bestellte er mich in sein Büro, um mehr über Diospi Suyana zu erfahren. Dann ging es Schlag auf Schlag. Er schickte eines seiner Drehteams nach Curahuasi und im April strahlte der Sender zur besten Sendezeit drei Reportagen aus. So gelangte die Nachricht von Diospi Suyana in die Wohnzimmer von Millionen von Peruanern.

Nur Gott kann aus Niederlagen Siege schmieden. Ich meine damit keineswegs, dass der Glaube uns in finanzieller Hinsicht reich macht. Aber wenn wir unser Leben Gott widmen, dienen selbst schmerzhafte Rückschläge einem großen Ziel. Das habe ich selbst oft erlebt und ich versuche es auf allen meinen Rundreisen den Zuhörern zu vermitteln.

Monat für Monat präsentierte uns Constructec aus Quito die Rechnung für die geleistete Arbeit. Carlos Pullas und Judd Johnson schlugen saftige 20 Prozent an Gewinnen und Fixkosten obendrauf. Wenn Constructec sich mit Konzentration und Hingabe der Bauentwicklung gewidmet hätte, hätten wir sicherlich diese bittere Pille geschluckt. Aber das war ganz und gar nicht der Fall. Der junge Ingenieur Daniel Lind leitete für Constructec das Projekt in Curahuasi und war vom Hauptbüro in Ecuador ziemlich abgeschnitten und vergessen. Udo Klemenz und ich wurden zunehmend missmutig. Der Ton in den E-Mails, die zwischen Ecuador und Peru hin und her gingen, nahm deutlich an Schärfe zu.

Wir hatten festgestellt, dass Constructec unsere erste Zahlung von 100 000 US-Dollar, mit der wir in Vorleistung getreten waren, nicht gewissenhaft eingesetzt hatte. Teilweise waren Materialeinkäufe zu überhöhten Preisen erfolgt. Dadurch konnte die Firma ihren eigenen Profit weiter steigern. Auf eine einfache Formel gebracht, bedeutete dies: Constructec verdiente umso mehr, je sorgloser sie mit unseren Spendengeldern umgingen.

Als wir von Daniel Lind erfuhren, dass die Bankgarantie für unsere erste Zahlung an Constructec klammheimlich ausgelaufen war und wir keine Sicherheiten mehr in der Hand hielten, hatte ich von Constructec endgültig die Nase voll. Unter dem Siegel der Verschwiegenheit verhandelte ich mit Daniel. Ich machte ihm ein verlockendes Angebot. „Wenn du für uns arbeitest, bezahlen wir dir deutlich mehr – und wir haben Constructec vom Hals!“

Die feindlichen Taktiker in Quito schienen unsere neue Strategie jedoch zu ahnen und drohten mit einem sofortigen Baustopp. Sie warfen uns vor, wir verfügten nicht über ausreichende Finanzmittel, um den Fortgang des Baus zu gewährleisten. Wieder einmal stand das Schicksal von Diospi Suyana auf Messers Schneide.

Im November 2006 stand für mich eine weitere Tournee in Deutschland auf dem Programm. Zwei Tage nach meiner Abreise wollte Constructec die Baustelle stilllegen und uns mit einem Prozess an die Wand spielen. Ich würde aus der Ferne kaum in die Geschehnisse eingreifen können. Am Abend vor meinem Abflug saßen Tina, die Kinder und ich im Wohnzimmer. Ich war nervlich ziemlich am Ende. Auf der Suche nach einem Hoffnungsschimmer schlug ich die Bibel auf und las den 31. Psalm. König David hatte vor dreitausend Jahren Worte gefunden, die mir in meiner Situation etwas Zuversicht einflößten. In den Versen 22 und 23 heißt es: „Ich war eingeschlossen in einer belagerten Stadt, doch auch dort habe ich deine Liebe erfahren. Entsetzt hatte ich schon gedacht: ‚Herr, du hast mich verstoßen!' Du aber hörtest mich, als ich um Hilfe schrie!"

Der angekündigte Baustopp wurde niemals umgesetzt. Bis zum Jahresende folgten noch zähe Verhandlungsrunden mit Constructec. In einer Sitzung am Abend sprang Carlos Pullas wutschnaubend auf und reiste noch in derselben Nacht nach Quito zurück.

Die Erfahrung von Udo Klemenz und der Beistand von Rechtsanwalt Klaus Schultze-Rhonhof aus Deutschland erwiesen sich als unschätzbar wertvoll. Am 23. Januar unterschrieben wir einen Auflösungsvertrag, in dem wir durch eine Restzahlung von 39 000 US-Dollar unsere Geschäftsbeziehungen zu Constructec aufkündigten. Und das ohne eine Konventionalstrafe, die uns bei einem vorzeitigen Bruch des Bauvertrags eigentlich gedroht hätte.

Kaum hatten wir unsere Unterschriften unter das Dokument gesetzt, als Udo Klemenz eine ominöse Entdeckung machte. Constructec hatte von uns 34 000 US-Dollar eingestrichen, um angeblich die Steuern auf ihre Gewinne zu bezahlen. Aber die kriminelle Energie hatte aus Carlos Pullas einen gemeinen Steuerhinterzieher gemacht. Er hatte diese Gelder nie an den peruanischen Staat abgeführt. Inzwischen hatte er Peru fluchtartig verlassen und sich in Quito in Sicherheit gebracht. Durch seine Straftat wurde es uns unmöglich, die Steuern vom Finanzamt zurückerstattet zu bekommen, was uns als gemeinnütziger Vereinigung eigentlich zustand. Also zogen wir diesen Verlust von der Restzahlung ab und überwiesen an Constructec nur den Differenzbetrag von rund 5 000 US-Dollar.

Wir waren Judd Johnson, Carlos Pullas und Konsorten endgültig los. So dachten wir jedenfalls. Daniel Lind führte die Organisation nun im Auftrag von Diospi Suyana weiter. Da die Fertigstellung des Baus noch 2 Millionen US-Dollar benötigen sollte, sparten wir tatsächlich 400 000 US-Dollar ein, nämlich genau die Summe, die Constructec an Gewinnen kassiert hätte.

Gott hatte mich und Diospi Suyana aus einer „belagerten Stadt“ befreit. Mit neuer Zuversicht und Energie konnten die Arbeiten weitergehen. Dabei half uns der gewonnene finanzielle Spielraum, das Bautempo erheblich zu steigern.

Die ersten Mitarbeiter treffen ein

Das Konzept von Diospi Suyana beruhte auf der wagemutigen Annahme, dass mindestens 30 Ärzte, Krankenschwestern und Verwaltungsexperten mit uns nach Peru ziehen würden. Wohlgemerkt ging es hier nicht um einen Abenteuerurlaub mit Studiosus, sondern um eine jahrelange Verbindlichkeit voller Risiken. Jeder, der in Deutschland, der Schweiz oder Österreich seinen Arbeitsplatz freiwillig aufgab, musste mit einem deutlichen Karriereknick und enormen Gehaltseinbußen rechnen.

Es ist relativ einfach, eine Arbeit in Übersee durch eine Banküberweisung am Schreibtisch zu unterstützen. Schwieriger ist es, mit Ehepartnern und Kindern auszuwandern, um in einem fremden Kulturkreis zu leben. Wir suchten Leute mit der Bereitschaft, auf der Basis einer missionsärztlichen Tätigkeit ihren eigenen Unterhalt über Spenden zu finanzieren. Im Klartext: Männer und Frauen in den besten Jahren, die genauso verrückt waren wie wir selbst. Und genau darin sahen viele den wunden Punkt von Diospi Suyana.

Unter Zehntausenden ist vielleicht einer, der als Ausdruck seines Glaubens solch einen waghalsigen Schritt in Erwägung zieht. Unsere Aufgabe war es also, diese wenigen potenziellen Kandidaten in Deutschland oder wo auch immer zu finden. Jeder Artikel in den Medien diente nicht nur der Akquise von Spendengeldern, sondern wirkte wie eine kostenlose Annonce, die mögliche Interessenten auf Diospi Suyana hinwies. Wenn sich ein Arzt oder eine Krankenschwester bei uns über E-Mail meldete, um die Bedingungen einer Mitarbeit zu erfahren, war sofort unsere volle Aufmerksamkeit geweckt. Meistens organisierten wir dann eine Veranstaltung im Umfeld des Betroffenen. Wir hielten einen Vortrag in der Kirchengemeinde, im Freundeskreis oder an seinem Arbeitsplatz.

Am 22. November 2004 kamen 22 hochmotivierte Personen zum ersten offiziellen Diospi-Suyana-Interessententreffen nach Wiesbaden. Auf dem historischen Gruppenfoto finden sich 12 illustre Persönlichkeiten, die wirklich den Sprung über den großen Teich nach Peru schafften. Solche Infotage organisierten wir zweimal im Jahr an verschiedenen Orten in Deutschland. Wir erläuterten den letzten Stand der Dinge, machten Mut und zerstreuten viele Bedenken. Aber vor allem wiesen wir darauf hin, dass es sich bei Diospi Suyana um ein Werk des Glaubens in Abhängigkeit von Gott handelte.

Nicht jeder, der enthusiastisch auf den fahrenden Zug aufspringen wollte, fuhr auch die volle Wegstrecke zum Ziel. Doch wie von unsichtbarer Hand geleitet, trudelten die ersten Mitarbeiter in Curahuasi ein. Im November 2005 hießen wir die Australierin Lyndal Maxwell willkommen. Wir hatten die Röntgenassistentin am Hospital Vozandes del Oriente kennengelernt und bald in unsere Planungen voll integriert. Sie ist es, die unseren deutschen Projektentwurf Seite für Seite ins Englische übersetzt hat. Irgendwann musste sie der Inhalt gepackt haben. Lyndal ist eine Pionierfrau allererster Güte, die selbst ein schmutziges Lehmhaus in eine operationsfähige Basis umfunktionieren kann. Mit ihrer Einsatzfreudigkeit und Belastbarkeit wurde sie schnell zu einer unverzichtbaren Größe im Team.

Gerhard und Heike Wieland schlossen sich uns im April 2006 an. Kurz vor ihrer Ausreise hatten sie sich noch schnell das Ja-Wort fürs Leben gegeben. Beide würden im Pflegedienst des Spitals tätig werden. Sie imponierten uns durch ihre Flexibilität und Unbesorgtheit. Egal, worum man die beiden bat, sie waren zu jeder Tat bereit. Der häufigste Ausspruch von Gerhard lautete: „Ja, das passt schon!“

Im August zog Familie Engelhard aus Emden nach Peru um. Oliver und Birgit brachten ihre drei goldigen Kinder mit und hatten alle Hände voll zu tun, in einem schwierigen Umfeld ein trautes Heim zu gründen. Wie für die meisten Neuankömmlinge, begann für sie der Start in Südamerika mit einigen Monaten harter Arbeit in der Sprachschule.

Gegen Ende 2006 reisten gleich fünf Damen unter dem Motto „Frauenpower" in die neue Welt. Ortrun Heinz von der Charité in Berlin hatte in ihrem Leben bereits zwei Krankenpflegeschulen aufgebaut. Jetzt lief sie mit ihren 65 Jahren zur Hochform auf, um am entstehenden Missionsspital ihre reichen Erfahrungen einzubringen. Aus der Schweiz kam Krankenschwester Cornelia Bühler mit der festen Gewissheit, dass Gott sie in Curahuasi haben wollte, egal, wie schwierig der Start für sie werden würde. Dr. Renate Engisch, eine Röntgenfachärztin sowie zwei junge Damen aus Sachsen vervollständigten die muntere Truppe. Krankenschwester Marit Weilbach und Röntgenassistentin Bettina Baumgarten gehörten zwar der gleichen Kirchengemeinde an, aber sie hatten sich voneinander völlig unabhängig bei Diospi Suyana beworben. Damit zählte die Mitarbeiterschaft am 31. Dezember 2006 bereits 14 Erwachsene und sechs Kinder.

Alle diese Pioniere brauchten eine Menge positives Denken, um nicht an den widrigen Umständen zu zerbrechen. Sie lebten in einer fremdartigen Kultur unter einfachen Menschen, deren Sprache sie nicht verstanden. Ihr neues Zuhause bestand aus einem Lehmhaus, das in Deutschland bestenfalls als Stall Verwendung gefunden hätte. Und ihr zukünftiger Arbeitsplatz war ein dunkler Rohbau, dessen Fertigstellung niemand kalendarisch prognostizieren konnte. Aber sie schöpften Mut aus ihrer Überzeugung, dass Gott sie hier einmal für eine besondere Aufgabe gebrauchen würde. Sobald die Sprachschulzeit hinter ihnen lag, halfen sie mit, wo Not am Mann war.

Viele integrierten sich in die Kinderarbeit, die Tina und

Lyndal im Dezember 2005 gegründet hatten. Mit 15 Jungen und Mädchen hatten die beiden eine Art Pfadfinderprogramm aufgezogen, das sich immer größerer Beliebtheit erfreute. Es dauerte nicht lange, da besuchten 70 Kinder die regelmäßigen Stunden. Diese Zahl sprengte natürlich jeden Rahmen eines privaten Wohnzimmers und bald mussten sie auf die Straße vor dem Haus ausweichen. Die Leiterin eines nahen Kindergartens gewährte dem Kinderclub schließlich einen sicheren Unterschlupf. Mit der personellen Verstärkung im Team entstanden bald weitere Gruppen. An manchen Tagen trafen sich bis zu 300 Jungen und Mädchen.

Im peruanischen Bergland gehören die Kinder zu den schwächsten Gliedern der Gesellschaft. Sie müssen schon in jungen Jahren harte Feldarbeit verrichten. Nicht selten werden sie von ihren Eltern grob vernachlässigt. Kinderreichtum, Armut und Alkoholismus bieten die denkbar schlechtesten Rahmenbedingungen für eine positive Entwicklung junger Menschen. In den Kinderclubs von Diospi Suyana erfahren sie Liebe und Förderung zugleich. Sie lernen beim Basteln mit Scheren umzugehen, beschäftigten sich mit Puzzles und genießen die Gemeinschaft mit Gleichaltrigen. Was aber noch wichtiger ist: Sie hören, dass Jesus sie liebt und dass jeder Mensch in den Augen Gottes zählt, egal, wie arm oder krank er sein mag.

Neben der medizinischen Arbeit hat sich der Umgang mit den Kindern als großer Segen erwiesen. Die Kinderclubs sind eine wertvolle Investition in die Zukunft der jungen Menschen, die zunehmend unter ethnischer Diskriminierung, der allgemeinen Erderwärmung und wirtschaftlichen Krisen leiden werden. Im Vertrauen auf Gott lernen sie, die Herausforderungen ihres Lebens mutig anzugehen.

Patienten der zahlungskräftigen Oberschicht können auch in der sogenannten Dritten Welt in Privatkliniken einen medizinischen Standard genießen, der mit westlichen Krankenhäusern durchaus mithalten kann. Für die breite Masse des Volkes, besonders außerhalb der großen Städte, stehen lediglich staatliche Gesundheitszentren verschiedener Qualitätsstufen zur Verfügung. In den peruanischen „Postas de Salud" fehlen Medikamente und motivierte Mitarbeiter.

Und genau in diesem ländlichen Umfeld wollten wir ein modernes Missionsspital bauen, das der Bergbevölkerung einen Zugang zum medizinischen Fortschritt verschaffen sollte. Es war unser Traum von einer gerechteren Welt. Auf die Zuhörer bei Vorträgen musste er zwar irgendwie weltfremd, aber doch ungemein faszinierend wirken.

Für die Ausstattung von Diospi Suyana hatten wir auch einen Computertomographen (CT) vorgesehen, der bei der Diagnose innerhalb weniger Minuten wertvolle Hilfe leisten kann. Für die meisten Krankenhäuser in Entwicklungsländern bleibt seine Anschaffung aufgrund des hohen Preises allerdings unerschwinglich.

Am 25. März 2006 hielt ich im Gästehaus der Bremer Universität einen Vortrag, bei dem auch der frühere Oberbürgermeister Henning Scherf sowie ein Fernsehteam des NDR anwesend waren. Im Anschluss an die Veranstaltung saßen wir mit einigen Besuchern in einer gemütlichen Kneipe unweit des Rolands zusammen. Neben mir nahm eine Mitarbeiterin von Siemens Platz. Den ganzen Abend über versicherte sie mir, dass sie ihren Einfluss bei Siemens für uns geltend machen wolle. Am Ende konnte sie für uns überhaupt nichts ausrichten, aber ich nahm diesen Impuls zum Anlass, meine Fühler zu Siemens und Philips auszustrecken.

Mein Anliegen war die Spende eines CT-Geräts für unser Krankenhaus in Peru.

Große Unternehmen werden monatlich mit Hunderten von Bittbriefen überschüttet, die mit ganz wenigen Ausnahmen über die Papiertonne dem Recycling zugeführt werden. Aber meiner Sturheit folgend, an der meine Frau manchmal schier verzweifelt, schrieb ich einen Brief und eine E-Mail nach der anderen. Jede Erfolg versprechende Telefonnummer wählte ich und redete mir in endlosen Telefonaten die Lippen wund. Am 5. September wurde ich bei Philips in Hamburg vorstellig. Bevor ich das Gebäude betrat, telefonierte ich draußen auf dem Parkplatz mit Siemens und bat dringend um ein Gespräch wegen eines CTs. Eine halbe Stunde später versuchte ich drinnen, zwei Direktoren von Philips vom Sinn einer solchen Spende zu überzeugen. Obwohl mich viele einen ausgesprochenen Dickbrettbohrer nennen, kam ich trotz aller Anstrengungen in neun Monaten keinen Zentimeter weiter.

Im Dezember überraschte mich Tina mit der Neuigkeit, dass ein Dr. Feldhaus von Siemens angerufen habe. Siemens würde uns tatsächlich ein CT kostenlos zur Verfügung stellen. Entweder hatte Tina da etwas falsch verstanden (was bei den schlechten Telefonverbindungen nach Curahuasi durchaus normal gewesen wäre) oder Siemens hatte pünktlich zu Weihnachten ein phänomenales Geschenk angekündigt. Solange wir aber nichts Schriftliches in der Hand hielten, waren am Wahrheitsgehalt dieses unglaublichen Anrufs Zweifel angebracht.

Am 9. Februar 2007 fuhr ich mit dem Fahrstuhl in den 11. Stock des Siemenshochhauses in Erlangen. Dr. Feldhaus hatte mich zum Mittagessen eingeladen, um zwischen Hauptgericht und Nachtisch die Details der Spende zu besprechen. Er bestach nicht nur durch seine Körpergröße, sondern auch durch seine Gradlinigkeit und Offenheit für karitative Themen. Das war für mich sehr überraschend, denn Siemens hatte sich bis dahin nicht gerade durch humanitäre Aktionen hervorgetan. Im Gegenteil: Der Konzern machte gerade den größten Korruptionsskandal seiner Geschichte durch. Die Presse veröffentlichte fast täglich neue Enthüllungen über Bestechungsgelder, die das deutsche Traditionsunternehmen an so interessante Kunden wie den nigerianischen Diktator Abacho gezahlt hatte. Auf den Führungsetagen lagen die Nerven blank.

Dr. Feldhaus genoss die kulinarischen Delikatessen aus der Siemensküche, während ich mithilfe meines Notebooks die Geschichte von Diospi Suyana erzählte. Mein Zuhörer am Tisch war sichtlich ergriffen.

„Herr John, jetzt erzähle ich Ihnen, warum Siemens Ihnen ein CT spenden wird." Offensichtlich war Dr. Feldhaus gerade im Begriff, Insiderinformation preiszugeben. „Es ist übrigens das erste Mal, dass wir für ein Krankenhaus in Südamerika einen Computertomographen spenden!"

Die Geschichte, die er mir nun zum Besten gab, während ich mich an meinen abgekühlten Braten machte, klang nach einem billigen Taschenbuchroman mit einer erfundenen Story.

„Seit Oktober letzten Jahres bin ich Direktor der Kommunikationsabteilung von Siemens Medical Solutions. Ich hatte kaum meinen Dienst angetreten, als man mir Ihren Brief auf den Schreibtisch legte!"

Ich kaute sorgfältig am Blumenkohl und spitzte meine Ohren. „Ich sollte Ihnen eine Absage schreiben", fuhr Dr. Feldhaus fort. „Aber als ich den Inhalt Ihres Briefes las, in dem Sie von Ihrem Glauben an Gott sprachen, wurde ich unruhig. Denn ich bin überzeugter katholischer Christ und habe eine offene Bibel auf meinem Schreibtisch liegen!"

Ich nahm einen Schluck Wasser und lauschte aufmerksam jedem Wort. Damit hatte ich nicht gerechnet, dass einem Direktor von Siemens sein Glaube an Gott so wichtig wäre.

„Ich fragte Prof. Reinhard, den Präsidenten von Siemens Medical Solutions, ob es nicht doch möglich wäre, Ihr Krankenhaus mit einem CT zu unterstützen. Aber er winkte ab. Es sei gegen die offizielle Politik von Siemens, solche Großspenden zu tätigen!"

Ich nickte unmerklich, sein letzter Satz klang durchaus glaubwürdig. Genau so hatte ich den Konzern eingeschätzt.

„Aber wissen Sie, Dr. John, im Dezember hat Prof. Reinhard dann doch eine Spende für ein soziales Werk autorisiert. Die Initiatoren waren Ärzte wie Sie und Ihre Frau, die in Thailand ein medizinisches Projekt auf die Beine stellen. Er war mit den beiden befreundet und machte deshalb eine große Ausnahme. Als ich davon hörte, habe ich Diospi Suyana noch einmal ins Gespräch gebracht. Und diesmal hat Prof. Reinhard zugestimmt!"

Die Chronik der Sachspende klang unglaublich. Sie war köstlicher als der Nachtisch, den ich gerade löffelte. Hier hatte sich ein hochrangiger Mitarbeiter des Konzerns wiederholt für uns verwandt, obwohl er mich noch gar nicht persönlich kannte. Mehr noch: Er hatte sich über offizielle Spielregeln seines Unternehmens hinweggesetzt, weil sein Glaube an Gott ihm wichtiger gewesen war als die eigene Karriere.

Das CT wurde tatsächlich gespendet und kommt im Missionsspital hundertfach zum Einsatz. In der Zeitschrift „Siemens-Welt" informierte der Konzern seine 450 000 Mitarbeiter weltweit über diese außergewöhnliche Entscheidung. Prof. Reinhard wurde einige Monate später Opfer der Konzernkrise, und Dr. Feldhaus wechselte auf eigenen Wunsch im Sommer 2010 zum Roche Konzern nach Basel. Im Februar 2007, einige Tage nach unserer ersten Begegnung, schrieb er mir eine E-Mail, über die ich mich bis an mein Lebensende freuen werde: „Für mich ist Diospi Suyana der Beweis, dass Gott existiert!“

Die große Verpackungsaktion

Mit vier ausrangierten Narkosegeräten hatten wir im Frühjahr 2004 begonnen. Nun, im September 2006, lagerten in den Hallen der Firma Schenck in Darmstadt bereits Hunderte von Sachspenden. Um ehrlich zu sein, es war ein wüstes Durcheinander von modernen Hightechgeräten neben vorsintflutlich anmutenden Maschinen. Ein buntes Sammelsurium an Einzelstücken. Einige Teile sprachen von der Großzügigkeit ihrer edlen Spender. Andere ließen hingegen den Verdacht aufkommen, dass Diospi Suyana als billiges Entsorgungsunternehmen missbraucht worden war.

Eines jedoch hatten alle Spenden gemeinsam: Früher oder später würden wir sie verpacken und über den großen Teich nach Peru transportieren müssen. Vom Hausmeister Herrn Weg wusste ich, dass es im Schenck Industriepark eine Verpackungsabteilung gab. Würde es sich lohnen, dort um Hilfe nachzufragen? Wie ich erfuhr, wäre der zweite Verwaltungsleiter Jürgen Theilmann mein Ansprechpartner.

Wenig später saß ich artig in seinem Büro und hoffte auf eine kurze Audienz. Es war nicht sicher, ob Herr Theilmann überhaupt für ein Gespräch zur Verfügung stünde. Während die Minuten verstrichen, plauderte ich angeregt mit seiner sympathischen Sekretärin. Leider hatte ich umsonst gewartet und musste unverrichteter Dinge nach Wiesbaden zurückkehren.

Mag sein, dass ich mich bei der reizenden Dame etwas verplappert hatte, denn als ich tags darauf mit Herrn Theilmann am Telefon sprach, erhielt ich gleich eine volle Breitseite: „Meine Sekretärin hat mir schon von Ihrem Anliegen erzählt, Herr John. Sie werden ziemlich maßlos. Wissen Sie eigentlich, wie viel Verpackungsmaterialien kosten?" Sein Tonfall verriet eine Mischung aus Ärger und Gereiztheit.

„Ich habe keine Ahnung", gestand ich kleinlaut. „Ich möchte Ihnen nur gerne einmal einige Bilder auf meinem Notebook zeigen, damit Sie wissen, worum es geht!" Ich sah mich in die Defensive gedrängt und formulierte meine Antwort so vorsichtig wie möglich.

„Das ist nicht nötig", schoss er wie aus der Pistole zurück. „Ich weiß genau, was Sie wollen. Wissen Sie, dass wir Ihnen mindestens schon 25 000 Euro an Lagermieten erlassen haben?" Mit Herrn Theilmann war heute nicht gut Kirschen essen. Aber ich hatte nichts zu verlieren und ließ deshalb nicht locker.

„Herr Theilmann, geben Sie mir bitte 20 Minuten Zeit. Die kleine Präsentation müssen Sie einfach gesehen haben!"

„Sie können mir Ihren Vortrag so oft halten, wie Sie wollen, es würde gar nichts an der Situation ändern!"

Ich wertete seine saloppe Bemerkung als halbe Einladung. „Ist ja toll, wann darf ich kommen?"

„Hm", Herr Theilmann antwortete nicht sofort. „Meinetwegen melden Sie sich übermorgen um acht bei mir!" Unser Gespräch hatte also doch noch die bestmögliche Wendung genommen. Mein stilles Dankgebet gen Himmel war mehr als gerechtfertigt.

Ich witterte eine Chance. Umso mehr ärgerte ich mich über das Verkehrsgewühl vor Darmstadt. Gewöhnlich hielt ich mich an die Devise: Wer bittend seine Hand aufhält, sollte wenigstens pünktlich erscheinen. Doch der Wahnsinn auf den Straßen zu Stoßzeiten kommt nicht selten höherer Gewalt gleich. Mit gut 15 Minuten Verspätung hastete ich in Herrn Theilmanns Büro. Welch ein Segen, er war noch nicht da! Ich nahm auf einem gepolsterten Stuhl Platz und brachte meinen Puls wieder in den grünen Bereich.

Wenig später öffnete sich die Tür und Herr Theilmann stürmte herein. „Herr John, tut mir leid, dass Sie auf mich gewartet haben, ich stand im Stau!" Mein grantiger Gesprächspartner vom Wochenanfang war überhaupt nicht mehr wiederzuerkennen. „Herr John, was darf ich Ihnen zu trinken anbieten?"

Das Glas Wasser tat mir gut. Ich klappte mein Notebook auf und sprudelte los. Wie immer bei solchen Gelegenheiten, wollte ich die *ganze* Geschichte ungekürzt erzählen. Die dauert jedoch bei normalem Sprechtempo eine knappe Stunde. Nach 30 Minuten hatte ich mich durch 220 Bildfolien gehechelt und schnappte nach Luft. In der kurzen Pause schien es im Kopf von Herrn Theilmann zu arbeiten.

„Sagen Sie mal, Herr John, kann man sich auch als Privatperson an Ihrem Projekt beteiligen?"

Ich nickte eifrig. „Natürlich, viele tun das sogar!" Eigentlich hatte ich eine geschlagene halbe Stunde genau davon gesprochen, wie zahllose Menschen jeder Altersgruppe den Traum von Diospi Suyana mit uns vorantrieben.

„Dann geben Sie mir bitte eines Ihrer Formulare, ich möchte selbst Fördermitglied werden!"

Vor meinen Augen vollzog sich in diesen Momenten die Verwandlung eines Saulus zum Paulus. Der Kritiker des Telefongesprächs 48 Stunden zuvor reihte sich gerade in die wachsende Schar der Diospi-Suyana-Sympathisanten ein.

Noch hatten wir das eigentliche Thema, nämlich die Verpackung der Materialien, gar nicht angesprochen. Mit einem Anflug von kühnem Optimismus schlug Herr Theilmann nun den Bogen und bemerkte: „Was das Packen und Verschiffen Ihrer Kisten angeht, da müssen wir eine Lösung finden! Ich werde mal mit den Kollegen reden!"

Nicht jeder, der aus einer Laune heraus eine Fördermitgliedschaft ankündigt, erinnert sich zu Hause noch an seine Zusage. Vielleicht fehlt auch nur der Kuli auf dem Schreibtisch, um die entsprechende Karte auszufüllen, oder die Zeit, einen Dauerauftrag bei der Bank einzurichten. Nicht so Herr Theilmann. Er offenbarte sich als ein Mann, der Wort hielt. Seit jenem denkwürdigen Treffen in seinem Büro wurde er einer unserer treuesten Unterstützer. Es gelang ihm sogar, Geschäftsführer Karl-Heinz Pfuhl, Logistikchef Richard Heisel sowie zahlreiche weitere Mitarbeiter zu einer wahren sozialen Glanzleistung zu bewegen. Die Firma Schenck organisierte eine professionelle Verpackungsaktion, die sich über mehrere Wochen hinzog. Im Frühjahr und Sommer 2006 verstauten einige Angestellte des Unternehmens den unübersichtlichen Inhalt aus mehreren Lagerhallen in neun Großraumcontainer. Sie taten dies so hingebungsvoll und gewissenhaft, dass man meinen konnte, der Kunde Diospi Suyana zahle ein Vermögen für ihren Service. Doch ein Kunde existierte gar nicht, Schenck beglich die Rechnung auf Heller und Pfennig selbst!

Wie das „Darmstädter Echo" am 13. April in einem Zeitungsartikel berichtete, belief sich diese Aktion auf mindestens 40 000 Euro an geschenkten Verpackungsmaterialien und kostenfreier Arbeitsleistung. Mit den erlassenen Mietkosten erreichte der Beitrag von Schenck damit weit über 100 000 Euro. Und ein i-Tüpfelchen gab es obendrein: Seit 2006 überweist der Industriepark jedes Jahr zu Weihnachten eine großzügige Geldspende an Diospi Suyana.

Im November 2007 kehrte ich ein letztes Mal zum Darmstädter Unternehmen zurück. Längst waren die letzten

Diospi-Suyana-Kisten aus den Lagerhallen verschwunden. Ich verstand meinen Besuch als eine kleine Geste des Dankes. Im Rahmen einer Mitarbeiterversammlung erzählte ich vor etwa 70 Mitarbeitern die Geschichte von Diospi Suyana. Eine Geschichte, zu der sie selbst ein wichtiges Kapitel beigesteuert hatten.

Als ich fertig war, ergriff Herr Pfuhl das Mikrofon und sagte kurz, aber für mich unvergesslich: „Als Dr. John uns im Sommer 2005 um Hilfe bat, war unsere Geschäftslage nicht gerade berauschend. Heute boomt unser Unternehmen und wir haben mehr zu tun, als wir leisten können. Es scheint, dass ein besonderer Segen auf unserer Hilfestellung für Diospi Suyana gelegen hat!“

Sieben Container auf einen Streich

Nach unserer groben Schätzung benötigten wir vier Container, um die Geräte, die bei Schenck gelagert gewesen waren, über den Atlantik zu bringen. Insgeheim setzte ich meine Hoffnungen auf die Spedition Streck aus Süddeutschland. Unseren ersten Container hatten sie doch so mustergültig nach Peru befördert – warum sollten sie diese gute Tat nicht noch einmal im größeren Stil wiederholen?

Doch mein Vorstoß in Lörrach ging ins Leere. Ein Logistikchef machte mir umgehend klar, dass seine Firma mit dem Transport der Kaltenbach-Werkstatt ihr Soll an humanitären Pflichten mehr als erfüllt habe. Er riet mir, es bei der Reederei Hamburg Süd zu versuchen und wünschte mir viel Erfolg.

Über die Webseite fand ich schnell die entsprechende Telefonnummer. Ohne Hemmungen ließ ich mich gleich zur

Chefsekretärin durchstellen und bat sie um eine Audienz bei ihrem Chef. Wie wohl jede gute Chefsekretärin es getan hätte, erkundigte sich Frau Matthiesen, worum es eigentlich ging.

Einige Tage lang wartete ich vergeblich auf Antwort. Schließlich siegte meine Ungeduld und ich meldete mich erneut bei ihr. „Frau Matthiesen“, sagte ich mit einem flehenden Unterton, „ich fahre gerne zehn Stunden im Auto nach Hamburg – hin und zurück, wenn Sie mir zehn Minuten Zeit beim Direktor einräumen!“ Solch ein merkwürdiges Ansinnen hatte die Sekretärin wohl noch nie gehört. Ich musste wirklich ein besonderer Kauz sein, aber meine Entschlossenheit verfehlte nicht ihre Wirkung.

„Herr John, warten Sie noch einmal ab, ich werde mit der Geschäftsführung über Ihren Fall reden!“

Schon am Nachmittag meldete sie sich telefonisch mit einer Nachricht, die ich wenig später als Eilmeldung auf der Diospi-Suyana-Webseite veröffentlichte: „Hamburg Süd stellt kostenlos vier Container zur Verfügung!“ Es war also gar nicht nötig gewesen, nach Hamburg zu fahren.

Ich bedankte mich überschwänglich und sah die ganze prachtvolle Ladung schon auf hoher See dem südamerikanischen Kontinent entgegenschippern. Doch wie so oft kommt es immer wieder anders als man denkt ...

Aus der geplanten Verpackungsaktion noch vor Jahresende wurde nichts. Das Weihnachtsgeschäft stand vor der Tür und die Mitarbeiter von Schenck hatten alle Hände voll zu tun, ihre Kundenaufträge abzuarbeiten.

Im Februar 2007 traf ich erneut in Deutschland ein und machte gleich einen Rundgang durch die Lagerhallen bei Schenck. Beim Anblick der vielen Kisten traf mich fast der Schlag. Auf wundersame Weise hatten sich in meiner achtwöchigen Abwesenheit die Sachspenden vermehrt. Die vier Container mochten so groß sein, wie sie wollten – was hier alles herumstand, würde niemals hineinpassen. Meine Vermutung wurde vom Logistikchef Herrn Heysel sogleich präzise bestätigt. Auf dem Display seines Taschenrechners erschien eine glatte Acht! Bei mir läuteten alle Alarmglocken.

Mit einem einfachen Anruf bei Hamburg Süd war es nicht mehr getan. Ich musste persönlich dort vorstellig werden, und zwar bald. Im Leihwagen fuhr ich durch den Nieselregen eines unfreundlichen Februartages 550 Kilometer nach Norden. Ein gewisser Herr Gedde würde mich am Nachmittag 30 Minuten lang empfangen. Ich fand einen legalen Parkplatz in der Innenstadt und kam mit meinem Notebook in der Hand gerade noch pünktlich zum vereinbarten Termin.

Herr Gedde war groß gewachsen, etwas wortkarg, aber durchaus sympathisch. Aufmerksam folgte er meiner Präsentation und verzog keine Miene, als ich zum eigentlichen Kern meines Anliegens vorstieß. „Herr Gedde, Sie werden es nicht für möglich halten, wir brauchen tatsächlich nicht vier, sondern acht Container!"

Er musste in seinem Leben schon Schlimmeres gehört haben. Ohne lange zu überlegen sagte er: „Herr John, die kriegen Sie!" Er klopfte mir noch auf die Schulter und entließ mich bald in das nasskalte Hamburger Regenwetter.

Welch ein Triumph! Durch die Verdoppelung der Container hatte Diospi Suyana auf einen Schlag 10000 Euro an Gebühren erlassen bekommen. In Anbetracht von zehn Stunden auf der Autobahn konnte sich dieser Stundenlohn wirklich sehen lassen.

Im Februar 2007 gingen sieben Container von Darmstadt aus auf die weite Reise. DHL bezahlte den Inlandtransport, Hamburg Süd übernahm die Frachtkosten. Außer diesen sieben sponserte das traditionsreiche Schifffahrtsunternehmen später noch vier weitere Container. Als bei elf die Möglichkeiten von Hamburg Süd schließlich ausgeschöpft waren, taten sich überraschend Türen bei anderen Firmen auf. Eine unsichtbare Hand führte mich Schritt für Schritt zur rechten Zeit in die jeweils richtige Richtung. Ich musste eigentlich nur eines tun, die Gelegenheiten beim Schopfe packen und nicht lockerlassen.

Am 16., 17. und 18. April strahlte das zweite peruanische Fernsehen, „Frecuencia Latina“, drei Reportagen über Diospi Suyana aus. Als der dritte Bericht am Abend über die Bildschirme flimmerte, lief zeitgleich das Containerschiff von Hamburg Süd in den Hafen von Callao ein. Zwei Tage später wurde ich bei Señora Gloria Luque, der Direktorin des Zolls für Seefracht, vorstellig. Ich drückte ihr eine CD mit den drei Fernsehreports in die Hand und bestellte ihr die herzlichsten Grüße von Renato Canales. Der Direktor des Nachrichtenprogramms hatte mir diese Grüße augenzwinkernd aufgetragen.

Señora Luque verstand den Sinn meiner Worte sofort. „Ach, Dr. John, machen Sie sich überhaupt keine Sorgen um Ihre Container. Die stehen doch praktisch schon am Ausgang!“

Und so war es auch. Innerhalb von zwei Stunden winkte die Zolldirektion sieben Großraumcontainer mit Sachwerten von 1,1 Millionen US-Dollar einfach durch. Achtzig Seiten Kleingedrucktes über den Inhalt der Container wurden wegen einer einsamen politischen Entscheidung des Zolls unterschrieben und abgestempelt.

Gegen 19 Uhr packte ich in der Zollagentur Prosoi die Pizza aus. Die vier Agenten und ich hatten allen Grund zum Feiern. „Dr. John, wir sind seit sieben Jahren im Zollgeschäft tätig. So etwas haben wir noch nie erlebt", sagte Carmen Rosa und ließ es sich schmecken.

Im Schloss Bellevue

„Warum wollen Sie mit dem Gesundheitsminister reden?" Pastor Dario Lopez und Dr. Victor Arroyo runzelten ihre Stirn. Sowohl der Präsident als auch der Direktor des Evangelischen Kirchenrats Perus äußerten sich skeptisch. „Der Staat wird Ihnen bei Ihrem Krankenhaus nur Steine in den Weg legen. Lassen Sie das lieber mal bleiben!"

Ich habe den Rat der evangelischen Kirchenführer im Januar 2003 nicht befolgt. Eine Woche später traf ich den peruanischen Gesundheitsminister Dr. Carbone Campoverde, der als strenggläubiger Katholik sogar der Opus-Dei-Gruppe angehört. Im Laufe der Jahre habe ich schon mit dreizehn Ministern in Peru verhandelt.

Ich finde, dass ein so großes Projekt wie Diospi Suyana zumindest das wohlwollende Kopfnicken der politischen Elite erfordert. Es geht mir dabei nicht allein um politische Rückendeckung, sondern ich bin überzeugt, dass die Botschaft des Glaubens in allen Gesellschaftsbereichen Gehör finden sollte.

So freue ich mich über jeden Artikel in der Presse, der unsere christliche Grundlage positiv darstellt. Jede Fernsehreportage, die Diospi Suyana als Werk des Glaubens beschreibt, lässt mein Herz höher schlagen. Die Botschaft des Gekreuzigten muss in einer machtversessenen und korrumpierten Welt nicht nur formuliert, sondern in erster Linie exemplarisch vorgelebt werden – egal, ob das Beifallsstürme auslöst oder nicht. Im öffentlichen Leben Deutschlands ist die religiöse Grundüberzeugung des Einzelnen zu seiner Privatsache geworden. Wer offen seinen Glauben bekennt, tritt schnell ins Fettnäpfchen oder ruft lauten Widerspruch hervor. Respekt und Toleranz anderen Weltanschauungen gegenüber verlangen aber nicht, dass ich mit meiner eigenen Einstellung hinter dem Berg halte.

Am 25. Januar 2007 klopfte ich in Lima an das Portal, das zum rechten Flügel des Regierungspalasts führt. Hinter dicken Mauern befindet sich dort das Büro der First Lady Perus. Es war schon spät, aber Pilar Nores nahm sich eine halbe Stunde Zeit für mich. Es ging mir um zwei Anliegen: Zum einen wollte ich mit ihr den Zeitpunkt der Einweihung des Krankenhauses besprechen. Ihre Teilnahme an diesem Ereignis war mir überaus wichtig. Zum anderen bat ich sie um Hilfe in einer ganz speziellen Angelegenheit. Ich wollte nämlich versuchen, eine Audienz bei Eva Köhler, der Gattin des ehemaligen deutschen Bundespräsidenten, zu bekommen. Pilar Nores sagte mir zwar ihre Unterstützung zu, aber wir wussten beide, dass die Erfolgsaussichten sehr klein waren.

Am 19. Februar saß ich auf einem bequemen Polstersessel im Amtssitz des peruanischen Botschafters in Berlin. Professor Kauffmann-Doig zeigte sich ebenfalls hilfsbereit, als er von meinen Plänen hörte. Die E-Mails zwischen der Botschaft in Deutschland und dem Regierungspalast in Lima gingen nun hin und her. Als Ergebnis verfasste der Botschafter ein zweiseitiges Schreiben an das Bundespräsidialamt. In diesem Dokument ersuchte er im Auftrag von Pilar Nores für meine Frau und mich eine Audienz bei der deutschen First Lady.

Ich verfolge gern verschiedene Spuren gleichzeitig, in der Hoffnung, dass wenigstens eine von ihnen zum Ziel führt. Also meldete ich mich bei Familie Nikel, mit der wir seit vielen Jahren befreundet sind. Die Französin Regine war ständig auf Ideensuche, wie sie Tina und mir unter die Arme greifen konnte. Ihr Mann Rolf ist hochrangiger Diplomat, der sich in den Hinterzimmern der Macht bestens auskennt. Im April 2004 hatte er sich in Washington während seiner Zeit als dritter Mann der deutschen Botschaft für uns besonders weit aus dem Fenster gelehnt. Er hatte Olaf Böttger und mir in seiner Villa ein Forum geboten, um vor rund 30 Botschaftsangehörigen zu sprechen. Jetzt, im Winter 2007, also zweieinhalb Jahre später, war er in Berlin tätig. Diesmal hatte er eine einflussreiche Stelle im Bundeskanzleramt inne. Auf meine Bitte hin nahm Rolf Kontakt zum Bundespräsidialamt auf. Das, was er in Erfahrung brachte, klang ziemlich aussichtslos. Frau Köhler würde mit Audienzanträgen förmlich überschüttet. Nur die allerwenigsten Anfragen könnten berücksichtigt werden. Der Antrag des peruanischen Botschafters sei zwar schön und gut, aber wohl bei Weitem nicht ausreichend.

Im Februar und März 2007 pendelte ich zwischen den Bundesländern hin und her, denn es standen rund 30 Vortragstermine an. Ich stieg immer nur kurz in meiner Wiesbadener Dachwohnung ab, um die Wäsche zu wechseln oder für einige Stunden zu schlafen. Aber die Information von Rolf veranlasste mich umgehend, die nächsten Schritte einzuleiten. Per E-Mail und Telefon besprach ich die Situation mit dem Büro der peruanischen Präsidentengattin. Und kaum war eine Woche um, da hatte Pilar Nores ein persönliches Schreiben an Frau Köhler der peruanischen Botschaft übermittelt. Damit hatten sich unsere Chancen deutlich verbessert.

Am 28. Februar kam mir am Morgen unter der Dusche eine spontane Idee. Warum sollte ich nicht auch Professor Ludwig Braun, den prominentesten Industriellen Deutschlands, um eine Empfehlung bitten? Immerhin hatte er uns zweieinhalb Jahre zuvor in Melsungen 90 Minuten seiner kostbaren Zeit eingeräumt. Vor meiner Abfahrt zu einem Termin in Süddeutschland rief ich in seinem Büro an und schickte noch schnell eine E-Mail hinterher. Kurz vor Mitternacht schloss ich wieder meine Wohnungstür auf und sah gleich das blinkende Licht des Anrufbeantworters. Meine Müdigkeit war sofort verflogen, als ich die Stimme von Herrn Braun wahrnahm. Er informierte mich, dass er sich beim Büro von Frau Köhler für uns eingesetzt habe.

Trotz aller Aktivitäten in Lima, Melsungen und Berlin blieb der Ausgang höchst ungewiss. Martin Luther hat einmal gesagt, wir müssten beten, als ob unsere Arbeit umsonst wäre, und hart arbeiten, als ob unser Gebet zu nichts nütze wäre. Genau das beherzigte ich während meiner langen Autofahrten durch Deutschland. Ich bat Gott um nichts Geringeres als eine offene Tür zum Schloss Bellevue.

Am 5. März schrieb mir Cecilia Galarreta von der peruanischen Botschaft: „Gott und unsere gemeinsamen Bemühungen haben Früchte getragen. Es ist einfach wunderbar. Ich darf Sie darüber in Kenntnis setzen, dass Sie am 20. März um 13 Uhr eine Audienz bei Frau Köhler haben werden!“

Diese Nachricht führte sofort zu einer Reihe von hektischen Telefongeprächen. Ich musste also meinen Aufenthalt in Deutschland um zehn Tage verlängern. Tina und die Kinder würden anlässlich dieses Ereignisses nach Deutschland kommen. Sie brauchten Flugtickets, und zwar kurzfristig.

Das Treffen mit der First Lady Deutschlands war eine große Ehre und eine Riesenchance zugleich. Schon im Vorfeld versuchte ich, sie zu nutzen. Ich meldete mich bei Philips in Hamburg. Im Jahr zuvor hatte ich zwei Direktoren des Konzerns unsere Arbeit in Peru zwar schon einmal vorgestellt. Aber nach einer monatelangen Schwebepartie hatte sich Philips gegen eine Sachspende für uns entschieden. Mit der Aussicht auf unsere baldige Audienz bei Frau Köhler änderte das Unternehmen nun seine Haltung. Philips spendete ein fabrikneues Ultraschallgerät mit zwei Schallköpfen für 35 000 US-Dollar.

Am 20. März stiegen Tina und ich nachts um 1 Uhr aus dem Auto und krochen in die kalten Betten eines Motels südlich von Berlin. In Anbetracht des bevorstehenden Ereignisses konnte von einem erholsamen Schlaf keine Rede sein, doch die Müdigkeit übermannte uns trotzdem.

Mit dem Bundespräsidialamt war unser Besuch generalstabsmäßig vorbereitet worden. Um 12.45 Uhr betraten wir durch einen Seiteneingang den Amtssitz des Bundespräsidenten. Eine Dame geleitete uns in einen repräsentativen Saal im ersten Stock. Ein schwerer Kronleuchter an der Decke, ein dicker Teppich am Boden und die edlen Polstergarnituren würden also einen würdevollen Rahmen für unser Gespräch bieten. Von einem Gemälde an der Wand blickte Königin Luise von Preußen gütig auf uns herab.

Hinter einem Sessel positionierten wir unser Notebook und fuhren die Powerpoint-Präsentation hoch. Im Januar hatte ich in Lima Pilar Nores gegenüber meinen Wunsch nach dieser Audienz geäußert. Knapp zwei Monate waren seitdem vergangen – und hier standen Tina und ich nun mit klopfendem Herzen. Wie gebannt blickten wir auf eine schwere Holztür. An dieser Stelle würde Frau Köhler mit ihren engsten Beratern pünktlich um 13 Uhr erscheinen.

Die 45 Minuten des Vortrags verstrichen wie im Flug, aber sie reichten aus, um der First Lady Deutschlands unseren Lebenstraum zu erläutern. Die Begegnung verlief in einer freundlichen Atmosphäre und wurde durch ein gemeinsames Foto mit Frau Köhler beendet.

Ich überlegte: Eigentlich war es ja fast wie im Märchen. Im Herbst 2003 hatten wir mit unseren Kindern auf den Matratzen am Boden eines Lehmhauses genächtigt. Dreieinhalb

Jahre später gratulierte uns die Gattin des deutschen Bundespräsidenten zu unserer humanitären Arbeit in Peru. Jeder Wahrscheinlichkeit zum Trotz hatten wir diese Vision im Zeichen christlicher Nächstenliebe entwickelt. Hier wurde sie gerade von höchster Stelle aus gewürdigt.

So teure Kirchenfenster?

Eine Taxifahrt durch Lima ist kein Zuckerschlecken, besonders um fünf Uhr nachmittags. „Bringen Sie mich bitte zur Universität San Marcos", bat ich den Fahrer und handelte vorsorglich den Preis aus. Während er ins Verkehrsgewühl eintauchte, krochen die Häuserfronten im Schneckentempo an uns vorbei.

Linker Hand schob sich unvermittelt die katholische Kirche „Maria Reina" in mein Blickfeld. Ihre großen Fenster bestanden aus buntem Bleiglas und weckten sofort mein Interesse. Die Maurer hatten nämlich gerade den Rohbau unserer eigenen Krankenhauskirche fertiggestellt. Als Nächstes waren die Fenster an der Reihe. *Wenn ich doch nur mit dem Priester der Kirche über diese Bleiverglasung reden könnte,* schoss es mir durch den Kopf.

Mein Taxi rollte noch hundert Meter weiter, dann drehte der Fahrer sich plötzlich zu mir um. „Señor", sagte er freundlich, „ich kann Sie leider doch nicht in die Innenstadt fahren. Ich habe für 18 Uhr schon einem anderen Kunden fest zugesagt!" Er war sicherlich überrascht, als ich freudestrahlend aus seinem Wagen sprang.

Zwei Minuten später betrat ich das Kirchenbüro. Mehrere Personen waren mit allerlei Arbeiten beschäftigt. „Wer könnte mich denn wegen Ihrer wunderschönen Fenster beraten?", rief ich in die Runde. Ein Mann stand auf und kam zu mir herüber.

„Es freut mich, dass Ihnen unsere Fenster gefallen!"

„Ja, sie sind toll", antwortete ich. „Aber wer hat sie eigentlich gemacht?"

Wie ich hörte, waren sie das Werk eines deutschen Künstlers aus den Achtzigerjahren. Aber er hatte längst das Zeitliche gesegnet. Ich machte in der Kirche einige Fotos und fuhr zum Gästehaus in Südlima zurück. Meinen Ausflug zur Universität sagte ich kurzerhand ab.

Am Abend lud ich meine E-Mails vom Server aufs Notebook. Wie so oft waren es um die 50 Nachrichten. Ich überflog sie eilig und entdeckte dabei eine interessante Information von Udo Klemenz. Er schickte mir unaufgefordert die genauen Maße der Kirchenfenster. Am nächsten Morgen saß ich am Computer und überlegte mir, welche News ich wohl auf der Webseite von Diospi Suyana veröffentlichen könnte. Genau, das war's! Ich würde die zukünftigen Kirchenfenster, von denen niemand wusste, wie sie einmal aussehen würden, als Tagesthema aufgreifen.

Ich bastelte gerade am Text, als hinter mir das Ehepaar Poganatz den Raum betrat. Dirk war als Lehrer am Evangelischen Seminar in Lima tätig. Die beiden waren gerade auf Wohnungssuche. Sie sahen die Kirchenfenster von Maria Reina auf meinem Bildschirm und sagten: „Gestern haben wir übrigens in einem Privathaus so ähnliche Fenster gesehen!"

Ihr Hinweis aus heiterem Himmel kam just im rechten Augenblick. Die beiden kramten die Zeitung mit der Wohnungsannonce aus der Tasche und diktierten mir die Telefonnummer der Hausbesitzerin.

Die Dame am Telefon gab mir bereitwillig Auskunft. „Der

Künstler meiner Fenster war ein Deutscher. Aber er ist schon lange tot!" Die Geschichte kam mir sehr bekannt vor. Wahrscheinlich sprach sie vom gleichen Künstler, der auch die Kirchenfenster geschaffen hatte.

Die Peruanerin redete weiter und brachte mich unverhofft auf eine heiße Spur. „Einer meiner Bekannten ist Architekt und kennt sich mit Bleifenstern sehr gut aus!" Glücklicherweise hatte sie seine Nummer zur Hand – und ich hing gleich wieder am Telefon.

Am Samstagnachmittag öffnete mir Jorge Rati die Tür zu seiner Villa. Die vielen Skulpturen in seinem schmucken Garten, aber auch die teuren Holzmöbel im Haus zeugten von seinem ausgefeilten Geschmack. Meine Präsentation sprach ihn sehr an.

„Ja, ich könnte Ihnen helfen", äußerte er sich wohlwollend. „Ich kenne in Lima so ziemlich alle Leute aus dieser Branche!"

Vier Tage später hörten Architekt Alexandro Gallo, seine Frau Gina de Bernardy und ihre Freundin die Geschichte von Diospi Suyana. Sie waren, genau wie Jorge Rati, italienischer Abstammung und verstanden eine ganze Menge von der Kunst der Bleiverglasung.

„Dr. John, wir erstellen Ihnen gerne die Entwürfe, vielleicht sogar kostenlos, aber das Glas müssen Sie besorgen!" Herr Gallo war Realist durch und durch und schenkte mir gleich reinen Wein ein. „Bleigläser sind irre teuer, in Peru kosten sie sogar noch mehr als in Europa!"

Ich murmelte etwas von zukünftigen Glasspenden und bedankte mich artig für ihr Interesse.

Wenige Wochen später war ich wieder als Trommler in Deutschland unterwegs. Auf meiner To-do-Liste hatte ich mir das Wort „Buntglas" notiert. Ich wollte mich über dieses

Thema informieren und gegebenenfalls sogar Glasspenden für unsere Kirchenfenster organisieren.

Am Samstag, dem 9. Juni, traf ich in Wiesbaden-Nordenstadt meinen alten Schulkameraden Andreas Koch. Er ist Besitzer einer Druckerei und sponsert mit seinem Bruder Matthias den Druck unserer Rundbriefe.

„Sag mal, Andreas", fragte ich ihn nachdenklich, „kennst du vielleicht jemanden, der bei den Glaswerken Schott arbeitet?"

„Natürlich, drei Mitarbeiter von Schott gehören zu unserer Kirchengemeinde!" Die Antwort von Andreas kam prompt und überraschend. Während ich die Drehfreudigkeit eines Schreibtischstuhles ausprobierte, rief Andreas sofort bei einem Bekannten an und erläuterte mit kurzen Worten, worum es sich handelte.

Die neue Woche startete allerdings mit einer traurigen Nachricht. Schott hatte seine Buntglasproduktion nach Malaysia verlegt, hörte ich am Montag. In Deutschland wurden nur noch im niedersächsischen Grünplan kleinere Mengen hergestellt. Nichtsdestotrotz rief ich in Grünplan an. Der Chef, ein Herr Albrecht, war leider verreist, aber seine Sekretärin ermunterte mich, einen schriftlichen Antrag einzureichen. Noch am selben Nachmittag brachte ich das Schreiben zur Post.

Ich blieb diesmal nur 14 Tage in Deutschland und hatte ein volles Programm. Vorträge in sechs verschiedenen Bundesländern und eine Reise zur Firma Roche in der Schweiz hielten mich ziemlich auf Trab. Am Freitag, dem 15. Juni, kam eine negative Antwort von Schott. Die offizielle Firmenpolitik sähe Sachspenden leider nicht vor. Ich hatte mir also umsonst Hoffnungen gemacht. Doch als Trostpflaster würde man mir zwei Kisten mit Mustern zuschicken. Das wären immerhin 50 Scheiben von jeweils 30 cm Länge.

Auch wenn es merkwürdig klingt: Schlechte Nachrichten spornen mich manchmal unheimlich an. Ich entfaltete am Telefon hektische Aktivitäten. Bald hatte ich einen Herrn Hofrichter von der Firma Derrix in Wiesbaden-Wehen an der Strippe. Er ist Leiter einer Werkstatt, die Buntgläser produziert.

„Herr John“, klärte er mich auf, „Sie benötigen nicht nur Gläser, sondern auch Bleiprofile!“

„Hm“, räusperte ich mich und versuchte, meine Ignoranz zu verbergen. Er informierte mich, dass in Deutschland die Firma Jansen & Buscher aus Krefeld ein Monopol auf dem Gebiet der Bleiprofile habe. Für den kommenden Montagnachmittag vereinbarten wir beide einen Termin in seinem Büro. Gleich darauf rief ich bei Jansen & Buscher in Krefeld an.

Manchmal sind Firmen wie mittelalterliche Bollwerke: Die Sekretärin in der Telefonzentrale zieht die Zugbrücke hoch und man landet mit seinem Anliegen im Wassergraben. Von der kalten Dusche entmutigt, will man es auf einen zweiten Versuch gar nicht erst ankommen lassen. Aber diesmal hatte ich Glück. Man stellte mich sofort zu einem Herrn Kröger durch, der geduldig eine kleine Zusammenfassung über Diospi Suyana über sich ergehen ließ.

„Herr John“, bat er schließlich, „schicken Sie mir eine E-Mail. Morgen tagt der Vorstand, wir werden über Ihre Bitte reden!“

Was für ein Timing! Voller Enthusiasmus formulierte ich einen netten Brief, den ich elektronisch auf den Weg brachte. Kaum war das Wochenende vorüber, meldete ich mich wieder bei Herrn Kröger.

„Darf ich fragen, wie der Vorstand entschieden hat?“

„Positiv! Wir werden Ihnen die Profile spenden. Wir müssen nur die genaue Menge wissen!“

Vor meinen Augen entstand in diesem Augenblick das Bleigerippe unserer Kirchenfenster. Zwar ohne Glas, aber immerhin. Mein Gesprächspartner wollte gerade auflegen, als ich noch eine wichtige Information nachschob: „Ach, übrigens, unser Container wird am Samstag, also in vier Tagen gepackt. Es wäre toll, wenn Ihre Bleiprofile mit auf die Reise gehen könnten!“ Jetzt hatte ich es doch etwas übertrieben, denn Herr Kröger prustete los: „Wo denken Sie hin! Wir müssen Ihren Auftrag erst in die Produktion eingeben. Es vergehen mindestens zwei Wochen, bis wir ausliefern können. Außerdem wissen Sie ja noch nicht einmal, wie viel Sie eigentlich brauchen!“

Ich seufzte leise vor mich hin. „Was nicht geht, geht halt nicht“, flüsterte ich in den Hörer und legte auf.

Nun wählte ich die Nummer von Schott in Grünplan, denn ich wusste, dass Herr Albrecht inzwischen von seiner Dienstreise zurückgekehrt war. Sekunden später hatte ich den richtigen Mann am Apparat.

„Herr Albrecht, ein herzliches Dankeschön für Ihre Muster“, sagte ich. „Aber darf ich Sie mal in Grünplan besuchen und Ihnen einige Bilder von unserer Arbeit in Peru zeigen?“

Herr Albrecht klang durchaus sympathisch, aber er lehnte dankend ab. „Wir dürfen Ihnen leider keine Gläser spenden. Das tut mir auch sehr leid. Ihre Reise wäre daher völlig sinnlos!“

„Ich muss am Donnerstag nach Lemgo, gar nicht weit ab von Ihnen. Ich komme gerne am Morgen auf einen Sprung vorbei!“ Meine Logik überzeugte und nun war er gewillt, mich kurz zu empfangen.

Am Nachmittag besuchte ich Herrn Hofrichter von Derrix. Als ich die Werkstatt betrat, machte ich meine Augen weit auf. An vielen Tischen setzten talentierte Hände Buntglasfragmente zu beeindruckenden Mosaiken zusammen.

Hier waren offensichtlich Experten am Werk. Ich war gut beraten, mich mit meiner eigenen Unkenntnis bedeckt zu halten. Nach meinem Vortrag errechnete Herr Hofrichter den genauen Bedarf an Bleiprofilen. Die Information gab ich am Abend noch schnell nach Krefeld weiter.

Am Mittwoch fuhr ich nach Niedersachsen und kam nachts um halb zwei in Grünplan an. Am Donnerstagmorgen stand ich pünktlich bei Herrn Albrecht auf der Matte. Er und sein Kollege folgten interessiert meiner Präsentation.

Als ich fertig war, fragte Herr Albrecht: „Herr John, hat Ihr Auto einen großen Kofferraum?“ Mit einem heftigen Kopfnicken bejahte ich seine Frage. „Na, dann packen wir den am besten gleich voll!“ Ein ganze Stunde lang suchte der Chef höchstpersönlich die schönsten Gläser für mich heraus und schlug jede Scheibe sorgfältig in dickes Packpapier ein.

Mein Leihwagen hing hinten verdächtig durch, als ich am nächsten Tag voll beladen nach Wiesbaden zurückkehrte. Ein Wunder hatte ich im Kofferaum … Und ein zweites vernahm ich nun am Telefon: Herr Kröger von Jansen & Buscher wusste selbst nicht, wie das möglich gewesen war, aber man habe unsere Bleiprofile bereits an unsere Lagerhalle in Darmstadt geschickt. Damit war die Lieferzeit von den angekündigten zwei Wochen auf vier Tage verkürzt worden.

Das waren schier unglaubliche Neuigkeiten! Auf den allerletzten Drücker hatte ich die Materialien für unsere Bleigläser zusammenbekommen. Die Bleiprofile aus Krefeld und 50 Musterscheiben sowie meine Ladung im Kofferaum aus Grünplan. Diese wunderschöne Geschichte musste ich sofort dem Werkstattleiter von der Firma Derrix erzählen.

„Herr Hofrichter“, bemerkte ich, „könnten Sie nicht auch noch zwei Kisten Buntglas spenden? Dann wäre die Sache so richtig rund!“

Wer hätte nach solch einer märchenhaften Entwicklung

schon nein sagen können? Herr Hofrichter sicherlich nicht. „Wenn Sie nachher vorbeikommen“, meinte er, „habe ich alles fertig!“

Im August 2007 reiste Alexandro Gallo im Auto von Lima nach Curahuasi, um das verfügbare Buntglas zu prüfen. Er mietete sich mehrere Tage in einem Hotel ein und entwarf in mühsamer Kleinarbeit das Design für die 20 Kirchenfenster. Sein kreatives Ergebnis schenkte er Diospi Suyana, ohne auch nur einen einzigen Dollar zu verlangen. Auf seine Empfehlung hin kauften wir noch einige billige peruanische Gläser hinzu.

Einen ganzen Monat lang setzten vier Meister aus der Hauptstadt die vielen Tausend Teile puzzleartig zusammen. Sie verzichteten dabei auf die Hälfte ihres normalen Arbeitslohnes. Die 50 Quadratmeter Bleifenster haben uns insgesamt 3 800 Euro gekostet, Löhne und Material inklusive. Der Preis hätte in Deutschland sicherlich hundertfach höher gelegen. Wenn ein Besucher aus Europa unsere Kirche sieht, schüttelt er vielleicht missbilligend den Kopf: Wie konnte Diospi Suyana nur so viele Spendengelder für Kunst ausgeben? Den Wert schätzt er sicherlich zu Recht auf 400 000 Euro. Aber nicht wir haben die Rechnung bezahlt und auch nicht unsere Spender – sondern Gott selbst.

Wenn die Sonnenstrahlen durch die bunten Bleigläser fallen, werfen sie wunderschöne Lichtreflexe auf die gegenüberliegenden weißen Wände. In der Morgenandacht sitzen dann bis 200 Mitarbeiter und Patienten ehrfürchtig auf ihren Stühlen. Sie sind arm, aber der Blick auf die Fenster macht sie reich. Und für so manchen, der sich meditativ der Schönheit der Gläser öffnet, werden sie zu einem Fenster in den Himmel.

Eine verwegene Truppe

Im letzten halben Jahr vor der Einweihung wuchs das Mitarbeiterteam auf 33 Personen an. Wer diese hoch motivierten Leute als Aussteiger bezeichnet, weiß nicht, wovon er redet. Auch Begriffe wie Abenteurer oder Idealisten treffen nicht ins Schwarze. Und doch hatten die neuen Freiwilligen eine ganze Menge Idealismus, Risikobereitschaft und Neugier in ihr Handgepäck gepackt. Sie kamen aus den unterschiedlichsten Kirchen und Gemeinden, teilten aber die gleiche Überzeugung, dass der Glaube an Gott sich niemals in einer weltfremden Frömmelei erschöpfen darf. Vielmehr wollten sie ihre Ärmel hochkrempeln und anpacken.

Alle hatte ich über einen Zeitraum von fünf Jahren persönlich kennengelernt. Mit allen hatten Tina und ich lange Gespräche geführt. Ohne Ausnahme hatten sie unseren Vortrag über Diospi Suyana gesehen und sich von unserer Begeisterung anstecken lassen. Mein eigenes Motiv, das Projekt voranzutreiben, lag in meiner intensiven Sehnsucht nach einem erfahrbaren Gott begründet. Mein Blick glitt ständig über den fernen Horizont, in der Hoffnung, die Realität Gottes aufzuspüren. Ich glaube, dass viele, die eine missionsärztliche Tätigkeit in Angriff nehmen, ganz ähnliche Gefühle teilen.

Niemals versuchten wir, Zaungäste zur Ausreise zu überreden. Wir kannten die möglichen Gefahren in den Bergen Perus und die vielen Enttäuschungen, die auf jeden warteten. Dem Kulturschock würde niemand entgehen können. Bei unseren regelmäßigen Interessententreffen wies ich ausführlich auf all das hin. Trotzdem hatten sich 33 „Unbelehrbare" nicht abschrecken lassen. Sie lösten ihre Wohnungen auf, reichten ihre Kündigungen ein und nahmen Abschied von ihren Eltern.

Ende Januar 2007 packte die Krankenschwester Carolin

Müller aus Ilmenau ihre Koffer. Mit ihrem Vater, einem Arzt von rechtem Schrot und Korn, hatte sie bereits in früheren Auslandseinsätzen humanitäre Projekte kennengelernt. Sie wollte am Aufbau der chirurgischen Abteilung maßgeblich mitwirken.

Im März stiegen Timo und Simone Klingelhöfer in Lima aus dem Flugzeug. Timo war als Elektrotechniker und Internetexperte für die Installation der Computer und die Sicherheitstechnik geradezu prädestiniert. Seine Frau Simone wollte als Physiotherapeutin die zukünftigen Patienten so richtig in die Mangel nehmen.

In der ersten Maiwoche reiste ein Dreierteam gemeinsam nach Peru: Stefan Höfer hatte sich den Aufbau der Intensivstation auf die Fahnen geschrieben. Seine Frau Petra brachte große Erfahrungen als Röntgenassistentin und Laborantin mit. Hanna Böker vollzog mit ihren 57 Jahren einen gewagten Schritt. Sie stieg aus dem deutschen Berufsleben aus, um das Spital als Verwaltungsdirektorin zu leiten. Ein früherer Direktor des Freseniuskonzerns, der Hanna aus alten Zeiten kannte, verstand die Welt nicht mehr. Sie sei die beste Steuerexpertin gewesen, die er je gekannt habe, sagte er mir einmal im Vertrauen.

In der zweiten Maiwoche kam Familie Jochum an. Schreinermeister Burkhard hatte sich das ehrgeizige Ziel gesetzt, innerhalb eines Jahres alle Türen und einen Großteil der Schränke des Krankenhauses zu zimmern. Mit unglaublichem Elan setzte er seinen Plan in die Tat um. Später beurteilte er seine Zeit in Peru als das schönste Jahr seines Lebens. Seine Frau Carolina ist gebürtige Peruanerin aus Cusco. Sie engagierte sich als Übersetzerin und Leiterin einer Kindergruppe. Noch in Lima streiften die beiden und ihre drei Kinder sich knallig rote T-Shirts über mit der vielsagenden Aufschrift: „I love Peru!“

Mitte August brach eine halbe Völkerwanderung aus. Michael und Elisabeth Mörl verließen mit vier Kindern Sachsen und brachten gleich noch Frederike Simmchen als Lehrhelferin mit. Michael hatte zuvor viele Jahre auf der Intensivstation des Dresdener Herzzentrums gearbeitet. Seine praktische Veranlagung zog ihn jedoch immer wieder in den Werkstattbereich. Obendrein war er gelernter Mühlenbauer und sah sich verpflichtet, das Missionsteam mit deutschem Brot zu versorgen.

Elisabeth, eine ausgebildete Ernährungsberaterin, wurde auf den lokalen Märkten bald zum Kopfdreher. In großen Mengen kaufte sie Gemüse und Obst, um ihre Kinder mit gesunder Kost aufzuziehen.

Den Mörls hatte sich noch Tove Hohaus aus Meiningen angeschlossen. Die junge Anästhesistin wollte es mit drei Männern aus der schneidenden Zunft aufnehmen. Eine missionsärztliche Tätigkeit war seit ihrer Jugendzeit immer ihr Traum gewesen. Allerdings hatte sie in der Lagerhalle in Darmstadt die alten Narkosegeräte gesehen und verspürte ein ungutes Gefühl in der Magengegend.

Katrin Krägler, eine junge Frau aus der Controllingabteilung eines Spitals, hatte ein Faltblatt über Diospi Suyana in ihrem Postfach gefunden. Die Lektüre gab ihrem Leben eine neue Weichenstellung. Der Gynäkologe Jens Hassfeld und seine Frau Damaris waren im August 2004 durch die Reportage in der Zeitschrift „Family“ auf unser Projekt aufmerksam geworden. Mit vier Kindern zogen sie los und ließen die Großeltern und einen geknickten Chef zurück.

In der letzten Augustwoche trafen die Bardys und die Bradys ein. Es sollte eine Weile dauern, bis Normalsterbliche ihre fast identischen Namen auseinanderhalten konnten. Dr. David Brady war die Antwort von Diospi Suyana auf die urologischen Probleme Südperus. Dr. Dorothea Brady hatte als Kinderärztin die kleinen Wesen im Blick. Besonders bei ihren eigenen zwei Kindern würde sie medizinisch nichts anbrennen lassen. Sie hatte mehrere Jahre ihrer Kindheit in Südafrika verbracht und war durchaus hart im Nehmen. Sie hielt ihrem Mann den Rücken frei, als wir ihn baten, die stellvertretende Leitung des Spitals zu übernehmen.

Birgit Bardy aus Lüdenscheid konnte sich eines doppelten Facharztes rühmen. Als Internistin und Allgemeinmedizinerin war ihre Ausbildung breit angelegt. Spanisch sprach sie bereits seit ihrer Kindheit in Spanien. Mit ihrem Mann Jörg, einem geborenen Physiotherapeuten, hatte sie eine Entscheidung fürs Leben getroffen. Ihre Pläne in Peru waren zeitlich völlig unbefristet.

Die Mitglieder im Team zeichneten sich durch ihre starke Persönlichkeit aus. Sie wussten zwar nicht genau, was sie erwarten würde, aber sie hatten eine klare Vorstellung davon, was sie machen wollten. Sie alle waren überdurchschnittlich intelligent und verfügten über hochqualifizierte Abschlüsse. Diese Charaktere zu leiten, wurde für Tina und mich zu einer spannenden, aber nicht immer ganz leichten Aufgabe.

Panik vor dem Tag X

Noch 300 Meter bis zur Haustür! Ich war den ganzen Tag mit Taxis durch die Stadt Lima gefahren und hatte bei drei Firmen Vorträge gehalten. Müde lief ich in der Dunkelheit die Straße hinunter zum Gästehaus in Surco, Südlima. Ich war wirklich bettreif. Plötzlich vibrierte unter mir gewaltsam der Boden. Aus der Erde drang ein seltsames Geräusch an die Oberfläche. Die Strommasten schwankten. Ein Zischen zeigte an, wo einander berührende Kabel einen Kurzschluss auslösten.

Bewegungslos verharrte ich in der Mitte der Fahrbahn. Die Erdstöße dauerten über zwei Minuten und erreichten – wie die Reporter wenig später auf allen Fernsehkanälen berichteten – in Lima die Stärke 7,1 auf der Richterskala. Ich blickte auf meine Armbanduhr. Es war kurz vor 19 Uhr.

Das Erdbeben am Mittwoch, dem 15. August, ließ sofort jeglichen Telefon- und E-Mail-Verkehr zusammenbrechen. Die acht Millionen Menschen der Hauptstadt versammelten sich vor den Bildschirmen und warteten auf eine offizielle Stellungnahme ihrer Regierung. Im Norden Limas waren wohl einige Mauern eingestürzt, jedoch ohne größeren Schaden anzurichten. Offensichtlich war die Metropole glimpflich davongekommen. Das Epizentrum hatte im Süden bei Pisco gelegen, gut fünf Autostunden entfernt.

Zwei Stunden vergingen und noch immer fehlte jegliche Nachricht aus dem Krisengebiet. Eine tiefe Unruhe ergriff die Nation. Staatspräsident Alan García versuchte das peruanische Volk zu beschwichtigen. Er berichtete von 19 Toten, aber man habe die Angelegenheit wohl bald wieder unter Kontrolle. Im Laufe der Nacht eilten dann die ersten Hiobsbotschaften um die Welt. Die Naturkatastrophe hatte ganze Landstriche dem Erdboden gleichgemacht. Die Zahl der geborgenen Leichen und Vermissten musste von Stunde zu Stunde nach oben korrigiert werden.

Als die Sonne am folgenden Morgen aufging, wurde das gesamte Ausmaß der Tragödie deutlich. Auf den Gesichtern der Menschen stand das pure Entsetzen, als vor den Fernsehkameras die Leichenberge immer höher wurden. In vielen Gegenden kämpften die Suchmannschaften verzweifelt gegen die Zeit, um aus den Trümmern der Häuser noch Überlebende zu retten.

Einige Monate zuvor hatte ich mit Pilar Nores de García den 31. August als Termin für die Einweihung des Missionsspitals festgelegt. Nun waren es nur noch wenige Tage bis zum geplanten Ereignis … und das Land befand sich im Chaos.

Montagmorgen, der 19. August: Tod und Verderben stand immer noch im Mittelpunkt aller Fernsehsendungen und Zeitungsberichte. Udo Klemenz, Daniel Lind und ich saßen im Büro zusammen. Falls die Einweihung in Anbetracht des nationalen Dramas überhaupt stattfinden konnte, blieben uns noch genau 12 mal 24 Stunden bis zum „Tag X". Noch glichen weite Teile des Spitals einer wüsten Baustelle. Zwar hatten wir über 100 Bauarbeiter im Einsatz, aber einen Kraftakt würden sie nicht mehr stemmen können, denn unsere Bankkonten in Peru waren schlichtweg leer. Die Teleabfrage unseres Dollarguthabens ergab einen Betrag von 58 US-Dollar. Auf dem Soleskonto lagen 23 Soles, was etwa 7 Dollar entsprach.

„Udo, wir brauchen gar keinen Schlachtplan zu entwerfen", sagte ich resigniert. „Wir haben einfach kein Geld mehr!" Falls die Präsidentengattin, der Gesundheitsminister und die Fernsehteams Ende August nach Curahuasi kommen würden, stand uns die absolute Blamage ins Haus. Udo Klemenz nickte deprimiert. Es gab an dieser Situation nichts zu deuteln. Unser Aktionsradius lag bei null.

„Udo, lass uns jetzt beten!"

Udo Klemenz zuckte mit den Schultern. Ein Gebet war unter den gegebenen Umständen wohl der vernünftigste Vorschlag. Wir schlossen die Augen und falteten die Hände. Was wir beide in jenen Augenblicken genau über die Lippen brachten, weiß ich nicht mehr. Aber als ich von meinem Holzstuhl aufstand, kam mir unvermittelt eine Idee.

Ich ging in den Nachbarraum zu meinem Notebook und

veröffentlichte auf unserer Webseite eine News mit dem Titel: „Die 100 000 US-Dollar-Aktion". Ich erläuterte unsere finanzielle Situation und schrieb, dass wir gut 100 000 US-Dollar gebrauchen könnten, und zwar schon in den nächsten drei Tagen, um die Finanzmittel noch vor der Einweihung sinnvoll einsetzen zu können. Wer sich an dieser Aktion beteiligen wollte, sollte bitte seine Überweisung mit dem Code-Wort „100 000 Dollar-Aktion" kennzeichnen.

Die Reaktionen ließen nicht lange auf sich warten. Am Donnerstagabend, drei Tage später, waren zwei Drittel der Gelder bereits eingetroffen. Und mehrere Spender hatten weitere 20 000 US-Dollar auf den Weg gebracht. Per Blitzüberweisung transferierte Olaf Böttger die Summe nach Peru. In der folgenden Woche trudelten noch etliche Überweisungen mit dem entsprechenden Codewort ein. Das Endergebnis lag bei 99 720 US-Dollar.

Die Aktion war ohne Zweifel ein großer Erfolg und wir investierten jeden Dollar und jeden Euro gewissenhaft in die anstehenden Baumaßnahmen. Aber rückblickend frage ich mich, ob ich richtig gehandelt habe. Vielleicht hätte ich unsere finanzielle Situation lieber nicht veröffentlichen sollen. Möglicherweise wäre das stille Gebet im Verborgenen noch wirkungsvoller gewesen und das Wunder Gottes ungleich größer.

Als die letzte Woche anbrach, hatten wir zwar Bargeld, aber die Zeit rannte uns davon. Die beiden letzten Tage, nämlich den Donnerstag und Freitag, mussten wir für das Aufräumen und Säubern des Geländes reservieren.

Nie werde ich den letzten Sonntag vor der Einweihung des Spitals vergessen. An diesem Tag, dem 26. August, gingen Tina und ich durch die menschenleeren Säle und Flure der Klinik. Die Hälfte der abgehängten Decken fehlte in den Räumen, ebenso ein Großteil der Fensterscheiben. Der Wind trieb den Staub durch die Gänge. Wir fragten uns, wie sich der optische Eindruck des Hauses für den großen Tag verbessern ließe. Rächte es sich jetzt etwa, dass ich den Termin bereits Monate zuvor mit der Gattin des Staatspräsidenten festgelegt hatte, ohne zu wissen, wie weit wir Ende August mit dem Bauvorhaben wirklich sein würden? Wir hatten 3,15 Millionen US-Dollar in den Bau investiert, aber noch war vieles unvollendet. In diesem Zustand könnten wir unmöglich die teuren Geräte aufstellen!

Wie so oft in den vergangenen fünf Jahren, standen wir nur einen Schritt vom Abgrund entfernt. Unser Gebet zu Gott um Weisheit und Hilfe erinnerte an einen Schrei der Verzweiflung. Den ganzen Tag über planten Tina und ich die einzelnen Schritte, um die letzten Aktionen der 100 Bauarbeiter mit den Hilfseinsätzen unserer 34 Missionare zu koordinieren. Am Abend lag der Krisenplan auf dem Tisch.

In den folgenden 96 Stunden geschah die unerklärliche Verwandlung einer schmutzigen Baustelle in ein modernes Krankenhaus. Alle, die mitarbeiteten, wuchsen über sich hinaus.

Am Mittwochnachmittag telefonierte ich eindringlich mit einigen leitenden Zollbeamten für Luftfracht. Die Firma Roche hatte Laborgeräte und Reagenzien im Wert von 200 000 US-Dollar per Flugzeug nach Peru geflogen, um die Spende im Rahmen des Festes zu präsentieren. Der Lastwagen würde mindestens 20 Stunden unterwegs sein, musste also sofort in Lima starten. Die Herren vom Zoll zeigten sich wenig einsichtig. Sie erklärten mir, unsere eingereichten Dokumente würden ihre bürokratischen Anforderungen nicht erfüllen.

Schließlich platzte mir der Kragen: „Entweder Sie geben die Fracht von Roche sofort frei oder ich werde vor der Präsidentengattin und allen Fernsehteams während der Einweihung von ihrer Blockadehaltung berichten!“ Was ich da ungehalten in den Hörer schimpfte, war nicht gerade die feine südamerikanische Art.

„So können Sie mit uns nicht reden!“, erboste sich der Zolldirektor und legte auf. Fünf Minuten später klingelte erneut das Telefon. „Dr. John, wir wollen Sie nur davon unterrichten, dass die Fracht soeben vom Zoll freigegeben worden ist!“

Noch in der Nacht zum Fest kamen die letzten fehlenden Glasscheiben an und wurden im Morgengrauen eingesetzt. Das Gleiche galt für die Laborgeräte, die ein tapferer Fahrer in 22 Stunden fast ohne Pause von Lima nach Curahuasi transportiert hatte. Einige Missionare bastelten mit müden Augen an einem überdimensionalen Kuchen in Form des Krankenhauses. Barbara Klemenz rührte für diese rekordverdächtige Konstruktion gleich dreiundzwanzigmal den Teig an und bewies damit ihre außerordentlichen Qualitäten als Kuchenbäckerin. Andere Freiwillige deckten Tische oder kämpften gegen Schmutzflecke an Wänden und Böden. Da das Fernsehteam des zweiten peruanischen Programms einen Tag früher angereist war, filmten die Reporter fleißig unsere deutschen Krankenschwestern und Pfleger auf ihren Knien mit Putzlappen in der Hand. Dieser Akt der Demut und Bescheidenheit würde zwei Tage darauf die Nation ebenso bewegen wie die Farbenpracht der Einweihung.

Vorhang auf für Diospi Suyana!

Unweigerlich kommt der Zeitpunkt, wo das letzte Sandkorn durch den engen Schlitz der Eieruhr gefallen ist. Dann heißt es: „Rien ne va plus – nichts geht mehr!"

Nach drei Stunden Nachtruhe fuhr ich aus dem Schlaf hoch. Ein Regenschauer ergoss sich über Curahuasi! Vor meinem geistigen Auge sah ich, wie das Mischpult der Soundanlage gerade voll Wasser lief. Mit Olaf Böttger, dem Vorsitzenden von Diospi Suyana aus Deutschland, rannte ich hektisch zum Spital. Welch eine Erleichterung! Einer der Musiker hatte schon alle Geräte abgedeckt und dem drohenden Unheil vorgebeugt.

Noch ungewaschen, wie wir waren, gaben Tina und ich früh am Morgen Interviews in den lokalen Radiosendern. Noch einmal luden wir die Curahuasinos zum Fest ein. Wir waren unendlich erleichtert, dass wir so weit gekommen waren, aber zugleich kreisten unsere Gedanken: Würde die Gattin des Staatspräsidenten wirklich aus der fernen Hauptstadt anreisen? Konnte der Gesundheitsminister mit seinen zwei angebrochenen Rippen, die er sich eine Woche zuvor bei einem Verkehrsunfall zugezogen hatte, tatsächlich die lange Anreise überstehen?

Um 11 Uhr füllte sich das Amphitheater und um die Mittagszeit warteten 4500 Menschen in der prallen Sonne auf den Beginn der Festlichkeiten. Zwei Stunden verspätet traf die Präsidentengattin mit dem Minister ein. Endlich! Wir atmeten tief durch und standen gemeinsam mit neun Fernsehteams Spalier, um die Ehrengäste zu begrüßen.

Die folgenden vier Stunden brannten sich unauslöschlich in unsere Erinnerung ein. Bei der Führung durch das Krankenhaus waren Minister und First Lady sichtlich bewegt. Sie sahen mit eigenen Augen, was das Massenblatt „La

Republica" am gleichen Tag als „Wunder von Curahuasi" bezeichnet hatte. In den Bergen Südperus war ein Klinikum mit modernster Technik, ausgestattet mit Computertomographie und Solaranlage, entstanden. In Zukunft würden hier bis zu 100 000 Berglandindianer im Jahr medizinisch versorgt werden können.

Die Nationalhymnen erklangen. Ein Redner nach dem anderen äußerte sich tiefsinnig über einen Glauben, der offensichtlich Berge versetzt hatte. In meiner Eröffnungsansprache wies ich darauf hin, nur Gott könne viel aus wenig und alles aus dem Nichts schaffen. Ihm gebühre darum allein die Ehre. Der Festakt dauerte drei Stunden. Ein Zauber der Einzigartigkeit lag wie ein Schleier über dem großen Halbrund des Amphitheaters.

„Ganz Peru kann von Diospi Suyana lernen", sagte die First Lady und berichtete von unserem Besuch in ihrem Büro ein Jahr zuvor. Die Bilder und Animationen von unserem Notebookbildschirm waren jetzt Realität geworden. Schon am gleichen Abend strahlten mehrere Fernsehsender die Nachricht von Diospi Suyana ins Land hinaus. Millionen von Peruanern hörten eine Geschichte, die wie ein Märchen anmutete. Der 10-jährige Traum, der meine Frau und mich 200 000 Kilometer durch Europa und die USA geführt hatte, um für Diospi Suyana zu werben, hatte sich erfüllt. Im Vertrauen auf Gottes Hilfe war ein Monument des Glaubens entstanden.

Am nächsten Tag schritten 1200 Besucher andächtig durch die langen Gänge des Krankenhauses. Die Bedeutung der vielen Geräte verstanden sie wohl kaum. Aber die Botschaft, dass dieses Spital für sie bestimmt war, ging in alle Herzen.

Journalisten und Reporter, die an der festlichen Einweihung teilgenommen hatten, verbreiteten die gute Nachricht nach Kräften weiter. Sie verstanden, dass Diospi Suyana aufgrund seiner Geschichte unter den vielen Krankenhäusern Lateinamerikas etwas Besonderes war. Die Bilder der Einweihung gelangten über mehrere Fernsehkanäle in andere südamerikanische Länder, bis hin nach Brasilien.

Was auf viele beim ersten Spatenstich im Mai 2005 wie naive Dummheit gewirkt hatte, die Sache mit dem Gottvertrauen nämlich, hatte sich in nur zwei Jahren in eine beeindruckende Erfolgsstory verwandelt. Eine Bürgermeisterin aus Lima schickte uns ein Glückwunschschreiben, in dem sie feststellte, Peru sei nach dem 31. August 2007 „nicht mehr so wie vorher". Ein Student aus Lima schrieb in einer E-Mail: „Ich war mit sehr großen Erwartungen nach Curahuasi gekommen, doch was ich dann sah, übertraf alles!" Als Vertreter des Braun-Melsungen-Konzerns hatte Herr Wawrik den Feierlichkeiten beigewohnt. Einige Monate später beschrieb er die Stunden in Curahuasi als eines der eindrücklichsten Erlebnisse seines Lebens.

Viele Firmenchefs und Politiker hatte ich im Vorfeld persönlich nach Curahuasi eingeladen. Die meisten saßen als Ehrengäste auf der Bühne und folgten dem Programm aus unmittelbarer Nähe. Die gefühlvolle Zeremonie erreichte ihr Herz und dann sogar ihren Geldbeutel. Kaum nach Lima zurückgereist, trafen einige von ihnen wichtige Entscheidungen zugunsten unserer Arbeit. Carlos Vargas von Neptunia erweiterte seine Transporthilfen von anfänglich zehn Containern auf eine unbegrenzte Anzahl. Impsat verdoppelte die Kapazität seiner gespendeten Antenne und Guido del Castillo investierte, ohne zu zögern, noch einmal 40 000 US-Dollar in den ersten Brunnen der Provinz Abancay. Er entstand auf unserem Grundstück direkt hinter dem Amphitheater. Señor Feliu von Josfel hatte rund 800 neue Lampen im Wert von 41 000 US-Dollar für das Krankenhaus gespendet. Für alle Strahler, die noch fehlten, reduzierte er den Preis auf die bloßen Produktionskosten. Offensichtlich war die Einweihung des unfertigen Krankenhauses genau der richtige Impuls gewesen, um nun die Restarbeiten anzugehen.

Für alle, die dabei waren, wurde der 31. August zu einem unvergesslichen „Gipfel-Erlebnis“. In der Mitarbeitersitzung am Montag danach erwarteten Tina und ich deshalb eine gelöste, freudige Stimmung. Sicherlich würden wir alle den Abend nutzen, um gemeinsam Gott für seinen Segen zu danken. Doch es kam ganz anders.

Kaum hatte die Sitzung begonnen, als sich eine Mitarbeiterin bitter über das hohe Arbeitstempo der letzten Tage beklagte. Das Pensum, das Tina und ich vorgegeben hätten, sei geradezu unmenschlich gewesen. Im nächsten Atemzug bedauerte sie, dass sie eigentlich viel zu früh nach Peru ausgereist sei. Die vergangenen Monate seien für sie verschwendete Zeit gewesen. Der innere Widerspruch der beiden Aussagen war ihr wohl nicht zu Bewusstsein gekommen.

Eine zweite Dame meldete sich zu Wort. In der ganzen Hektik der vergangenen Tage hätte sie sich von uns nicht ausreichend betreut gefühlt. Damit war die Atmosphäre des Abends endgültig festgelegt. Weitere Stimmen wurden laut, die einen gewaltigen Katzenjammer aus Frust, Ärger und Groll vortrugen. Da Tina und ich letztendlich Diospi Suyana zu verantworten hatten, wurde nun die angestaute Enttäuschung über die Schwierigkeiten der Anfangsphase wie mit einem Müllkübel über uns ausgeschüttet.

Besonders auf Tina wirkte die Sitzung wie ein gewaltiger Schock. Während meiner langen Reisen ins Ausland und nach Lima hatte sie sich um jeden Einzelnen nach Kräften gekümmert. Die Harmonie und das Wohlbefinden der neuen Mitarbeiter waren ihr stets überaus wichtig gewesen. Sie hatte, wie auch ich, alles gegeben und über viele Monate im „roten Bereich“ gelebt. Chronischen Schlafmangel und ständige Hiobsnachrichten hatten wir einstecken müssen, aber das Projekt mit Gottes Hilfe allen Widrigkeiten zum Trotz vorangetrieben. Mit einem Dankeschön der Mitarbeiter hatten wir nicht gerechnet, aber mit dieser Aburteilung auch nicht. War ihnen die wirkliche Tragweite von Diospi Suyana überhaupt klar? Konnten sie die entbehrungsreiche Zeit nachempfinden, die Tina und ich schon fünf Jahre durchgemacht hatten?

Wir blieben aufrecht und versuchten, die Fassung zu wahren. Doch in der Nacht saß Tina zwei Stunden auf ihrem Bett und weinte. Ich erinnerte mich an einen Ausspruch von Heinrich Finger aus dem Jahr 2002. Der Leiter der Vereinigten Deutschen Missionshilfe hatte mir damals mit rätselhaften Worten prognostiziert: „Klaus, wenn ihr dieses Krankenhaus wirklich aufbaut, wirst du in Curahuasi ein einsamer Mensch werden!“

Das Krankenhaus wird (niemals) fertig gebaut

Auch der letzte Besucher hatte seine Koffer gepackt und war abgereist. Im Amphitheater flatterten die Reste der Dekoration unschlüssig im Wind. Unter Anleitung von Udo Klemenz kramten die Bauarbeiter nun wieder ihre Werkzeuge hervor. Es dauerte nicht lange und schwere Baumaschinen dröhnten wieder über das Gelände. Nur wenig erinnerte noch an die Einweihungsfeier.

In Bibliothek, Physiotherapie und Apotheke fehlten noch die abgehängten Decken. Also standen wackere Männer dort bald wieder auf ihren Leitern. Ein Großcontainer aus der Schweiz brachte einige Hundert Möbelstücke, die sorgfältig im Haus verteilt wurden. In der Kirche machten sich die Meister wieder an die Bleiverglasung, denn ihr zwanzigfaches Kunstwerk stand noch weit vor seiner Vollendung. In vielen Räumen mussten die Bodenfliesen verlegt werden. Auch die Maler freuten sich über ihre Jobs, die ihnen noch einige Monate lang sicher waren. Ein besonderes Kapitel war die Krankenhausküche. Den Zugang zu ihr hatten wir während des Festes mit weißen Brettern vernagelt, damit niemand das dunkle Loch dahinter sehen konnte. Bei den Außenanlagen gab es ebenfalls viel zu tun. Weitere Abstützmauern am Hang und die Rohbauten der Pförtnerhäuschen verschafften den Maurern noch jede Menge Arbeit.

Anders als befürchtet, brach der Geldsegen durch unsere Freunde in aller Welt keineswegs zusammen. Auch das Interesse an Diospi Suyana erlosch nicht. Der Zähler auf der Diospi-Suyana-Webseite registrierte sogar eine Zunahme der Besucher.

Am 2. September veröffentlichte „El Comercio“, die führende Zeitung Perus, in ihrer Sonntagsausgabe einen umfangreichen Artikel. „Das Krankenhaus des Glaubens hat seine

Türen geöffnet!“, lautete die Überschrift. Über eine Million Leser im Land freuten sich über die gute Nachricht und bald häuften sich die telefonischen Anfragen, welche Fachbereiche denn zu unserer Angebotspalette zählten.

Unter den Mitarbeitern war der genaue Zeitpunkt der Eröffnung ein beliebtes und heiß diskutiertes Thema. Einige konnten es kaum mehr erwarten, sie wollten endlich in ihrem Beruf tätig werden. Andere favorisierten einen Arbeitsbeginn gegen Jahresende.

Im 16. Infobrief hatte ich die Inbetriebnahme für Oktober angekündigt. Da für ein Spendenwerk die Glaubwürdigkeit das A und O ist, musste meiner Meinung nach die Eröffnung vor dem Versand des 17. Rundbriefes erfolgen.

Am 22. Oktober 2007 morgens um 8.50 Uhr war es so weit: Ein alter Quechua-Indianer trat als erster Patient über die Schwelle der gläsernen Eingangstür. Das Hospital Diospi Suyana hatte genau 2 Jahre und 5 Monate nach dem ersten Spatenstich offiziell seinen Dienst aufgenommen. Während nun die Patienten durch die Gänge strömten, werkelten die Bauarbeiter an ihren vielen Projekten weiter.

„Was meinst du“, fragte ich Udo Klemenz, „wann werden wir alle Bauarbeiten abschließen können?“

„Klaus“, antwortete er mit einem Blick, aus dem viel Erfahrung sprach. „Gib dich keiner Illusion hin. So ein Krankenhaus wird nie ganz fertig werden!“

Antroferno, Luciana und all die anderen

Antroferno blickte stumpfsinnig auf die unverputzte Lehmmauer. Der Raum war fensterlos und nur durch die geöffnete Holztür drang etwas Licht ins Innere seiner Behausung. Große Geschwüre bedeckten seinen Körper. Abgemagert bis auf die Knochen lag er auf einer schmutzigen Matratze. Als Querschnittsgelähmter hatte er keine Hoffnung auf Besserung und eigentlich wartete er nur noch auf seinen Tod. War sein Leben überhaupt noch etwas wert?

Eines Tages besuchte ihn seine Cousine aus dem fernen Cusco. Als sich ihre Augen allmählich an das trübe Dämmerlicht gewöhnt hatten, holte sie tief Luft und flüsterte entsetzt: „Antroferno, die Tiere leben ja besser als du. Ich bringe dich weg von hier, zum Hospital Diospi Suyana!"

Der junge Mann nickte langsam mit dem Kopf und schwieg. Von diesem Krankenhaus hatte er noch nie etwas gehört, aber jeder Ort auf dieser Erde musste besser sein als sein eigenes finsteres Loch.

Der ambulante Klinikalltag lief immer besser und schließlich – im Mai 2008 – entschlossen wir uns, die Krankenstation und den OP-Bereich zu öffnen. Als einer der ersten Patienten wurde Antroferno aufgenommen. Die Schwestern legten ihn in ein sauberes Bett, wuschen ihn vorsichtig und reinigten seine Wunden. Mit den weißen Verbänden sah der junge Mann schon deutlich besser aus. Auch der erbärmliche Gestank, der von ihm ausgegangen war, verschwand. Wann hatte er schon einmal so viel Liebe und Aufmerksamkeit erfahren? Antroferno konnte sein Glück kaum fassen.

Interessiert musterte er die Ausstattung des Krankenzimmers. Es war 25 Quadratmeter groß und bot Platz für vier Patienten. Die hellen Wände und der gekachelte Boden waren makellos. Gelbe Gardinen hingen am Fenster. An der Wand befanden sich Anschlüsse für Sauerstoff und Absaugung. So etwas hatte er noch nie gesehen. Über eine Ventilationsschiene an der Decke strömte frische Luft in den Raum. Neben der Tür, durch die ein Krankenbett problemlos geschoben werden konnte, stand ein großer Schrank mit mehreren Türen. Ein Fach war für ihn bestimmt, jedenfalls hatte die Schwester das so erklärt. Die anderen Patienten gingen morgens ins Bad nebenan und freuten sich an der warmen Dusche. Man munkelte sogar, dass das Wasser durch Sonnenenergie erwärmt würde. Auf Antroferno wirkte dieses Krankenhaus wie der Vorhof zum Himmel.

In den nächsten Tagen gruppierten sich weiß gekleidete Ärzte um sein Bett. Sie sprachen Spanisch mit einem ausländischen Akzent. Voller Mitgefühl blickten sie auf den neuen Patienten. Keiner machte eine abfällige Bemerkung. Keiner schnauzte ihn an. Sie beratschlagten über die bestmögliche Therapie für ihn, sprachen von guter Ernährung, Wundpflege und operativen Eingriffen. Von Geld war nicht die Rede. Antroferno hatte auch weder Soles noch Dollarnoten bei sich gehabt. Falls sich kein Verwandter finden würde, müsste das Krankenhaus die gesamte Rechnung begleichen.

Sechs lange Monate pflegten die Krankenschwestern Antroferno. Durch zwei große Operationen gelang es, die Geschwüre im Gesäßbereich zu verschließen. Als er im Dezember kurz vor Weihnachten nach Hause entlassen wurde, waren seine Wunden verheilt. Antroferno war trotz seiner Querschnittslähmung ein neuer Mensch geworden, der während seiner Zeit im Spital sogar das Schreiben und Lesen gelernt hatte.

Schon in den ersten Monaten konnte vielen Patienten geholfen werden. Oft veränderten sich auch ihre Lebensumstände nachhaltig. Rolando war einer von ihnen. Er hatte seine Kindheit in den Slums von Lima verbracht. Der gutaussehende Mann machte einen aufgeweckten Eindruck. Mit seinen 20 Jahren hätte er durchaus das Heft in die Hand nehmen können, um sich auf der sozialen Leiter nach oben zu bewegen. Aber er litt an einem schweren Handicap. Sein linker Arm war im Schulterbereich völlig eingesteift. Als Kind hatte er sich mit heißem Wasser eine ausgedehnte Verbrennung zugezogen. Die einsetzende Vernarbung führte dazu, dass er seine Schulter nicht mehr gebrauchen konnte. Eine Missionarin nahm zu uns Kontakt auf und bezahlte für Rolando die lange Fahrt mit dem Bus von Lima nach Curahuasi.

Gastchirurg Matthias Stephani verlor nicht viele Worte. Er löste die Narbenstränge und fügte ein Hauttransplantat ein. Die physiotherapeutische Nachsorge lag dann in den guten Händen von Simone Klingelhöfer. Das Abschiedsfoto zeigt Rolando, wie er seinen linken Arm wie zum Siegeszeichen weit nach oben streckt.

Die Höhenlage der Anden führt zu extremen Temperaturschwankungen. Sobald die Sonne hinter den Bergketten verschwindet, setzt urplötzlich die Kälte ein. Anders als in Europa ist keines der Häuser mit einer Heizung ausgestattet. Viele Familien können sich auch kein Fensterglas leisten. Die logische Konsequenz ist eine Häufung von Atemwegserkrankungen, besonders in den kalten Monaten Juni, Juli und August. Eine Erkältung geht wieder vorbei, aber eine Bronchitis oder Lungenentzündung birgt die Gefahr eines akuten Sauerstoffmangels und qualvollen Todes in sich. Als Luciana mit den Symptomen von Atemnot ins Spital aufgenommen wurde, ergaben die Messungen eine lebensgefährlich niedrige Sauerstoffsättigung in ihrem Blut. Nur die sofortige Beatmung mit einer Maschine würde ihr Leben retten. Anästhesistin Tove Hohaus verlegte die Patientin auf die Intensivstation, wo die Intensivpfleger Stefan Höfer und Michael Mörl bange Stunden neben ihrem Bett verbrachten. Nach zwei Tagen am Beatmungsgerät war sie endlich außer Lebensgefahr. Luciana gehörte zu den ersten Patienten, die nur wegen der gut ausgestatteten Intensivstation des Spitals am Leben blieben.

Die liebevolle Behandlung der Patienten durch das Pflegepersonal und die erfolgreichen Ergebnisse sorgten schnell für einen guten Ruf des Krankenhauses. Die beste Werbung für ein Spital sind natürlich dankbare Patienten, die im Verwandtenkreis und in der Nachbarschaft von ihren eigenen positiven Erfahrungen berichten. So kam es, dass die Patientenzahlen in die Höhe schnellten. An vielen Tagen stehen mehr Patienten in der Schlange vor dem Haupteingang, als unsere Ärzte behandeln können. Darum hat für mich die Suche nach freiwilligen Missionsärzten mittlerweile die höchste Priorität.

Ein Staatspräsident als Sherlock Holmes

Keine Frage: Ärzte und Krankenschwestern leisteten eine hervorragende Arbeit. Und doch bewegten wir uns alle in einer Grauzone am Rande der Legalität. Weder das Spital als Institution noch die freiwilligen ausländischen Helfer verfügten über eine peruanische Lizenz, um ihren Beruf mit Fug und Recht auszuüben. Tina und ich setzten alles dran, die fehlenden Dokumente zu erhalten, denn diese Schwachstelle war ganz klar die Achillesferse unserer medizinischen Einrichtung. Ein katastrophales Ergebnis im Operationssaal oder ein ärztlicher Kunstfehler – und schon würde ein Sturm des Unheils über uns hereinbrechen!

Auch ein Missionsspital muss sich mit Feinden und Neidern auseinandersetzen. Böse Zungen hatten zum Beispiel das Gerücht unters Volk gebracht, unser Krankenhaus diene in erster Linie dem Verkauf von Organen und dem Kinderhandel. Einer, der sich mit solchen Unterstellungen besonders hervorgetan hatte, war ein intelligenter Politiker, der um ein Haar 2006 die Präsidentschaft des Bundesstaates Apurímac gewonnen hätte. Natürlich glaubte er selbst nicht an diesen Unsinn, aber er benutzte das natürliche Misstrauen der einfachen Bergbauern dem unbekannten Neuen gegenüber. Als Besitzer einer großen Schnapsfabrik verdiente er gut am Verkauf von Alkoholika. Er konnte sich an seinen fünf Fingern ausrechnen, dass unser Missionsspital seinen Einfluss geltend machen würde, um dem Alkoholmissbrauch zu begegnen. Weniger Schnapsleichen auf der Straße bedeuteten aber für ihn sichere Gewinneinbußen. Was lag also näher, als durch eine Schmutzkampagne das Vertrauen der Menschen in das Hospital Diospi Suyana zu unterminieren!

Auch eine Reihe von Ärzten in Abancay und Cusco sahen ihre Felle davonschwimmen. Ein internationales Krankenhaus der gehobenen Klasse würde natürlich nicht nur die Armen, sondern auch die Gutbetuchten, also ihre eigenen Patienten, nach Curahuasi ziehen. Peruanische Freunde hatten uns zugetragen, dass einige dieser Ärzte auf der Lauer lagen. Sie sehnten geradezu eine Panne im Spital herbei, um uns als unliebsamen Konkurrenten ein Bein zu stellen.

Unsere Verhandlungen mit der staatlichen Gesundheitsbehörde Diresa verliefen zäh und ohne sichtbare Fortschritte. Zwei Ärzte lieferten sich in Abancay einen gerichtlichen Grabenkrieg um den Direktorenposten. Kein Wunder also, dass sich in den Büros dort nichts bewegte. Im November 2007 stellten wir einen schriftlichen Antrag von mehreren Hundert Seiten. Wir baten in aller Form um die Lizenz für unser Krankenhaus. Vier Monate vergingen – und immer noch warteten wir vergeblich auf eine positive Antwort.

Bei einem Besuch im Gesundheitsministerium in Lima erfuhr ich beiläufig, dass der neue Gesundheitsminister in der folgenden Woche eine Rundreise durch den Bundesstaat Apurímac plante. Ich hatte Garrido Lecca zwar noch nie persönlich kennengelernt, aber schon eine Menge über ihn gehört. Er war durch und durch eine schillernde Gallionsfigur in der politischen Szene. Als gewiefter Wahlkampfstratege hatte er sich das Vertrauen seines Präsidenten erworben. Seine brillante Laufbahn hatte ihn in jungen Jahren nach Boston zu Harvard und zum Massachusetts Institute of Technology geführt. Ohne Zweifel war der Mann hochintelligent. Als ausgewiesener Wirtschaftsfachmann war er zudem Direktor einer peruanischen Fast-Food-Kette. Seinen eigentlichen Anspruch auf Genialität untermauerte er aber eindrucksvoll als Kinderbuchautor und Filmregisseur.

Diesen Mann musste ich unbedingt dazu bewegen, seinen Fuß über unsere Schwelle zu setzen. Ich verfasste eine lange E-Mail an sein Ministerbüro, in der ich ihn offiziell in unser Spital einlud. Durch eine Telefonkampagne informierte ich seine engsten Mitarbeiter über unsere guten Kontakte zur Präsidentengattin. Um etwas mehr Aufmerksamkeit zu gewinnen, schickte ich Kopien meiner E-Mail an die peruanischen Massenmedien. Meine Bemühungen schienen Früchte zu tragen. Man machte mir die Reiseroute des Ministers zugänglich: Er hatte tatsächlich einen Kurzbesuch bei Diospi Suyana in sein Programm aufgenommen – als letzte Station am letzten Tag.

Nun kam alles darauf an, unsere Arbeit im bestmöglichen Licht darzustellen, wenn der hohe Würdenträger am 5. März um 20 Uhr den Eingang betreten würde. Ich rief die Alarmstufe Rot aus! Eine allgemeine Aufräum- und Säuberungsaktion wurde angesetzt. Die Missionarinnen bereiteten ein Buffet aus Kuchen, Suppe und Sandwiches vor, bei dem jedem das Wasser im Mund zusammenlief. Um

19 Uhr versammelten wir uns in der Krankenhauskirche zum Gebet. Wenn Gott seinen Segen zu unseren Plänen geben sollte, dann würde ich diesen Tag einmal mit drei Kreuzchen in meinem Kalender eintragen.

Der Konvoi des Ministers bestand aus sechs Fahrzeugen mit rund 30 Regierungsbeamten aus Lima. Ingenieur Sifuente war einer von ihnen. Er hatte die Einweihung des Spitals miterlebt, jetzt saß er in einem der Wagen und informierte mich ständig über den aktuellen Stand der Dinge. Die letzte Etappe hatte sich, wie üblich, etwas verzögert. Er würde nicht um 20 Uhr, sondern höchstwahrscheinlich gegen 21 Uhr das Krankenhaus erreichen. Über diese Schonfrist war ich nicht unglücklich, denn in den Gängen des Spitals hängten gerade drei Mitarbeiter einer Firma die Beschilderung auf. Und diese Tafeln in den rot-gelben Farben des Diospi-Suyana-Logos machten einen denkbar guten Eindruck.

Um Punkt 23 Uhr fuhr die Fahrzeugkolonne am Haupteingang vor. Im Wartesaal trafen die gut 50 Wartenden von Diospi Suyana auf die Begleittruppe des Ministers. Garrido Lecca trug einen Poncho und hatte offensichtlich während der Fahrt über den Pass tief geschlafen. Herr Sifuente informierte mich, dass der Minister wegen der vorgerückten Stunde leider nur zehn Minuten für die Besichtigung des Spitals einplanen könne.

Wenn es eine Kombination ungünstiger Faktoren gab, hier hatten wir sie: ein todmüder Minister unter großem Zeitdruck und das spät in der Nacht! Aber bei Gott spielen diese Dinge überhaupt keine Rolle. Er schiebt die Kulissen und Pläne nach Belieben hin und her. Eine plötzliche Laune, ein Wink mit dem Zaunpfahl … und alles, was eben noch galt, ist Schnee von vorgestern. Wenn wir Gott vertrauen, können wir mit ihm rechnen. Egal, wie spät es ist und wie die Umstände auch beschaffen sein mögen.

Soeben hatte der Minister die langen Tafeln mit dem üppigen Buffet erspäht. „Muchachos“, rief er, was so viel bedeutet wie „Jungs“, und wandte sich an seine hochkarätige Delegation. „Hier gibt es Essen!“ Ein dankbares Gemurmel aus aller Munde war die Antwort. Wie ich hörte, hatten die Reisenden den ganzen Tag über nichts zwischen die Zähne gekriegt.

Nach und nach füllten sie ihre Teller und nahmen im Auditorium Platz. Im Namen von Diospi Suyana begrüßte ich unsere Gäste, allen voran den Minister, auf das Herzlichste. Ich erwähnte, dass uns zwei Dinge verbinden würden. Zum einen waren wir gleichaltrig, zum anderen hatten wir beide an der Harvard-Universität studiert. Meine Worte und der starke Kaffee in seiner Tasse machten den Minister wieder munter. Seine Konzentration zum Tagesausklang war wichtig, denn nun wollte ich mit einer Powerpoint-Präsentation die Geschichte von Diospi Suyana erzählen. Sie dauerte wie immer geschlagene 45 Minuten. Garrido Lecca verstand nun, was es mit unserem Spital in Wirklichkeit auf sich hatte.

Als ich ihm kurz vor Mitternacht das Mikrofon übergab, nahm er Bezug auf den Glauben an Gott und zitierte sogar einige Passagen aus dem 23. Psalm. „Inwiefern könnte ich mich für Sie einsetzen?“, fragte er anschließend.

Damit hatte ich gerechnet: „Wir benötigen dringend die Lizenz für unser Krankenhaus!“ Einer spontanen Eingebung folgend, schob ich noch einen Satz nach: „Wir würden uns auch sehr über eine Audienz beim Staatspräsidenten freuen!“

Unsere Blicke kreuzten sich und Garrido Lecca nickte. „Ja, ich werde mich für Sie verwenden!“

Tina und ich führten den Minister und seinen Tross nun durch das gesamte Krankenhaus. Der Minister folgte uns schweigend durch die Gänge und kommentierte das, was er sah, mit einem Wort: „Spektakulär!“

Um ein Uhr nachts reichten wir uns zum Abschied die Hände. Michael Mörl überreichte dem Minister noch eines seiner selbst gebackenen Brote. Es roch frisch und lecker und sollte ihn an unsere deutschen Wurzeln erinnern, die hier in einer seit Jahrhunderten vergessenen Region auf erstaunliche Weise Fuß gefasst hatten. Als die Fahrzeuge sich in Bewegung setzten, zogen wir uns noch einmal in die Krankenhauskirche zurück. Wir hatten den Abend um 19 Uhr mit einem Bittgebet begonnen, jetzt verspürten wir den intensiven Wunsch, Gott für seine Fügungen zu danken.

Der Minister hielt Wort. Zwei Wochen später besaß das Hospital Diospi Suyana eine zeitlich unbefristete Lizenz. Damit hatten wir eine große Hürde genommen, aber etwas fehlte immer noch: die Anerkennung unserer Ärztetitel in Peru.

Im April 2007 hatte ich auf Empfehlung des Vize-Gesundheitsministers mit dem Dekan der medizinischen Fakultät der Universität Federico Villarreal über unser Problem gesprochen. Dr. Cordero machte einen leutseligen Eindruck. „Dr. John, ich denke, wir werden Ihnen Ihre Titel bald aushändigen!“ Der Ton in seiner Stimme klang vertrauenswürdig. „Reichen Sie Ihre Unterlagen ein“, fuhr er fort, „ich kümmere mich um die Angelegenheit. Das dürfte nur eine Formsache sein!“

Damals hatte ich mich riesig gefreut und seine unverbindliche Zusage für bare Münze genommen. Ein ganzes Jahr lang brachte ich ein Dokument nach dem anderen in das Dekanatsbüro. Im März 2008 versprach mir der Dekan schließlich hoch und heilig: „Dr. John, in zwei Wochen haben Sie Ihr Zertifikat!“

Aber in Südamerika zählt ein gegebenes Wort deutlich weniger als in Europa. Eine böse Überraschung strafte den Dekan bald Lügen. Im Gremium, das über unseren Fall zu beraten hatte, machte sich eine ausländerfeindliche Stimmung breit. Aus den Unterlagen ging zwar hervor, dass Tina als Altstipendiatin der Deutschen Studienstiftung zur geistigen Elite Deutschlands zählte. Mein Werdegang nach Harvard und Yale war auch nicht schlecht, aber unsere Qualifikation spielte für die Mitglieder der Kommission keine Rolle. Auch die Tatsache, dass wir eines der modernsten Krankenhäuser Perus mit bis dahin fast 10 Millionen US-Dollar aufgebaut hatten, interessierte im Ausschuss niemanden. Am 22. April erhielten wir den offiziellen Bescheid, die Universität habe es abgelehnt, unsere deutsche Approbation als Ärzte anzuerkennen. Was für eine Enttäuschung! Immer noch standen wir mit leeren Händen da.

Aber hatte ich Gesundheitsminister Garrido Lecca in jener schicksalhaften Nacht nicht um eine Zusammenkunft mit dem Staatspräsidenten gebeten? Bei meinen regelmäßigen Reisen nach Lima verfolgte ich beharrlich diese Spur. Vielleicht würde ein solcher Empfang zum Erfolg führen? Und tatsächlich, am 23. April informierte uns der Regierungspalast, der Staatspräsident würde Tina und mir am Samstag, dem 26. April, eine offizielle Audienz einräumen. Dr. David Brady hatte mich eine Woche lang durch Lima begleitet und wir erreichten, dass auch sein Name auf die kurze Gästeliste gesetzt wurde.

Das Treffen kam ziemlich überraschend, denn zwei Wochen später würde in Lima der Europa-Lateinamerika-Gipfel stattfinden. Über 30 Regierungschefs, darunter auch die deutsche Bundeskanzlerin, wurden erwartet. Ganz Lima kannte eigentlich nur ein Thema: den Gipfel.

Tina wollte am Freitagnachmittag mit dem Flugzeug nach Lima kommen, aber ihre kurzfristigen Reisepläne wurden durchkreuzt. Sie hing in Cusco fest. Also blieb ihr nichts anderes übrig, als den ersten Flug am Samstagmorgen zu nehmen. Die Flugverbindungen zwischen Cusco und Lima werden wegen schlechten Wetters am Vormittag allerdings häufig ausgesetzt. Also gab es wieder einmal bis zur letzten Minute eine Zitterpartie.

Eine leise Vorahnung hatte mich zehn Tage vorher bewogen, mir einen neuen braunen Anzug zuzulegen. Wie aus dem Ei gepellt standen David und ich am Eingang des Präsidentenpalastes und schauten alle zwei Minuten auf die Uhr. Es war Viertel vor zehn und von Tina fehlte immer noch jede Spur. Auch ihr Handy blieb unerreichbar. Wir konnten nur hoffen, dass sie schon in Lima gelandet war. Dr. Chorrea, ein Direktor des Gesundheitsministeriums, gesellte sich zu uns. Auch er hatte sich durch seine persönlichen Kontakte zum Präsidenten wiederholt für diese Audienz eingesetzt. Seinen Bemerkungen entnahmen wir, dass auch für ihn dieser Morgen kein gewöhnlicher war.

Wo blieb Tina? Unruhig lief ich die Straße auf und ab. Im letzten Augenblick klingelte mein Handy. Tina meldete sich. Sie war nach einer heißen Fahrt im Taxi auf den allerletzten Drücker am Palast eingetroffen und befand sich, etwas außer Atem, auf der anderen Seite des Gebäudes. Meine Erleichterung war grenzenlos. Ihre außergewöhnlich positive Ausstrahlung würde sicherlich auch den Staatspräsidenten für uns erwärmen können!

Wir klopften an das schwere Portal und man führte uns in den offiziellen Empfangssaal. Der Raum war fensterlos, aber die goldenen Wandleuchter verbreiteten ein strahlend helles Licht. Zwei Fotografen bezogen an einer Wand Position. Sie würden die größte Ehre für uns und damit für Diospi Suyana digital festhalten. Ein Zeremonienmeister wies uns unsere Plätze auf den Sofas zu und erklärte den genauen Ablauf der Audienz.

Pünktlich um zehn Uhr öffnete sich eine große seitliche Flügeltür. Staatspräsident Dr. Alan García Perez erschien in

Begleitung seiner Gattin Pilar Nores de García. Sie begrüßten uns herzlich und setzten sich zu uns in das Viereck aus roten Polstern. Mein Vortrag konnte beginnen.

Wir kannten Alan García nur aus dem Fernsehen. Selbst seine politischen Feinde bescheinigten ihm eine seltene Redebegabung. Aber diesmal sprach er wenig und hörte stattdessen aufmerksam zu. „Dr. John, Sie sind näher an Gott dran als ich", sagte der Präsident schließlich. „Kann ich Ihnen irgendwie bei Ihrer Arbeit behilflich sein? Fehlt vielleicht noch etwas?"

„Seit einem Jahr bemühen wir uns um die Anerkennung unserer Ärztetitel."

Mein Hinweis genügte. „Ja, ich werde mich in dieses Verfahren gerne einschalten!" Die Antwort des Präsidenten fiel so aus, wie ich es mir insgeheim erhofft hatte. Kurz vor Ende des 45-minütigen Treffens nahmen die Fotografen noch einige Gruppenfotos auf, um die Begegnung festzuhalten. Die Verabschiedung vom Präsidentenehepaar war ungezwungen und überaus freundlich.

Langsam schritten wir die Stufen zur Vorhalle hinunter, wo wir sofort von einer Traube von Reportern umringt wurden. Sie vertraten das staatliche Fernsehen und einige Tageszeitungen. Während sie ihre Scheinwerfer und Kameras auf uns richteten, befragten sie uns über den Ausgang der Begegnung. Ich umriss mit einigen Worten den Kern unserer humanitären Arbeit als Werk des Glaubens und dankte dem Präsidentenehepaar vor den laufenden Kameras für diese einmalige Auszeichnung.

Am Nachmittag flogen wir nach Cusco und reisten wie immer mit dem Auto nach Curahuasi zurück. Von der Anspannung erschöpft, aber vom Ereignis selbst stimuliert, zogen wir unsere Festtagskleidung aus. Die größte Anerkennung unseres Lebens gehörte nun endgültig der Geschichte an.

Alan García vergaß sein Versprechen nicht. Er wies seine Rechtsanwälte an, alle notwendigen Schritte für die Verleihung unserer peruanischen Ärztetitel einzuleiten. Auch der Gesundheitsminister machte seinen Einfluss für uns geltend. Als Ergebnis dieser Anstrengungen erkannte die Universität San Martín de Porres ein Vierteljahr später unsere deutschen Ärztetitel an. In der zweiten Novemberwoche nahmen Tina und ich im Auditorium der peruanischen Ärztekammer Platz. In einer feierlichen Zeremonie verlieh uns der Dekan des „Colégio Médico del Perú" die lang ersehnten Lizenzen. Anderthalb Jahre hatte ich um diese Dokumente gekämpft, nun hielten wir sie in den Händen.

Meine Gedanken eilten noch einmal zurück in den April. Nur vier Tage nach der Absage durch die Universität Federico Villarreal hatte der Staatspräsident sein eigenes politisches Gewicht zu unseren Gunsten in die Waagschale geworfen. Nicht die Bürokraten und Technokraten haben das letzte Wort, sondern Gott. Manchmal erhört er unsere Gebete leise und fast unbemerkt. Aber wenn er will, initiiert er auch eine Audienz im Palast eines Regierungschefs, um zum Ziel zu kommen. Seine Allmacht ist unbegrenzt. Unsere Verantwortung besteht darin, beharrlich zu beten, ihm zu vertrauen und von ganzem Herzen zu danken.

Unter Strom

Dumpf hallte der Donner durch das weite Hochtal von Curahuasi. Das apokalyptische Getöse wurde noch verstärkt durch die ansteigenden Berghänge zu beiden Seiten, die im gleißenden Licht der Blitze gespenstisch aufleuchteten. Der Wind peitschte die Regenfluten über das Land. Offensichtlich wütete das Unwetter direkt über dem Ort. Die Bewohner, die zu nächtlicher Stunde in ihren Betten lagen, konnten spüren, wie wenig der Mensch diesen elementaren Naturkräften entgegenzusetzen hatte. Wie fast immer bei starken Gewittern in der Regenzeit verlöschten nach kurzer Zeit alle Lichter in der Stadt. In welchen Transformator der Blitz diesmal eingeschlagen hatte, wusste niemand. Gewöhnlich dauerte es einige Stunden, bis ein Team der staatlichen Elektrizitätswerke Electro Sur die Stromversorgung wiederherstellte. Die Curahuasinos zogen sich die Decke etwas weiter über die Ohren und warteten auf den Morgen. Wer wirklich zu so später Stunde noch auf Licht angewiesen war, zündete sich flugs eine Kerze an.

Auch im Spital gingen die Lampen aus. Augenblicklich schalteten sich an strategisch wichtigen Stellen batteriebetriebene Scheinwerfer an. Angeblich sollten sie zwei Stunden lang brennen, doch schon nach zwanzig Minuten gaben sie ihren Geist auf. Die Krankenschwestern der Nachtschicht stolperten durch die Gänge, ohne die Hand vor den Augen zu sehen, und beruhigten die Patienten in den Krankenzimmern. Wie gut, dass gerade keiner auf der Intensivstation oder auf einem der vier Operationstische lag! Einmal mehr wurde deutlich, wie sehr eine Klinik auf einen Notstromgenerator angewiesen ist. Ein Aggregat, das automatisch anspringt und mit Dieselbetrieb alle Maschinen und Geräte am Laufen hält. Falls nötig, auch eine ganze Nacht hindurch.

Bereits am 19. Mai 2007 hatte ich auf einer Jahrestagung der peruanischen Rotarier um die Spende einer solchen Anlage gebeten. Als ich meinen Vortrag im Sheraton Hotel in Lima mit der Frage beendete: „Wollen Sie uns helfen?", waren alle Zuhörer im Saal auf die Beine gesprungen und hatten mich mit „Standing Ovations" überschüttet. Meine Hoffnungen ruhten dabei auf Dr. Cantela. Er leitete ein medizinisches Großlabor in der Hauptstadt und fungierte als Goverheur von 40 Rotary Clubs. Sein Einfluss auf die Clubs würde sicherlich ausreichen, die Sachspende eines Generators zu veranlassen.

Er kannte die Geschichte von Diospi Suyana und bot mir seine Unterstützung an. Seiner Meinung nach konnten Clubs aus Lima gemeinsam mit Rotariern aus Deutschland die Spende schultern. Bei einer derartigen Kooperation würde der gleiche Betrag von der internationalen Rotary-Bewegung verdoppelt. Das Aggregat für die Stromproduktion kostete immerhin um die 60 000 US-Dollar. Aber durch die gemeinsame Anstrengung vieler wäre es wohl möglich, diesen gewaltigen Geldbetrag aufzubringen.

Parallel zu dieser Spur nahm ich Kontakt zu verschiedenen Minengesellschaften auf, die im Boden des Bundesstaates Apurímac nach Kupfer, Gold und Silber suchen. Die immensen Vorräte an Bodenschätzen machen Peru förmlich zum Eldorado des Bergbaus. Etwa 80 einheimische und internationale Unternehmen verdienen durch die Ausbeutung der Erze und Metalle ein Vermögen. Um für ein positives Image in der Öffentlichkeit zu sorgen, haben sie alle „Abteilungen für soziale Verantwortung" gegründet. Ihre aufwendigen Broschüren zu diesem Thema kosten nicht selten mehr Geld, als sie in die Dorfschule oder die Krankenstation im unmittelbaren Umkreis ihrer Bergwerke investieren.

Das internationale Konsortium Extrata ist eine der Gesellschaften. Am 20. September 2007 traf ich an einem Freitagnachmittag den Zuständigen für Öffentlichkeitsarbeit in einem Restaurant in Lima. Die Bilder in meinem Notebook schienen Herrn Caceres restlos zu überzeugen. Das, was durch die Opferbereitschaft so vieler Menschen in Curahuasi entstanden war, ist in der Tat erstaunlich.

„Ich denke, wir werden Ihnen bei der Anschaffung eines Generators behilflich sein“, meinte er zum Abschied. Doch eine Woche später war klar, dass seine Chefs das anders sahen. Die Konzernführung dachte nicht im Traum daran, einen Beitrag in dieser Größenordnung zu einem humanitären Projekt zu leisten.

Als an einem Sonntagmorgen im Oktober gleich acht Direktoren der Minengesellschaft Intrepid Mines vor unserer Tür standen, witterte ich Morgenluft. Laurence Curtis, Chef des kanadischen Unternehmens, führte die Gruppe an. Sie hatten über Geschäftspartner von uns gehört und baten um eine private Führung durch das Krankenhaus. Gute zwei Stunden zeigte ich ihnen eine Abteilung nach der anderen und ließ immer wieder einfließen, dass ein Notstromgenerator den Betrieb all dieser teuren Geräte auch bei Stromausfall garantieren würde.

„Hier haben Sie meine Karte“, sagte Laurence Curtis gnädig. „Melden Sie sich bei mir, wir können Ihnen sicherlich helfen!“

Natürlich kam ich auf seine großzügige Offerte zurück. Unzählige Male rief ich ihn in Toronto an und schickte eine E-Mail nach der anderen, in der Hoffnung, er würde seinen Worten Taten folgen lassen. Leider zeigte sich auch bei Intrepid Mines, dass gut gemeinte Sprüche schnell vergessen sind, wenn es um eine finanzielle Spende geht.

Als das Spital im Oktober 2007 seine Pforten öffnete, musste ich meine Bemühungen intensivieren. Am 8. November lud mich Dr. Cantela in seinen Rotary Club ein. Die Messlatte 60000 US-Dollar hing hoch. Zu dem gesamten Finanzpaket, das die Rotarier in Lima mit einem Partnerclub in Deutschland zu schnüren gedachten, wollten sie selbst nur knapp 1 000 US-Dollar beisteuern. Leider merke ich immer wieder, dass die reiche peruanische Oberschicht ihr eigenes Geld nur sehr ungern für karitative Zwecke einsetzt. Stattdessen verschickt sie lieber Bittbriefe in die weite Welt.

Schließlich klopfte ich an jede Tür. Ich führte Hunderte von Telefongesprächen ins Ausland und verschickte mindestens ebenso viele E-Mails. Aber am Ende war ich keinen Schritt weiter.

Als David Brady und ich jedoch am 22. April 2008 unseren Fall vor dem Direktorium der Deutsch-Peruanischen Handelskammer vortragen durften, waren wir uns eines positiven Ausgangs gewiss. Das Krankenhaus war ja nun in Betrieb. Wir hatten Tausende von Patienten behandelt. Nach 17 Fernsehreportagen über Diospi Suyana auf den peruanischen Kanälen und etwa 40 Artikeln in der Presse genoss das Missionsspital einen großen Bekanntheitsgrad. Und mit Pilar Nores de García als unserer Patin erfreuten wir uns sogar der Aufmerksamkeit des Präsidentenehepaars …

Als ich meinen Vortrag beendet hatte, klatschten die Herren um den Tisch laut Beifall. Sie verkörperten einen nicht unbeträchtlichen Teil des peruanischen Bruttosozialproduktes. Ich zweifelte nicht daran, dass sie einen Generator spenden würden. Schon aus Publicity-Gründen.

Der Präsident der Kammer, Dr. Schmidt, und Geschäftsführer Jörg Zehnle hielten sich bedeckt. Sie gaben uns zum Abschied weder ein Ja noch ein Nein.

Vier Tage später empfing uns der Staatspräsident im Regierungspalast und versprach sein baldiges Kommen. Mit dieser Nachricht rief ich umgehend bei Herrn Zehnle an und versuchte, ihm den Mund wässrig zu machen. „Wenn die Handelskammer das Aggregat spendet, kann der Staatspräsident das rote Band durchschneiden und Sie stehen daneben!"

Mein verheißungsvoller Vorschlag überzeugte den Vorstand der Kammer sofort. Dr. Schmidt selbst klemmte sich ans Telefon und stellte Nachforschungen an, wo solch ein Generator zu einem erschwinglichen Preis zu haben wäre. Aber unter 60 000 US-Dollar ging nichts. Schließlich gaben sie mir eine Absage.

Eine Woche später war ich wieder in Lima unterwegs und klapperte verschiedene Behörden ab. Gegen zehn Uhr vormittags, ich saß gerade in einem Taxi, griff ich in mein Portemonnaie und hielt zufällig einen kleinen weißen Zettel in der Hand. Sechs Monate hatte ich ihn mit mir herumgetragen. Auf ihm stand die Adresse der peruanischen Firma Detroit Diesel MTU. Dieses Unternehmen stellte die Komponenten für Generatoren zusammen und verkaufte die Endprodukte, meistens an Minengesellschaften. In der Hoffnung auf eine Sachspende seitens einer Firma hatte ich diesem Stück Papier bisher keine Beachtung geschenkt. Unschlüssig drehte ich es zwischen den Fingern hin und her. Sollte ich vielleicht aufs Geratewohl dort anrufen? Was hatte ich schon zu verlieren? Während der Taxifahrer um die Häuserblocks flitzte, als wäre er auf einer Formel-1-Rennstrecke, rief ich bei Detroit Diesel an. Man gab mir einen Gesprächstermin für 17 Uhr.

Wenn ich in Lima bin, jagt ein Treffen das andere. Wie immer lief ich auch diesmal meinem vollen Pensum hinterher. Gegen fünf Uhr am Nachmittag verließ ich das Gesundheitsministerium in der Erkenntnis, dass ich den Besuch bei Detroit Diesel absagen musste. Es war ohnehin kaum mit einem positiven Ergebnis zu rechnen.

„Es tut mir leid, ich schaffe es heute nicht mehr. Ich könnte kaum vor 18 Uhr bei Ihnen aufkreuzen!"

„Das macht gar nichts“, sagte eine freundliche Stimme im Hörer.

„Wenn es sein muss, warte ich sogar zwei Stunden auf Sie. Kommen Sie ruhig vorbei!“

Man muss nicht sehr intelligent sein, um zu ahnen, warum jener Ingenieur so nett und zuvorkommend war. Er hielt mich für einen potenziellen Großkunden mit einer Menge Geld im Koffer und wollte sich das Geschäft nicht entgehen lassen. Mit keiner Silbe hatte ich während der beiden Telefongespräche erwähnt, dass wir als Missionskrankenhaus eigentlich gar nichts kaufen würden.

Lima mit seinen acht Millionen Einwohnern ist ein echter Moloch. Während des Fünf-Uhr-Verkehrs zeigt es sich von seiner schlimmsten Seite. Um die Stadt von Nord nach Süd zu durchfahren, können gut zwei Stunden vergehen.

Der Taxifahrer verstand sich wie alle anderen seiner Zunft hervorragend auf dieses Ruck- und Stoßgeschäft. Er nutzte jede Lücke und erfand, wenn nötig, sogar neue Fahrbahnen, um sich an langen Schlangen vorbeizumogeln. Währenddessen hing ich trüben Gedanken nach. Ein ganzes Jahr hatte ich nichts unversucht gelassen, um einen Generator auf Spendenbasis aufzutreiben. Ich war letztendlich immer nur in Sackgassen gelandet, hatte nichts bewirken können.

Es dämmerte bereits, als der Taxifahrer die Hausnummer 2020 in der Avenida Argentina erreichte. Ich zahlte den vereinbarten Preis und stieg langsam aus. Meine Stimmung befand sich auf dem Nullpunkt. Ich wusste, es war völlig sinnlos, ein peruanisches Unternehmen zu betreten, meine Hand aufzuhalten und „bitte, bitte“ zu sagen. Bestenfalls würde man mich drinnen nur auslachen.

Ich stellte meine Notebooktasche auf die Erde und holte tief Luft. Normalerweise hatte ich im Hinterkopf immer einen Plan B und C auf Lager. Aber diesmal war ich am Ende meiner eigenen Möglichkeiten angelangt. Einem inneren Impuls folgend, fing ich an zu beten. Zwischen Autokolonnen hinter mir und der Umzäunung von Detroit Diesel vor mir stand ich auf dem Bürgersteig und rief mir laut meinen ganzen Frust von der Seele: „Gott, du weißt, ich habe alles versucht, ein ganzes Jahr lang. Ich habe keine Idee mehr. Bitte tu du ein Wunder!“ Es gibt die unterschiedlichsten Gebete. Formelhafte, salbungsvolle und kraftlose. Gebete als fromme Pflichtübung oder um eine religiöse Gewohnheit zu befriedigen. Doch mein Gebet war anders. Es war der Schrei eines Menschen um Rettung aus einer ausweglosen Situation. Ich wusste inzwischen, dass nur Gott die ersehnte Lösung finden konnte!

Als ich den Firmeneingang in den Blick nahm, bemerkte ich zum ersten Mal den Wächter unmittelbar vor mir. Er musste mein lautes Rufen auf Deutsch gehört haben. Vielleicht hielt er mich nun für einen Geisteskranken. Einerseits war es mir peinlich, aber andererseits spürte ich die Gewissheit, genau das Richtige getan zu haben.

Herr Mayorga hatte tatsächlich in seinem Büro ausgeharrt und zu so später Stunde noch auf mich gewartet. Auch meinen 45-minütigen Vortrag verfolgte er, ohne zu murren. Kaum war ich fertig, entschuldigte ich mich bei ihm: „Sie haben sicherlich einen Kunden und keinen Bittsteller erwartet. Tut mir leid!“

„Nein, nein, ich bin froh, dass ich Ihre Geschichte gehört habe. Mir bedeutet Gott auch sehr viel. Ich würde Ihnen gerne helfen. Die Frage ist nur, wie!“ Wir beide lagen offenbar auf derselben Wellenlänge. Wie ich hörte, war der Besitzer des Unternehmens ein recht schroffer und unnahbarer alter Mann von fast 80 Jahren. „Vielleicht sollten wir uns lieber an seinen Sohn wenden. Der wäre für Ihr Anliegen vielleicht etwas zugänglicher!“, meinte Herr Mayorga. Er nahm mich in seinem Wagen mit nach Miraflores und wir vereinbarten, in Kontakt zu bleiben. Als der 23. Mai zu Ende ging, keimte in mir wieder etwas Zuversicht auf.

Sechs Tage später schritt ich erneut über die Schwelle von Detroit Diesel. Luis Pineda, seines Zeichens Verkaufsdirektor, würde sich meiner annehmen. Er war jünger als ich und offensichtlich in großer Eile. Trotzdem präsentierte ich ihm alle Bilder im Notebook. Ich sprach so schnell, dass ich leider viele Worte ganz verschluckte.

„Was Sie da in Apurímac aufgebaut haben, ist fantastisch. Diese Bilder muss der Chef sehen!“, sagte er und entschuldigte sich.

6. Juni 2008. Um drei Uhr in der Nacht brachte mich ein Fahrer die 125 Kilometer nach Cusco. Mit dem ersten Flugzeug ging es nach Lima und um zehn Uhr betrat ich das Büro des Firmeninhabers. Im fernen Curahuasi falteten in diesem Augenblick mehrere Missionare ihre Hände und beteten um Gottes Segen.

Der alte Mann winkte mich herein und hatte nichts dagegen, dass ich mein Notebook auf seinem Schreibtisch aufbaute. Er kam sogar auf meine Seite und nahm neben mir Platz. Mit einem Kopfnicken forderte er mich auf, mit dem Vortrag zu beginnen.

„Wissen Sie, Herr Salhuana“, sagte ich bedächtig, „ich habe mich ein Leben lang gefragt, ob es Gott überhaupt gibt. Und dieser Vortrag hier ist die Antwort!“ Da ich betont langsam sprach, zog sich meine Präsentation eine volle Stunde in die Länge. Trotz seines fortgeschrittenen Alters ließ seine Aufmerksamkeit aber nicht nach. In jedem meiner Vorträge habe ich versucht, in die Herzen meiner Zuhörer zu reden. Diesmal schien es mir wirklich zu gelingen.

Carlos Salhuana räusperte sich vernehmlich. Er kam sofort auf das Wesentliche zu sprechen. „Dr. John, mein Sohn besitzt 25 Prozent der Aktienanteile unseres Unternehmens. Ich werde erst mit ihm reden und Ihnen dann innerhalb einer Woche unsere Entscheidung mitteilen!“

Vier Tage später klingelte mein Handy am Gürtel. Ich stand irgendwo im Spital und es dauerte einige Sekunden, bevor mir klar wurde, wer da eigentlich anrief.

„Dr. John, hier spricht Salhuana. Ich will Ihnen nur sagen, dass wir den Notstromgenerator spenden werden. Ich hatte nach Ihrem Vortrag keine andere Wahl!“ Das Gespräch endete so abrupt, wie es begonnen hatte. Ich sank auf einen Stuhl nieder und erinnerte mich sofort wieder an mein Gebet vor dem Firmentor. Mein Schrei zu Gott in der Dunkelheit war erhört worden.

In den kommenden Monaten wurde der Generator eigens für Diospi Suyana angefertigt. Sein Gewicht liegt bei vier Tonnen. Er ist nagelneu und springt innerhalb von 30 Sekunden an, wenn das städtische Stromnetz zusammenbricht. Seine Kapazität reicht aus, um alle Geräte des Krankenhauses mit Strom zu versorgen. Detroit Diesel MTU hatte bis dahin noch nie eine derartige Spende in Höhe von 60 000 US-Dollar getätigt. Aber wahrscheinlich hatte auch noch nie jemand am Eingang der Firma zu Gott um Hilfe gerufen.

Fäkalien

Wenn spektakuläre Dinge als Antwort auf ein Gebet passieren, fällt es uns relativ leicht, Gott als den Urheber dieser wundersamen Begebenheiten zu sehen – vorausgesetzt wir glauben, dass er existiert. Aber viele Menschen können sich nicht vorstellen, dass Gott sich auch mit den kleinen Details unseres Lebens beschäftigt. Die Bibel beschreibt Gott allerdings als einen liebenden Vater, dem unsere unbedeutendsten Belange wichtig werden, sobald wir ihn um Hilfe bitten. So lautet die Frage dieses Kapitels, ob Gott sich vielleicht auch für Fäkalien interessieren könnte …

Falls Sie selbst schon als Patient auf einer Krankenstation gelegen haben sollten, dann wissen Sie, dass die Bettpfanne ein sinnvolles Gerät ist, um bettlägerigen Patienten ihre Notdurft zu erleichtern. Haben Sie sich aber auch gefragt, wie der braune Inhalt des Behälters entsorgt wird? Ich kann es Ihnen verraten. Seit gut 80 Jahren finden in Krankenhäusern Bettpfannenspüler ihre geschätzte Anwendung. Im Klinikalltag nennt man sie auch Steckbeckenspülapparate.

Genau dieses Gerät sollte ich im Auftrag unserer Krankenschwestern in dreifacher Ausführung besorgen. Am 19. November 2007 trat ich mit meiner Computertasche bewaffnet durch den Haupteingang der Firma Kodra. Dieses Unternehmen in Stuttgart hat wahre Pionierarbeit bei der Entwicklung dieser sinnvollen Erfindung geleistet. Wie immer hatte ich auch diesen Besuch im Gebet Gott anbefohlen.

Geschäftsführer Gerhard Bretschneider war an jenem Tag ziemlich beschäftigt, was ihn aber nicht davon abhielt, meiner Präsentation über Diospi Suyana aufmerksam zu folgen. Ich war immerhin ein potenzieller Kunde und der Kunde ist in jedem Kaufgespräch der König. Doch gegen Ende der Geschichte merkte Herr Bretschneider, dass ich nicht in die

Kategorie eines normalen Käufers gehörte. Offensichtlich war ich nicht aus Peru angereist, um drei Geräte zu bestellen und, wie üblich, zu bezahlen. Mit einem gewissen Ärger platzte es aus ihm heraus: „Herr John, ich dachte, Sie kommen als Kunde. Geschenkt kriegen Sie von uns gar nichts!"

Es folgte ein betretenes Schweigen meinerseits. Ich fühlte mich wie einer, der sich unter Vorspiegelung falscher Tatsachen quasi durch die Hintertür eingeschlichen hatte. Ich bin durchaus schlagfertig, aber diesmal fiel mir nichts Rechtes ein, um das Gesprächsklima freundlich zu gestalten.

„Ich zeige Ihnen mal so ein Gerät", brummte Herr Bretschneider, „damit Sie wenigstens wissen, worüber wir reden!" Er führte mich in den ersten Stock und zeigte mit der Hand auf ein durchsichtiges Gebilde aus Plexiglas. Ich begriff, dass es sich um ein Ausstellungsstück für medizinische Messen handelte. An diesem Modell sah der wissbegierige Betrachter ganz genau, wie die Wasserstrahlen im Inneren selbst den größten braunen Klecks in Windeseile dem Abwasserkanal zuführten. Die Wasserfontänen im Vorführgerät hatten wirklich einen gewissen Unterhaltungswert. Dabei war mir nicht entgangen, dass das Gerät einen höchst simplen Aufbau besaß. Es war nichts weiter als ein Kasten mit einem Gestell für die Bettpfanne nebst einigen Wasserdüsen.

„Herr Bretschneider, so ein Spülapparat hält ja wohl ewig. Wir würden von Ihnen auch Gebrauchtgeräte als Spende nehmen!"

Mein Vorschlag war offensichtlich nicht gut, denn der Kodra-Chef machte eine wegwerfende Handbewegung. „Wir haben keine Gebrauchtgeräte. Und falls wir mal Rückläufer ins Lager kriegen, werden die sofort repariert, gereinigt und wieder verkauft!" Anscheinend gab es hier in Stuttgart keine Lösung für die Stuhlentsorgung unserer Patienten.

„Könnten Sie vielleicht mal im Lager anrufen? Vielleicht

haben Sie ja doch Gebrauchtgeräte!" Herr Bretschneider lernte nun eine weitere meiner Eigenschaften kennen, nämlich meine absolute Hartnäckigkeit.

„Nein, ich brauche gar nicht anzurufen. Ich weiß, dass wir nichts im Lager haben!"

Ich musste Herrn Bretschneider zubilligen, dass er über seinen Lagerbestand wohl besser informiert war als ich. Trotzdem ließ ich nicht locker. „Herr Bretschneider, bitte rufen Sie mir zuliebe trotzdem mal im Lager an!" Mein Ton war freundlich und bittend zugleich.

Etwas genervt griff Herr Bretschneider zu seinem Handy und drückte auf eine Taste. Es folgte ein kurzer Wortwechsel mit einem Kollegen im Erdgeschoss. Der Blick in den Augen von Herrn Bretschneider nahm plötzlich einen seltsamen Ausdruck an. Es war eine Mischung aus Erstaunen und Verwirrung. „Mein Kollege sagt mir eben, dass in einer Ecke der Halle gerade drei Gebrauchtgeräte stehen, unfassbar!" Herr Bretschneider schüttelte ungläubig den Kopf. Er war offensichtlich überraschter als ich über diese Nachricht.

„Herr Bretschneider, wissen Sie, ich erlebe solche Geschichten immer wieder", sagte ich leise, „denn ich bete vor jedem Gespräch um den Segen Gottes!" Der Geschäftsführer blickte mich nachdenklich an und schwieg.

Natürlich wollten wir beide nun die drei Überraschungsgeräte näher in Augenschein nehmen. Wir schritten durch eine geräumige Lagerhalle und nahmen schnurstracks Kurs auf die hintere linke Ecke. Dort standen drei Geräte, die selbst ich mittlerweile als Steckbeckenspülgeräte identifizieren konnte. Daneben wartete schon der besagte Kollege des Handygesprächs.

„Ich wollte Herrn John heute drei Geräte verkaufen", rief Herr Bretschneider noch im Gehen seinem Mitarbeiter zu, „aber jetzt kriegt er diese hier umsonst!" Der Mann war nicht wiederzuerkennen. „Wir werden die Spüler reinigen, checken und auch einige Ersatzteile hineinlegen!" Aus seinen Worten sprach die baden-württembergische Großmut. „Wohin sollen wir die Geräte eigentlich liefern?"

Für mich ist das Wort „Steckbeckenspülgerät" fast ein Zungenbrecher und es zählt sicherlich nicht zu meinem täglichen Vokabular. Aber inzwischen stehen vier dieser Geräte aus dem Hause Kodra in unserem Spital. Sie leisten treue Dienste und werden wohl noch in 20 Jahren einwandfrei funktionieren.

Der Wert dieser Sachspende übersteigt für mich bei Weitem ihren realen Marktwert. Denn sie hat mir – und vielleicht auch Ihnen? – gezeigt, dass wir jede unserer Sorgen zum Thema eines Gebetes machen können. Sogar um die Fäkalien unserer Patienten hat sich Gott gekümmert!

Salzburg, Sao Paulo, Washington

Eine Rampe hatte sich im Frühjahr 2004 als äußerst hilfreich erwiesen. Detlev Hofmann und ich rollten die vier alten Narkosegeräte direkt in den Sprinter, klopften uns auf die Schulter und die erste Sachspende war unter Dach und Fach. Sicherlich waren diese antiquierten Teile nicht gerade der letzte Schrei auf dem Markt, aber sie würden eines Tages in Curahuasi hoffentlich genauso einwandfrei funktionieren wie in den zurückliegenden 15 Jahren am Wiesbadener Stadtkrankenhaus.

Im Februar 2007 kam unsere Anästhesistin Tove Hohaus nach Darmstadt in die Lagerhalle, um ihre zukünftige Ausrüstung näher in Augenschein zu nehmen. Solche vorsintflutlich anmutenden Modelle hatte sie noch nicht gesehen. „Wenn ich damit einmal arbeiten soll, brauche ich eine Gebrauchsanweisung!“, meinte sie stirnrunzelnd.

Ihr missmutiger Ton hatte mir nicht gefallen. Ich packte gerade mit Feuereifer Kisten für den Abtransport im Container und hatte keine Lust, mir irgendwelche Nörgeleien anzuhören. Aber natürlich war auch mir als Chirurgen das betagte Alter dieser Ausrüstung nicht ganz verborgen geblieben.

In meinem Hinterkopf entstand ein Plan, dessen Ausführung aber nicht ganz einfach sein würde. Ich wollte alles daransetzen, um Diospi Suyana einmal der Firmenleitung des Dräger-Werkes zu präsentieren. Der Dräger-Konzern ist seit Generationen ein ganz großer Name im Bereich der Anästhesie. Ich brachte in Erfahrung, dass Stefan Dräger die Firmengruppe leitete, die 10 000 Mitarbeiter beschäftigt und aktuell einen Jahresumsatz von über 2 Milliarden US-Dollar erwirtschaftet.

Ich bemühte Dr. Pfahlert, einen ehemaligen Direktor des Roche-Konzerns, um Mithilfe bei der Kontaktaufnahme. Er hatte im Juni 2007, kurz vor seinem Wechsel von Roche nach Dräger, die Spende dreier Laborgeräte für uns veranlasst. Sein Engagement für Dräger stellte sich bald als ein kurzes Gastspiel heraus, aber immerhin hatte er die innere Entscheidungsstruktur des Unternehmens aus nächster Nähe kennengelernt. So erfuhr ich von ihm, dass Stefan Drägers Ehefrau bei humanitären Spendenaktionen eine wesentliche Rolle spiele. Seine Versuche, mir einen Vorstellungstermin in Lübeck zu ermöglichen, blieben aber erfolglos. Auch der Chef einer Medizintechnikfirma aus dem Rhein-Main-Gebiet konnte in dieser Richtung nichts ausrichten.

Die Wochen vergingen und schließlich rief ich selbst bei den Dräger-Werken an. Ich hatte die Absicht, mich direkt zum Konzernchef durchstellen zu lassen, blieb aber bei der Dame in der Telefonzentrale hängen. Herr Dräger sei auf Reisen, erklärte sie, aber dann tat sie etwas höchst Erstaunliches. Sie diktierte mir die private E-Mail-Adresse von Stefan Dräger direkt in mein Notizbuch. Eine Stunde später verschickte ich mein Anschreiben elektronisch an die Ostsee. Ich glaubte zwar nicht daran, dass Stefan Dräger jemals auf meinen Brief reagieren würde. Aber in meinem Leben habe ich oft genug die Erfahrung gemacht, dass man nach einem ernsten Gebet so ziemlich mit allem rechnen muss.

Am Jahresanfang 2008 bekam ich tatsächlich die Einladung, nach Lübeck zu kommen. Michael Karsta, zuständig für Südamerika, Afrika und Asien, würde sich meiner annehmen.

Der 12. März war ein trüber, kalter Regentag, aber glücklicherweise war meine Anfahrt von Hamburg aus nicht weit. Ziemlich durchgefroren eilte ich zur Eingangstür. Michael Karsta und sein belgischer Kollege Koen Paredis erklärten mir bei einer warmen Tasse Kaffee den Ablauf des Tages. Am Nachmittag dürfte ich gerne mein Verslein aufsagen, der Vormittag sei aber für eine Führung durch die firmeneigene Ausstellung reserviert.

Diese Ausstellung hatte es in sich. Zunächst forderte mich Herr Karsta auf, mich unter einen großen Felsquader von etwa 80 Zentimeter Durchmesser zu legen. Ein Stahlseil hielt den furchterregenden Klotz, der, wie ich hörte, 450 Kilogramm wog, knapp 30 Zentimeter über meinem Kopf. Eine tiefe Männerstimme aus dem Lautsprecher wies auf die Bedeutung von Vertrauen hin. Ich hätte wohl die Zuversicht, dass die Aufhängung nicht versagen würde, denn einen Riss des Seiles würde ich sicherlich nicht überleben.

Nach 45 Sekunden hatte ich die Prozedur heil überstanden. „Vertrauen ist übrigens auch mein Stichwort“, sagte ich den Mitarbeitern von Dräger, als ich munter von meiner harten Unterlage aufsprang. „Im Vertrauen auf Gott ist nämlich unser Hospital Diospi Suyana in Peru entstanden!"

Die Ausstellung über das Lebenswerk von fünf Generationen Dräger war didaktisch hervorragend aufgebaut. Sie diente dazu, wie ich gleich verstand, potenziellen Kunden eine enorme Portion Vertrauen in die Qualität der Dräger-Produkte einzuflößen. Herr Karsta und Herr Paredis widmeten mir eine Menge Aufmerksamkeit, obwohl ich gar kein richtiger Kunde war. Ich ging davon aus, dass die beiden das aus meinem Anschreiben an Stefan Dräger wissen mussten.

Kurz vor dem Mittagessen kam eine junge Dame dazu, die einige interessierte Fragen zu Diospi Suyana stellte. Manchmal arbeiten meine grauen Zellen recht langsam. Ich machte mir in diesem Moment über die Identität der Frau keine rechten Gedanken. Stattdessen sprudelte ich unbekümmert los und lud sie prompt zu meinem Vortrag um 14 Uhr ein. Leider sei ihr dies nicht möglich, bedauerte sie, und wünschte mir noch einige nette Stunden bei Dräger. Erst am Nachmittag dämmerte es mir, dass die Unbekannte am Morgen Claudia Dräger höchstpersönlich gewesen war.

Nachmittags war ich mit meiner Präsentation an der Reihe. Michael Karsta und Koen Paredis blickten betroffen auf die Leinwand. Meine Bilder aus Peru hatten wie ein Blitz bei ihnen eingeschlagen.

Ich hatte mir auf der Hinfahrt vorgenommen, um *ein* neues Narkosegerät zu bitten. Tove Hohaus betete im fernen Peru um zwei. Aber als ich merkte, dass mein Vortrag die beiden Zuhörer gefühlsmäßig packte, hatte ich keine Hemmungen mehr und bat um vier. Meine Frau hatte mir noch ein Kinderbeatmungsgerät angeraten und einen Wiederbelebungstisch für Neugeborene ebenfalls. Ich halte mich immer an den

Grundsatz: Ein Wunschzettel darf so lang sein wie die eigene Fantasie. Also ging ich ins Detail.

„Wir werden Frau Dräger bitten, Ihnen all diese genannten Geräte zu spenden!" Herr Karsta blieb mit seiner Antwort kurz, knapp und vielversprechend.

Eine Woche verging und mit jedem Tag wuchsen meine eigenen Hoffnungen auf ein positives Votum seitens der Familie Dräger. Am 19. März schickte mir Michael Karsta die freudige Mitteilung, Claudia Dräger sei auf alle unsere Wünsche eingegangen. Damit hatte sie die größte Sachspende in der 150-jährigen Geschichte der Dräger-Dynastie veranlasst.

Ein Container brachte die feine Ware nach Peru und im August trafen die ersten vier Dräger-Mitarbeiter aus Costa Rica und El Salvador ein, um ein großes Event vorzubereiten. Claudia Dräger würde am 31. August mit vier Mitarbeitern aus Lübeck nach Peru reisen, um diese historische Spende zu überreichen. Als weiteres Bonbon hatte die Gattin des Konzernchefs die kostenlose Installation der Dräger-eigenen Software auf unseren Computern autorisiert. Dieses zusätzliche Pilotprojekt im Wert von 50000 US-Dollar würde das Hospital Diospi Suyana zum ersten Krankenhaus Südamerikas machen, an dem dieses spezielle Programm zum Einsatz kommen würde.

Sogar Tove Hohaus schaute nun zufrieden drein. Fünf Jahre hatte sie am Stadtkrankenhaus in Meiningen von dieser Software nur träumen dürfen, ohne sie zu erhalten. Unsere Anästhesistin erlebte einmal mehr, dass bei Diospi Suyana mit Geduld und Gottvertrauen große Träume wahr werden können.

Am 31. August holte ich Claudia Dräger und ihr Team persönlich am Flughafen in Cusco ab. Der Abflug in São Paulo hatte sich verzögert und das ganze Besuchsprogramm musste umstrukturiert werden. Am Abend versammelten sich einige

Klinikmitarbeiter mit den Dräger-Leuten zu einer munteren Runde in einem Konferenzraum des Spitals.

Während sich alle kräftig am Buffet bedienten, erzählte ich einmal mehr die Geschichte von Diospi Suyana. Michael Karsta kannte sie schon, aber seine Chefin und seine Kollegen noch nicht. Wie immer bei meinen Vorträgen, berichtete ich am Ende von meiner eigenen Suche nach Gott. Dann forderte ich Tove Hohaus und Michael Mörl auf, von ihren Glaubenserfahrungen zu berichten, was sie auch gerne taten.

Am nächsten Tag, es war ein Sonntag, führte ich die Dräger-Truppe durch das Spital und nach dem Mittagessen bei uns zu Hause besuchten wir einige indianische Familien, die regelmäßig von meiner Frau betreut werden.

Dann kam der Montag. Gegen 11 Uhr luden wir die Patienten aus dem Wartesaal in den Kirchraum zu einer außergewöhnlichen Veranstaltung ein. In der ersten Reihe saßen Claudia Dräger mit der Firmendelegation. Mitarbeiter des Spitals und Quechua-Indianer in ihren bunten Trachten bildeten einen farbenfrohen Haufen dahinter. Ein Vertreter der deutschen Botschaft aus Lima, das zweite peruanische Fernsehen und die lokale Presse werteten durch ihr Kommen das Happening zusätzlich auf.

Meine Frau und ich würdigten den Beitrag von Dräger als die größte Sachspende, die Diospi Suyana bis dahin erhalten hatte. Die Hightechgeräte, Computerprogramme und Serviceleistungen brachten den Dräger-Beitrag in die Nähe von 300 000 US-Dollar. Der feierliche Akt mit musikalischem Rahmenprogramm und dem berühmten Schnitt durch das rote Band endete mit wunderschönen Fotos aus dem Auditorium. Sie zeigen rund 50 Quechua-Indianer, die gemeinsam mit den Dräger-Gästen in die Kameras winken.

Vor ihrer Abreise am Nachmittag erwähnte ich Claudia Dräger gegenüber, dass wir gerne eine Dentalklinik aufbauen würden. Von den 500 000 Bewohnern Apurímacs gehörten eigentlich alle sofort in eine zahnärztliche Sprechstunde. Schon junge Leute zeigen einen wahren Steinbruch in ihrem Mund und leiden an faulen Zähnen und ständigen Zahnschmerzen.

Meine Bitte erreichte eine Frau, die mit eigenen Augen Diospi Suyana in den Bergen Perus erlebt hatte. Sie pflegte Umgang zu vielen deutschen und internationalen Spitzenunternehmern. Vielleicht könnte sie, so hoffte ich, ihre Verbindungen für uns einsetzen.

In den folgenden acht Monaten arrangierte Claudia Dräger für mich eine Reihe von Terminen mit Topmanagern in mehreren Ländern, die es uns ermöglichten, eine Dentalklinik zu realisieren.

Im Oktober 2008 empfing mich ein Direktor des Sironakonzerns in Salzburg. Als Ergebnis spendete das Unternehmen drei digitale Röntgengeräte und fünf Zahnarztstühle im Wert von 150 000 US-Dollar. Am 2. März 2009 nahm sich Larry Culp, der Präsident des Dannaher-Konzerns in Washington, eine Stunde für mich Zeit. Er genehmigte die Spende des gesamten Mobiliars im Wert von 100 000 US-Dollar seitens der Kavo-Gruppe, deren Südamerika-Chef Henrique Azevedo ich bereits im Dezember in São Paulo getroffen hatte. Anfang Mai sprach ich mit dem Chef von Henry Schein in New York. Stanley Bergman vertritt immerhin das weltgrößte Dentalunternehmen. Auch er sagte seine Mithilfe zu.

Meine eigene Botschaft ist bei jeder dieser Begegnungen die Gleiche. Ich erzähle von meiner Angst vor dem Tod, meiner oftmals verzweifelten Suche nach Gott und vielen Wundern, die das Maß mathematischer Wahrscheinlichkeiten um einige Potenzen überschreiten. Christen jeglicher Konfession werden dadurch ermutigt, Gott neu zu vertrauen, und Agnostiker kommen ins Grübeln, ob es vielleicht doch mehr geben könnte, als die drei Dimensionen hergeben.

Das Hospital Diospi Suyana heute

Wer von Abancay aus in Richtung Curahuasi fährt, sieht schon aus 3300 Metern Höhe das Missionsspital im Tal liegen. Seine roten Dächer und weißen Wände fügen sich harmonisch in die Landschaft ein. Das dominierende Bauwerk ist die Krankenhauskirche mit einem großen silbernen Kreuz.

Obwohl fast ein Jahr verging, bis alle Abteilungen funktionierten, verzeichneten wir von Ende Oktober 2007 bis Mai 2019 bereits 342 000 Patientenbesuche. Nach den vorliegenden Statistiken sprechen 75 Prozent unserer Patienten Quechua, die Sprache der alten Inkas. 80 Prozent von ihnen reisen aus anderen Distrikten und Bundesstaaten an und 85 Prozent müssen – selbst nach peruanischen Maßstäben – als sehr arm bezeichnet werden. Zur Jahresmitte 2019 arbeiteten rund 50 Missionare in Curahuasi mit 170 Peruanern Hand in Hand. Damit ist das Spital der wichtigste Arbeitgeber des Distriktes geworden.

Mit seiner umfangreichen und neuwertigen Ausstattung zählt Diospi Suyana ohne Zweifel zu den modernsten Kliniken in ganz Peru. Es gibt einige besondere Merkmale, die man bei anderen Krankenhäusern im Land kaum finden wird. Gleich fünf Solaranlagen von juwi, Viessmann und Solvis liefern auf umweltschonende Weise Energie für die Warmwasserversorgung und die Beleuchtung der Außenanlagen. Ein Verbrennungsofen ermöglicht die Entsorgung der infektiösen Abfälle. Seine Satellitenanlage ist für Internet und Ferngespräche von außerordentlicher Wichtigkeit. Vier Operationssäle mit richtungweisender Technologie müssen einen Vergleich mit den besten Krankenhäusern der Hauptstadt Lima nicht scheuen. Die Röntgenabteilung mit Computertomografie und digitaler Technik, aber auch die Laborgeräte erlauben es den Mitarbeitern, schnelle, umfassende und gründliche Hilfe zu leisten. Es dürfte im ganzen Bergland Perus kein Krankenhaus mit einer besser ausgestatteten Intensivstation geben. Ein großes Plus ist ebenso die physiotherapeutische Abteilung mit Sportgeräten, Ultraschall- und Infrarotbehandlung. Auch die langfristige Bedeutung der Dentalklinik für die gesamte Region kann nicht hoch genug eingeschätzt werden. Das ist die technische Seite.

Aber noch in einer anderen Beziehung hat das Missionsspital für ganz Peru einen besonderen Vorbildcharakter, nämlich in der liebevollen Zuwendung zu den Patienten. Niemand wird wegen seiner Zugehörigkeit zu einer bestimmten Rasse oder Schicht diskriminiert. An der Panamericana, der berühmten Fernstraße, die Lima mit Cusco verbindet, steht an der Auffahrt zum Spital ein Schild mit der Aufschrift: „Diospi Suyana, ein Krankenhaus, das die Liebe Christi weitergeben will". Das verpflichtet!

Im Februar 2009 befragte eine Soziologin aus Lima vier Tage lang unsere Patienten zu ihrer Meinung über Diospi Suyana. Mirtha Valverde suchte sich ihre Gesprächspartner nach Belieben aus und genoss völlige Bewegungsfreiheit im Spital. Ohne Ausnahme waren ihre 51 Interviewpartner mit der Behandlung durch Ärzte und Krankenschwestern zufrieden. Alle Patienten der Studie gaben zudem positive Kommentare über die morgendliche Andacht im Krankenhaus ab, egal, ob sie der katholischen oder evangelischen Konfession angehörten. Einige behaupteten sogar, in unserer Krankenhauskirche die Nähe Gottes in besonderer Weise erfahren zu haben, wie noch nie zuvor in ihrem Leben.

Diospi Suyana ist nicht der Vorhof zum Himmel. Wie jedes andere Krankenhaus kennen wir auch Engpässe und Versorgungslücken. Wir suchen ständig weitere freiwillige Mitarbeiter aus dem Ausland und Fachpersonal aus Peru. In einer Gegend extremer Armut wird das Hospital langfristig von der Treue seiner weltweiten Spender abhängig bleiben. Wenn man die ehrenamtliche Mitarbeit der Missionare mit einbezieht, dann wurden im Sommer 2019 rund zwei Drittel des monatlichen Budgets über Spenden finanziert, ein Drittel über bezahlte Patientenrechnungen.

Während ich diese Zeilen schreibe, kämpft Señora Clorinda auf unserer Intensivstation um ihr Überleben. Ihre Bauchfellentzündung hätte ohne das Eingreifen unseres Chirurgen Dr. Daniel Zeyse längst zum Tod geführt. Ihre Familienangehörigen brachten ihre Sicht der Dinge mit den folgenden Worten zum Ausdruck: „Egal, wie es ausgeht – ohne dieses Krankenhaus wäre unsere Schwester schon längst gestorben. Vielen, vielen Dank!“

Unsere treuesten Freunde

Vielleicht können einige Geschichten in diesem Buch zu der falschen Schlussfolgerung führen, Diospi Suyana sei überwiegend von Großunternehmen finanziert und erbaut worden. Dem war beileibe nicht so. Rund 230 Firmen haben bis Mai 2019 einen Betrag von 8,1 Millionen US-Dollar gespendet – vor allem in Form von Sachleistungen. Das ist ohne Zweifel eine gewaltige Summe. Aber nach unseren Analysen haben schätzungsweise 150000 Privatpersonen, vornehmlich aus Deutschland, über 22,8 Millionen US-Dollar gesammelt. Es waren Menschen, die an unsere Vision glaubten, lange bevor Konzernchefs auf uns aufmerksam wurden. Das Krankenhaus wäre sicher auch ohne die Zuwendungen der Firmen entstanden, aber niemals ohne die Treue der Pfadfinder, Hausfrauen, Angestellten und Rentner.

Eine Gruppe von etwa 1006 Menschen (Stand Mai 2019) möchte ich besonders herausstellen. Sie sind wirklich unsere allertreuesten Freunde. Als Förderer von Diospi Suyana überweisen sie monatliche Beiträge von 50 Cent, 1 Euro, 5 Euro, 10 Euro, 50 Euro oder sogar noch mehr. Durch ihre Spenden haben sie den Bau des Spitals geschultert. Nun helfen sie uns Ärzten und Krankenschwestern, unseren eigentlichen Aufgaben nachgehen zu können. Ihre regelmäßigen Spenden ermöglichen die Behandlung Tausender Notleidender in Südperu.

Die Aktionen von Privatpersonen zugunsten von Diospi Suyana sind so originell wie zahllos. Im Anhang sind rund 330 von ihnen aufgeführt. Durch ihren Fleiß und Einfallsreichtum sammelten diese Enthusiasten nicht nur enorme Geldbeträge für das Krankenhaus, sondern betätigten sich auch als Multiplikatoren. Physikstudent Jonas Haunschild gab Nachhilfestunden und überwies sein Zubrot komplett an Diospi Suyana. Andrea Heilmann von Dade Behring verzichtete mit ihrem Mann an ihrem Hochzeitsfest auf Geschenke. Die Gäste legten dafür eine stattliche Spende zusammen. Christine Fleck aus Kirchheimbolanden backte pfannenweise Granola und brachte es so immer wieder auf stolze Beträge. Katholische Sternsinger zogen singend durch die Straßen von Cadolzburg und die Pfadfinder der Evangelisch-Freikirchlichen Gemeinde aus Trossingen sammelten Altpapier. Ein zweites Buch müsste geschrieben werden, um diese vielen Beweise tatkräftiger Hilfe zu würdigen.

Der Glaube in den Medien

Am Anfang unserer Arbeit präsentierten Tina und ich einmal unsere Lebensvision einer Gruppe von Journalisten von Presse und Fernsehen in Oestrich-Winkel im hessischen Rheingau. Es ging darum, wie man unser Projekt in den Medien platzieren könnte, um den Bekanntheitsgrad zu erhöhen. Damals hatten wir außer schönen Bildern und vielen Ideen wenig vorzuweisen, was auf einen späteren Erfolg schließen lassen konnte.

Doch den Medienleuten fiel nichts Rechtes ein. Der Aspekt des Glaubens, der bei jedem unserer Vorträge zur Sprache kommt, erschien ihnen zu dubios. In unserer Welt der schnellen Schlagzeilen und Skandalmeldungen, die hohe Einschaltquoten und entsprechende Auflagen versprechen, lässt sich der Glaube an Gott einfach nicht vermarkten. Also meinen viele, es sei besser, ihn aus den Medien gänzlich herauszuhalten.

Diospi Suyana zeigt, dass diese Einschätzung ein völliger Trugschluss ist. Anhand unserer eigenen Datenbank wissen wir von über 500 Reportagen im Fernsehen und in den Printmedien, in denen Diospi Suyana als Werk des Glaubens vorgestellt wurde.

Seriöse deutschlandweite Blätter wie die „Frankfurter Allgemeine Zeitung", der „Berliner Tagesspiegel" und „Die Welt" haben ausführlich über uns berichtet. Überregionale Zeitungen wie das „Hamburger Abendblatt", der „Weser Kurier," die „Hannoversche Allgemeine", der „Reutlinger Generalanzeiger" und viele andere haben (teilweise ganzseitig) Diospi Suyana in den Blickpunkt des Interesses gerückt.

Finanzzeitschriften wie „Forum MLP" und „Insurance Hösch und Partner" haben Hunderttausende mit Diospi Suyana bekannt gemacht. Die „DB mobil" der Deutschen

Bahn stellte im August 2007 unser Hospital und seine Geschichte einer Leserschaft von einer Million ICE-Fahrern vor. Die Illustrierten „Lisa“, „Freizeitspaß“, „Bild der Frau“ und „Tina“ haben Reportagen von mehreren Seiten veröffentlicht. Allein die Frauenzeitschrift „Tina“ wird von drei Millionen Frauen gelesen. Dass auch die medizinische Presse und Magazine aus der evangelischen und katholischen Welt über uns schrieben, liegt in der Natur der Sache.

Ausnahmslos haben diese Medien von einem authentischen Glauben gesprochen und von Gotteserfahrungen, die wissenschaftlich nicht erklärbar sind. Nach meinen Erfahrungen mit Journalisten in allen Teilen der Republik weiß ich, dass die Hoffnung auf Gott dann druckwürdig wird, wenn sie glaubwürdig vermittelt wird.

In der ersten Jahreshälfte 2009 investierte der peruanisch-chilenische Neptuniakonzern 30 000 US-Dollar in einen Bildband von 170 Seiten. Er beschreibt Diospi Suyana in drei Sprachen als eine faszinierende Geschichte des 21. Jahrhunderts, die im Vertrauen auf Gott verwirklicht worden sei. Freelancer Alex Kornhuber, der für zahlreiche internationale Zeitungen wie die „New York Times“ und die „Washington Post“ gearbeitet hat, versorgte das PR-Team dabei mit 5 000 Fotos von seinen beiden Besuchen des Hospitals. Schließlich im August widmete die Edelillustrierte „Cosas“, die sonst nur von Hollywoodstars und Vertretern der High Society berichtet, sechs Seiten einem höchst ungewöhnlichen Thema: unserem Missionsspital in den Anden Perus. Über 50 000 Firmenchefs, Direktoren und Entscheidungsträger der deutschen Gesellschaft erfuhren vor Weihnachten 2009 im Rotary-Magazin von Diospi Suyana. Die Überschrift des Berichts von ebenfalls sechs Seiten spricht Bände: „Gott, bitte tu du ein Wunder!“

Im Mai 2010 strahlte das Zweite Deutsche Fernsehen eine ausgezeichnete Dokumentation über unser Krankenhaus in der Sendung „Drehscheibe" aus. Doch die größte Breitenwirkung hatte bisher der Fernsehbeitrag der Deutschen Welle im November 2013. Die Reportage von fast 30 Minuten wurde weltweit in den Sprachen Englisch, Spanisch, Arabisch und Deutsch gesendet. Auch hier ging es um den Aspekt des Glaubens.

In Peru kennt man Diospi Suyana als „El Hospital de la Fe", „das Krankenhaus des Glaubens". Es waren die Medien, die uns treffend, wie ich meine, dieses Etikett angehängt haben. In einer dreiseiten Reportage für „Somos", die wichtigste Wochenzeitschrift des Landes, schrieb die Starjournalistin Doris Bayly ihren 1,2 Millionen Lesern: „Wenn der Glaube Berge versetzt, dann hat er im Fall der Familie John auch an Geldbörsen gerüttelt und Herzen und Autoritäten bewegt. Dieser Glaube hat eine heillose Bürokratie überwunden, eine tiefe Skepsis und die glatten Absagen vieler. Er hat blockierte Straßen umfahren, mathematische Argumente zerlegt und erreicht, dass katholische und evangelische Christen zusammenarbeiten!"

Der Draht zu Gott

Ich weiß nicht, wie viele Jahre mir noch bleiben werden. Der Unfall im Dezember 2008 hat mich einmal mehr gelehrt, dass jeder Tag mein letzter sein kann. Doch wenn ich auf mein Leben zurückschaue, bin ich von Herzen dankbar. Die Lebensvision von meiner Frau und mir ist auf eine Weise Wirklichkeit geworden, die wir vor 30 Jahren, als wir uns kennenlernten, selbst in unseren kühnsten Träumen nie für möglich gehalten hätten. Ich habe den Krimi von Diospi

Suyana über zweitausend Mal erzählt. In Schulen, Universitäten und Vereinen genauso wie bei Firmenchefs, Pressevertretern und Ministern. Ich weiß, dass bei dieser Geschichte vielen eine Gänsehaut über den Rücken läuft, mir übrigens auch.

Warum Gott sich in unserem Leben so oft und deutlich gezeigt hat, weiß ich nicht. Die meisten Menschen erfahren Gottes übernatürliches Eingreifen ja eher selten. Vielleicht hat er es deshalb getan, weil ich jahrelang an ihm gezweifelt habe. Und die Zweifler, die Kaputten und Verzweifelten kann er manchmal besonders gut einsetzen. Allerdings hatte ich auch stets den unbändigen Wunsch, Gott zu sehen und zu erfahren. Mein Leitwort seit nunmehr drei Jahrzehnten sind die Worte des alten Paulus, der vor 2000 Jahren an eine Gruppe von Christen in der griechischen Stadt Philippi schrieb: „Das ist alles, was ich will. Ich möchte Christus kennen (sehen) und die Kraft seiner Auferstehung (als Realität) erfahren in der Hoffnung, selbst einmal von den Toten zum ewigen Leben aufzuerstehen!“

Vielleicht halten Sie Gott für eine mögliche Option unter vielen. Als Jürgen Trittin 1998 bei seiner Amtseinführung zum Umweltminister gefragt wurde, warum er beim Schwur auf den Zusatz „So wahr mir Gott helfe“ verzichtet habe, antwortete er: „Warum sollte Gott mir helfen? Der hat mir doch die ganzen Jahre über nicht geholfen!“ Mein Fazit sieht völlig anders aus: Alles, was ich bin und habe, nehme ich als ein Geschenk aus Gottes Hand.

Ohne Gott können wir Abend für Abend am Kaminfeuer über den wahren Sinn des Lebens philosophieren. Wir werden keine befriedigende Antwort finden. Der Kirchenvater Augustinus sagte im 4. Jahrhundert: „Unser Leben bleibt ruhelos, bis es Ruhe findet in Gott.“ Meine Erfüllung habe ich in der Gemeinschaft mit Christus gefunden. Und solange ich lebe, möchte ich ihm nachfolgen und seine Nähe spüren.

Am 30. September 2008 veröffentlichte das „Hamburger Abendblatt" eine Reportage über mich mit der Überschrift: „Der Doktor mit dem Draht zu Gott". Dieser Artikel fand dann sogar Erwähnung auf der offiziellen Webseite der peruanischen Regierung. Ein besonderer „Draht zu Gott" – das klingt gut. Aber ich bin überzeugt, dass Sie die gleiche Verbindung zu Gott haben können wie ich. Sie müssen nur abspringen und sich in seine Arme fallen lassen.

Das, was Gott von Ihnen erwartet, ist Ihr bedingungsloses Vertrauen. Ein bloßes Fürwahrhalten bringt Sie mit Gott nicht in Verbindung. Aber wenn Sie das „Vaterunser" bewusst beten, wo es heißt: „Dein Wille geschehe, wie im Himmel so auf Erden", dann kann er Sie als sein Werkzeug verwenden. Und im Laufe der Zeit werden Sie immer deutlicher entdecken, dass Gott einen roten Faden in Ihr Leben hineingelegt hat. Auch Ihre persönlichen Niederlagen, Ihre Umwege, Ihre Verzweiflung und Tränen dienen einem großen Ganzen.

Im Mai 2006 traf ich auf einer Vortragsreise durch die USA Jonathan Sigworth in einem Rehabilitationszentrum in New Haven, Ct. Im Februar des gleichen Jahres war er während eines Arbeitseinsatzes in Indien mit seinem Fahrrad 15 Meter in die Tiefe gestürzt. Der Aufprall auf sein Genick führte zur bleibenden Lähmung aller seiner Gliedmaßen. Als er in der Notaufnahme des nächstgelegenen Krankenhauses wieder das Bewusstsein erlangte, merkte er sofort, dass etwas Ernstes vorgefallen war. Er fragte die behandelnden Ärzte, ob er jemals wieder seine Arme und Beine werde bewegen können. Die Ärzte zögerten, diesem 18-jährigen Jungen die Wahrheit ins Gesicht zu sagen, und schwiegen.

Die Worte, die Jonathan daraufhin sagte, hören sich an wie nicht von dieser Welt. „Egal, ob ich in Zukunft wieder laufen kann oder nicht. Ich möchte Gott mit meinem Leben ehren!" Das sagte ein Mann, dessen eigene Lebensträume durch einen

Sturz wenige Minuten zuvor jäh zunichtegemacht worden waren. Als ich an seinem Bett stand, war von Verbitterung oder Depression nichts zu spüren. Er strahlte und ein tiefer Frieden ging von ihm aus.

Zwei Jahre später rief ich Jonathans Vater an, um mich nach dem Befinden seines Sohnes zu erkundigen. „Hat er seinen Glauben an Gott über Bord geworfen?“, fragte ich und horchte gespannt in den Hörer.

„Nein, überhaupt nicht. Jonathan ist gerade in Indien und spielt in einem Film mit, um Rollstuhlfahrern Mut zu machen!“

Ich habe keine Erklärung, warum Gott Jonathan nicht vor diesem schrecklichen Unfall bewahrt hat. Aber ich bin felsenfest überzeugt, dass er Jonathan und mich, genau wie auch Sie, unendlich liebt. Deshalb starb Jesus am Kreuz. Als er mit Nägeln an das Holz geschlagen wurde, fand keinesfalls eine schmutzige politische Intrige ihr trauriges Ende. Nein, Christus hatte schon im Vorfeld seinen eigenen Tod vorausgesagt, um, wie er sagte, die Sünden aller Menschen auf sich zu nehmen. Am Kreuz können wir unseren Ballast loswerden und neu anfangen. Darum gibt es meiner Meinung nach kein ausdrucksstärkeres Symbol der Liebe als das Kreuz.

Aber damit ist die gute Nachricht noch nicht zu Ende. Mit seiner Auferstehung stärkt Christus unseren Glauben, dass der Himmel keine billige Jenseitsvertröstung ist, sondern ein Zustand in Gottes Gegenwart ohne Tränen, Leid, Alter und Tod. Für diese Überzeugung haben Christen zu allen Zeiten Risiken auf sich genommen. Sie waren bereit, im römischen Kolosseum und in chinesischen KZs ihr Leben zu lassen.

Viele unserer ehrenamtlichen Mitarbeiter haben spannende Lebensgeschichten. Ich möchte dieses Buch mit einer

Begebenheit aus dem Leben von Tove Hohaus abschließen. Tove hat über 2 Jahre als Anästhesistin und ehrenamtliche Missionarin am Hospital Diospi Suyana mitgearbeitet.

Tove wuchs in Westdeutschland unter schwierigen Verhältnissen auf. Ihr Vater verließ die Familie und zahlte keine Alimente, obwohl er als Arzt gut verdiente. Toves Mutter musste hart arbeiten, um Tove und ihren Bruder durchzubringen. Die Lage zu Hause war oft angespannt. Es fehlte an Geld und manchmal sogar an Lebensmitteln im Kühlschrank. Tove litt aber auch unter dem Trauma, dass ihr eigener Vater sie im Stich gelassen hatte.

Als Tove zehn Jahre alt war, kam es daheim zu einer großen Auseinandersetzung. Dieser Streit war wohl der Tropfen, der das Fass zum Überlaufen brachte. Tove verließ fluchtartig die Wohnung, um ihrem Leben auf der Straße vor dem nächsten Auto ein Ende zu setzen. In diesem Augenblick hörte die kleine Tove hinter sich eine laute und klare Stimme: „Ich habe dich lieb und brauche dich noch!“ Tove riss ihren Kopf herum, konnte aber niemanden entdecken. Doch die Botschaft hatte sie verstanden. Wenn es jemanden auf dieser Welt gab, der sie liebte, dann lohnte es sich weiterzuleben. Und fortan widmete Tove Hohaus ihr Leben dieser Stimme, der Stimme Gottes.

Die ausgebreiteten Arme Jesu am Kreuz beweisen die Hinwendung Gottes auch zu Ihnen. Wie im Leben von Tove bietet Christus Ihnen seine Liebe an. Mit dieser Kraft können Sie Ihr Leben neu ordnen und zwischenmenschliche Beziehungen bereinigen. Wenn Gott es will, dürfen Sie großartige Visionen verwirklichen und vielleicht sogar in Peru oder anderswo Krankenhäuser bauen.

Wie sagte diese warme Stimme zu Tove? „Ich habe dich lieb und brauche dich noch.“

Wenn Sie über dieses Thema mit uns reden wollen, melden Sie sich bitte über unsere Webseite im Internet: www.diospi-suyana.org oder schreiben Sie an unsere Postanschrift in Darmstadt.

Dank

Ich erwähnte bereits, dass sich unzählige Menschen für ein Gelingen von Diospi Suyana eingesetzt haben. An dieser Stelle möchte ich einigen von ihnen meinen besonderen Dank aussprechen.

Was ich bin und tue, geht maßgeblich auf den Einfluss meiner Eltern Rudolf und Wanda John zurück. Durch ihr Vorbild als Menschen, ihre Treue und Unterstützung wurden in meinem Leben die Grundlagen für Diospi Suyana gelegt. Leider starb meine Mutter im Februar 2010 und mein Vater folgte ihr im März 2011. Das Gleiche gilt natürlich für die Eltern meiner Frau. Hermann und Christa Schenk haben Martina in einer Weise geformt, dass ich der Versuchung nicht widerstehen konnte, dieses Mädchen zu heiraten. Sie unterstützen uns als Missionarsfamilie in Peru, wo immer es möglich ist.

Meine Schwester Helga John ist unsere heimliche Feuerwehr in Wiesbaden. Sie erledigt unsere deutschen Behördengänge, verschickt unsere persönlichen Rundbriefe und fliegt fast jährlich zu uns nach Peru. Mein Bruder Hartmut John, seine Frau Mirjam sowie meine Schwester Gerlinde Bürger sind Freunde, mit denen wir in jeder schwierigen Situation rechnen können.

Olaf Böttger ist neben meiner Frau und mir der dritte Eckpfeiler von Diospi Suyana. Seit 17 Jahren investiert er ehrenamtlich seine Feierabende in die Vereinsarbeit. Alle wichtigen Entscheidungen treffen er, meine Frau und ich gemeinsam. Die ganze Familie Böttger ist ein seltener „Glücksfall“ für unsere Arbeit. Olafs Schwester Annette leitet als Wirtschaftsprüferin ehrenamtlich die Stiftungsgeschäfte. Seine Brüder sind seit Jahren aktive Fördermitglieder und seine Eltern sind bei jeder Container-Packaktion dabei. Rosemarie Böttger hilft seit einigen Jahren bei der Spendenerfassung.

Mein Dank gilt aber auch den anderen ordentlichen Vereinsmitgliedern, die gemeinsam mit uns die Verantwortung tragen. Sie verdienen es, namentlich erwähnt zu werden: Jürgen Eisenkolb, Heinrich Finger, Thomas Frehse, Adrian Gibson, Gisela Graf, Udo und Barbara Klemenz, Dr. Wilfried und Dr. Marianne Knoll, Tobias Kühl, Martin und Ellen Nebel, Michael Mörl, Uwe und Ilse Schmiedecke, Reinhard und Jeannette Zilz.

In vielen Städten Deutschlands haben sich einzelne Personen besonders hervorgetan. Der Chefredakteur des „Reutlinger Generalanzeigers“ Christoph Irion und seine Frau Dagmar gehören zu diesem Kreis, aber auch Rolf Nikel und bis zu ihrem Tod seine Frau Regine. Jakobus Schneider, Michael Spannaus und Mario Meyer investierten 800 Arbeitsstunden in zwei „Diospi-Suyana-Filme“, die mittlerweile über hunderttausend Menschen in Deutschland gesehen haben.

Sie erinnern sich bestimmt, dass ich am Anfang des Buches beschrieb, wie ich meine Frau in der Schule kennenlernte. Es waren ihre Liebe, Treue und Loyalität sowie ihr nimmermüder Einsatz, die diese Geschichte ermöglicht haben. Wenn Sie mich vielleicht als Motor bei Diospi Suyana sehen, dann ist meine Frau ohne Zweifel das Herz und die Seele.

Unser Team

Ohne den Einsatz der ehrenamtlichen Mitarbeiter hätten meine Frau und ich niemals das Hospital bauen und betreiben können. Derzeit haben wir 61 Langzeitmissionare aus 8 Ländern in Curahuasi im Einsatz. Diesen Freunden, die bereit sind und waren, einen längeren Abschnitt ihres Lebens mit uns in Peru zu teilen, gebührt unser besonderer Dank:

Dr. Nikolaus und Johanna von Abendroth
Dr. Patricia Almeida
Jörg und Birgit Bardy
André und Sandra Bacher
Johannes Bahr
Bettina Baumgarten
Ulrike Beck
Yael Becker
Matthias und Catharina Besold
Marco und Vannia Bierke
Christian und Verena Bigalke
Hanna Böker
Dr. Tim und Dr. Miriam Boeker
Dr. David und Dr. Dorothea Brady
Dorle Breitenbücher
Damaris Brudy
Dr. Alex und Dr. Laura Brunner
Bärbel Bühler
Cornelia Bühler
Paola Busch
Debora Center
Dr. Erin Connally
Dr. Ari Cale
Dr. William und Allison Caire
Miriam Crisanto
Markus Dirksen
Daniel und Susan Dreßler
Harry Dürksen
Lena Ehlebracht
Dr. Oliver und Birgit Engelhard
Dr. Renate Engisch
Elisabeth Franke
Jennifer Frank
Martin und Eva Friedli
Hanna Fries
Helene Friesen
Melanie Friesen
Dorothea Frölich
Tabea Fröhlich
Jana Füllbrandt
Simon und Belén Giesbrecht
Sarah Glöckler
Annette Goss
Nathanael und Isabelle Hach
Oebele und Debora de Haan
Dr. Annette Haar
Dr. Jens und Damaris Hassfeld
Stefanie Heese
Ortrun Heinz
Dana Hennig
Stefan und Petra Höfer
Martin und Irmtraud Hoene
Marion Hofmann
Helen Högn
Tove Hohaus
Dominik und Katharina Hüttner

Dr. Ruben und Marlene Ibarra
Steven und Vikki de Jager
Burkhard und Caroline Jochum
Dr. Werner und Sonja Keßler
Betty Kettner
Susan Kirchhoff
Nelli Klassen
Markus und Christiane Klatt
Udo und Barbara Klemenz
Carolin Klett
Timo and Simone Klingelhöfer
Matthias und Uta Kügler
Dr. Olga Koop
Alexandra Kopp
Katrin Krägler
Michael und Lydia Kühling
Anika Kunz
John und Viola Lentink
Esther Lietzau
Dr. Marlene Luckow
Dr. Heike Lindacher
Dr. Tobias und Renate Malisi
Bettina Markwart
Lyndal Maxwell
Tina Maria Metz
Tibor und Stefanie Minge
Dr. Kirsten und Ryan Morigeau
Katharina Miske
Michael and Elisabeth Mörl
Dr. Annerose Müller
Carolin Müller
Daniel und Rebeca Müller
Claudia Nikel
Sarah Nafziger
Dr. Frank und Anja Nöh
Ruth Nusser
Tabea Nusser
Sophia Oester
Christian und Sabine Oswald
Isabel Ott
Patricia Piepiora
Mechthild Pochert
Matthias und Jennifer Rehder
Silvia Rojas
Christian van Rensen
Anna-Charlotta Rönnqvist
Markus und Julianna Rolli
Jonathan und Mandy Rosenkranz
Markus und Susi Rottler
Valentina Sawatzki
Ester Scheier
Dr. Malte und Maria Schmidtpott
Monika Schmidt
Dr. Lutz und Christine Schoeneich
Peter und Ilse Schütze
Claudia Schultze
Michael Schweitzer
Stefan und Tabea Seiler
Inessa Tews
Dr. Thomas und Hanna Tielmann
Tommy und Jessica Toews
Manuela Trinker
Sabine Vogel
Erika Wall
Gabriele Wall
Lilli Warkentin
Dr. John und Crystal Washburn
Daniela Weber
Marit Weilbach
Chris und Sandi Welch
Ricarda Wiederkehr
Gerhard and Heike Wieland
Alexandra Winter
Nolan und Konica Wright
Dr. Stephen und Finley Wright
Dr. Daniel and Dr. Melanie Zeyse

In dieser Liste möchte ich Dr. David Brady herausstellen. Als stellvertretender Krankenhausdirektor leistete er Großartiges. Mehr als einmal hat er mir bei schweren Personalentscheidungen Mut zugesprochen.

Seine Rolle fiel im Sommer 2013 an Dr. Jens Haßfeld. Seine Entscheidung, mit seiner Frau Damaris für viele Jahre an unserem Spital zu arbeiten, ist eine ausgezeichnete Nachricht, besonders für den Fall, dass ich früh versterben sollte.

Hinzu kommen zahlreiche Personen, die sich für einige Wochen oder Monate engagiert haben. Sie haben – oft während ihres Jahresurlaubs – Außerordentliches bewirkt.

Weltweite Aktionen zu Gunsten von Diospi Suyana

Privatpersonen, Clubs und Kirchengemeinden (Stand September 2010)

Ackermann, Bea und die 10-Prozent-Aktion
Aichele, Günter – Geburtstagsspenden
Amplatz, Michael – privates Engagement
Assfahl, Rudolf und Sabine – Spenden statt Geschenke zur Hochzeit
Autenrieth, Dr. Christian und Jeng-Nim – Geburtstagsspenden
Bär, Margarete – Geburtstagsspenden
Baumeister, Arnold – Geburtstagsspenden
Baumeister, Dr. Diethelm – Geburtstagsspenden
Beck, Heinrich – organisierte Spenden bei Fußballturnier
Becker, Dr. Petra – Geburtstagsspenden
Behrend, Nora; Spies, Katharina und Laura; Diehl, Mathieu – Eisproduktion
Benner, Sina und Dirk – Traukollekte
Bertelsmann, Klaus – Geburtstagsspenden
Bilfinger Berger – Fußball-Cup 2010
Birrer-Knecht, Fabian und Silvia – Traukollekte
Bock, Peter – Trauerspenden
Böttger, Annette – Geburtstagsspenden
Böttger, Katrin – Geburtstagsspenden
Böttger, Jörg und Swantje mit Team – regelmäßige Essen in EFG Oranienburg
Bosch, Christoph und Tabea – Traukollekte
Brandt, Wilhelm – Geburtstagsspenden
Braun, Arnim (Prof.) – Spenden statt Geschenke zum Geburtstag, Verzicht auf Vortragshonorare
Breitkreuz, Michael und Christa – Traukollekte
Bridge-Club Wiesbaden Taunusstein – Benefizveranstaltung
Brosch, Dr. Oliver und Dr. Christina Monnerjahn-Brosch – privates Engagement
Brownie Girl Scout Gruppe Nr. 32596 (USA) – sammelten für die Kinderclubs von Diospi Suyana
Bruder, Dr. Hagen – Vorträge über Diospi Suyana
Brück, Rose-Marie – Geburtstagsspenden
Büttel, Annette – Schulprojekttag

Burg, Anita (Luxemburg) – Geburtstagsspenden
Campo, Doris und Weibel, Georg – Spenden statt Geschenke zur Hochzeit
Carl-Kellner-Schule, Braunfels – Sammlung beim Herbstfest
Channer, Madeleine (England) – Erlös von einem Buchverkauf
Christliche Schule, Lörrach – Erlös eines Solarprojekts
Christus-Gemeinde, Creußen – sammelte mittelalterlichen „Brückenzoll"
Coote, David – ehrenamtlicher Mitarbeiter von Diospi Suyana Deutschland
Dammann, Eva – Spendenaktion in ihrer Kirchengemeinde
Dasenbrook, Dorothee – Geburtstagsspenden
de Haan, Debora und Oebele – Traukollekte
Deutsches Rotes Kreuz, Neckarbischofsheim – Spenden beim Nikolausmarkt
Dilthey-Schule, Wiesbaden – Schüler organisierten Weihnachtsmarkt
Dobe, Rita-Christel – Geburtstagsspenden
Döbelin, Anneliese (Schweiz) – Geburtstagsspenden
Döring, Gottfried und Thea – Diamantene Hochzeit
Dörner, Inge – Spenden statt Kränze bei Beerdigung
Dreher, Rita – Vermittlung von Archivmöbeln
Dylewitz, Rita-Christel – Geburtstagsspenden
Ebinger, Norbert – Geburtstagsspenden
Eberlein, Manfred – Geburtstagsspenden
EC-Jugendbund, Creussen – Verkaufsstand beim Herbstmarkt
Einbock, Albrecht – Spenden zur Verabschiedung aus dem Berufsleben
Eisold, Ursula – Geburtstagsspenden
Ell, Prof. Dr. Christian und Dr. Uta – privates Engagement und Werbung bei Gastro Update
Eltern-Kinder-Gruppe Emser Straße e.V. – organisierten Flohmarkt
Enders, Walter – Einweckgläseraktion
Engelmann, Dr. rer. nat. Peter und Dr. med. Christiane – Geburtstagsspenden
Entre Amigos (Verein in Wiesbaden) – Sammelaktion auf dem Marktplatz
Evangelische Kirche Wallau – Sammlung beim Kirchfest
Evangelische Kirchengemeinde Herbornseelbach – Missionstag
Evangelische Schule Brandenburg – Sammelaktion der Schüler
Evangelisch-Freikirchliche Gemeinde, Göttingen – Sammelaktion beim Kindergottesdienst
Evangelisch-Freikirchliche Gemeinde, Lörrach – Aktionen in der Fußgängerzone
Evangelisch-Freikirchliche Gemeinde, Ober-Ramstadt – Straßenfest

Evangelisch-Freikirchliche Gemeinde, Reutlingen – Benefizkonzert und Benefizbrunch
Evangelisch-Freikirchliche Gemeinde, Wiesbaden – Benefizkonzert
Evangelische Christuskirche, Lörrach – 3 Benefizkonzerte
Evangelische Gemeinde, Hahnstätten – Weihnachtsbasar
Evangelische Kirchengemeinde, Solms-Niederbiel – Buffets für Mitarbeitertreffen, Übernachtungen
Fenzlein, Oskar und Otto – Transporte für Diospi Suyana
Fippl, Petra – ehrenamtliche Mitarbeiterin von Diospi Suyana Deutschland
Fischer, Wolfgang – Geburtstagsspenden und Spenden statt Kränze
Fleck, Christine – verkauft Granola (Müsli)
Fleck, Horst – Spenden statt Geschenke zum Geburtstag und zur Silberhochzeit
Flückiger, Rosmarie – Geburtstagsspenden
Flückiger, Wilhelm – Sammlung bei Treffen von Auslandsschweizern, Vorträge über Diospi Suyana
Frick, Armin – Geburtstagsspenden
Friedrich, Ursula – Geburtstagsspenden
Frisörsalon Claudia Spiechowicz – Weihnachtsaktion
Eisert, Claudia – Spendenaktion in der Praxis
Frauendorf, Günter – Geburtstagsspenden
Frank, Nadja – bastelte Lebkuchenhäuschen für den Weihnachtsmarkt
Freund, Dr. Thomas und Julia – Traukollekte
Gaul, Marlies – ehrenamtliche Mitarbeiterin von Diospi Suyana
Gayger, Dr. Joseph – Geburtstagsspenden
Geister, Dr. Dankfried – Geburtstagsspenden
Genz, Angela und Friedhelm – Spenden statt Geschenke zur Hochzeit
Gerhardt-Woldrich, Ruth, Felix und Linda – ehrenamtliche Mitarbeiter von Diospi Suyana Deutschland
Geßlein, Dres. Judith und Markus – Traukollekte u. Spenden statt Geschenke
Glauß, Dr. Armin – Sammeldose in Arztpraxis
Gleim, Holgerund Heike – Traukollekte
Götting, Ursula – Geburtstagsspenden
Götz, Ulrike und Flötenspielerinnen – Vorspiel beim Morsbacher Weihnachtsdorf
Gräb, Katy und Roland – ehrenamtliche Mitarbeiter von Diospi Suyana Deutschland
Graf, Gisela – Geburtstagsspenden, Kuchenbacken bei den Vereinstreffen

Graf, Uli – Grabspenden

Große, Klaus – Geburtstagsspenden und Spenden bei Verabschiedung in die Rente

Gundlach, Martin – Geburtstagsspenden

Gymnasium in Weißenburg – Sammelaktion

Hach, Friedhelm – Verabschiedungsfeier Rente

Halbach, Wolfgang – Geburtstagsspenden, ehrenamtliche Mitarbeit

Hartmann, Manfred – ehrenamtlicher Mitarbeiter von Diospi Suyana Deutschland; Kassierer vom Kolumbienkreis Ehningen bei Böblingen

Herderschule Lüneburg – Benefizkonzert

Herzer, Dr. Armin und Liska – Goldene Hochzeit und Geburtstag

Haupt, Jürgen – Spenden statt Kränzen

Haunschild, Jona – spendete Erlös von Nachhilfeunterricht

Hebammen des Klinikum Ludwigsburg – Adventsverkauf

Heidenreich, Steffen – Geburtstagsspenden

Heilmann, Andrea und Ehemann – Spenden statt Hochzeitsgeschenke

Henß, Andrea – ehrenamtliche Mitarbeiterin von Diospi Suyana

Hering, Bernhard – Geburtstagsspenden

Hering, Lydia – Geburtstagsspenden

Hermann, Georg und Karin – Verzicht auf Geschenke bei Silberner Hochzeit

Herrmann, Dr. Gerhard – Trauerspenden statt Kränze

Herzzentrum Dresden, Mitarbeiter – Sammelaktion

Hirche, Siegfried – Geburtstagsspenden

Hofmann, Detlev – unschätzbare Verdienste bei Materialsuche und Packaktionen

Hottmann, Helga – Geburtstagsspenden

Hübel, Dr. Eugen und Marion – Geburtstagsspenden

Hübner, Esther – Flohmarkt

Hünike, Lothar – diverse Werbeaktionen

Huverstuhl, Jochen und Dr. Kirsten – Traukollekte

Inside Out (Chor) – Benefizkonzert

Im Schlaa, Heike – Spenden statt Geschenke zum Geburtstag

Im Schlaa, Werner und Ellen – Verzicht auf Geschenke bei Goldener Hochzeit

Immega, Gertrud – Geburtstagsspenden

Jäger, Peter – ehrenamtlicher Mitarbeiter von Diospi Suyana

Jansson, Rudi – Geburtstagsspenden

John, Helga – Spenden statt Geschenke zum Geburtstag
John, Wanda und Rudolf – Spenden statt Geschenke zur Goldenen Hochzeit
John, Larissa und Pascal – Verkauf von Waffeln und Pfannkuchen
Jost, Ralf – Geburtstagsspenden
Jürgen, Karl – kostenlose Systemverwaltung für das Büro in Deutschland
Jung, Fred – Geburtstagsspenden
Jung, Gerda – Spenden statt Kränze
Jungscharler der Christuskirche in Wiesbaden – Verkaufsbasar
Kaiser, Norbert – Geburtstagsspenden
Kaltenbach, Valentin – Geburtstagsspenden
Karcher, Astrid – ehrenamtliche Mitarbeiterin von Diospi Suyana Deutschland
Karl, Benedikt und Dominik – sammelten mit der Spardose für jedes „Sch…-Wort"
Karußeit, Jutta – Geburtstagsspenden
Kattner, Axel – Geburtstagsspenden
Katholische Deutsche Studentenverbindung Arminia Heidelberg im CV – Weihnachtsaktion
Katholische Gemeinde Sohren – Kuchenverkauf
Katholische Gemeinde Zollhaus – Weihnachtsbasar
Katholische Petrinum Gymnasium – Sammlung der Schüler
Katholische Sternsinger Cadolzburg – Singen für Diospi Suyana
Kaufmann, Günter und Carmen – Geburtstagspenden
Kaub-Krietenstein, Illßgen und Jochen (Belgien) – Geburtstagsspenden
Kemmler, Dr. Konrad und Dietlind – diverse Sammelaktionen
Knab, Wilfried und Liselotte – Eine-Welt-Essen
Kugelstadt, Gerlinde – Spenden statt Geschenke zum Geburtstag
Keller, Lisette – Spenden statt Geschenke zum Geburtstag
Keunecke, Christian und Désirée – Hochzeitskollekte
Khan, Elsi – Spenden bei Kaffeeklatsch
Kirsch, David Fernández Ossa und Anna-Katharina – Spendenaktion anlässlich ihrer Hochzeit
Klemenz, Udo – Vorträge über Diospi Suyana, Bastelaktionen zum Verkauf
Klemenz, Barbara – Kochen und Kuchenbacken für Diospi Suyana, Vorträge über Diospi Suyana
Klenk, Hermann – kostenloser Entwurf für Zahnarztklinik
Knorre Baumdienst – Firmenjubiläum 20 Jahre

Kohlhage Ann – Geburtstagsspenden
Konfirmanden Dannenfels – Kollekte für Diospi Suyana
Konfirmanden Grünstadt – Kollekte für Diospi Suyana
Kormannshaus, Dr. Joachim und Sigrid – Silberhochzeit und Geburtstagsspenden
Kotthaus, Martha – Grabspenden
Krafthöfer, Hildegard – Spenden statt Geschenke zum Geburtstag
Kramm, Wolfgang und Ulrike – Spenden statt Weihnachtsgeschenke
Kriegel, Helga und Rösner, Elsbeth – Geburtstagsspenden
Krußig, Kent – Spenden statt Geburtstagsgeschenke
Kugelstadt, Gerlinde – Geburtstagsspenden
Kunstverein Encaustic e.V. – Spende bei Vereinsauflösung
Kürschner, Cordula – Geburtstagsspenden
Kürschner, Dr. Jürgen – Spenden statt Geschenke zum Geburtstag
Lang, Agnes – ehrenamtliche Mitarbeiterin von Diospi Suyana Deutschland
Lange, Christian und Maren – Traukollekte
Lange, Eva-Maria – Geburtstagsspenden
Lauer, Joachim und Erika – Traukollekte und Spenden statt Geschenke
Leistenschneider, Sandra und Freundinnen – Flötenkonzerte
Leitherer, Isabella – spielte Geige auf Weihnachtsmarkt
Leitherer, Barbara – Geburtstagsspenden
Lickfett, Markus – Geburtstagsspenden
Lions Club Alster (Hamburg) – Spendenaktion
Lions Club (Altena) – Spendenaktion
Lions Club (Baden Baden) – Spendenaktion
Lions Club Medardus (Lüdenschein) – Spendenaktion
Ließfeld, Waltraud – ehrenamtliche Mitarbeiterin von Diospi Suyana
Lippert, Irmtraud – ehrenamtliche Mitarbeiterin von Diospi Suyana
Lohse, Frank – Kabelplanung für das Krankenhaus, Einlagerung von PCs
Lorenz, Roland und Wiebke – Geburtstagsspenden
Löscher, Tobias – baute kostenlos drei Solaranlagen auf und vermittelte Sachspenden
Lübbke, Annette – Geburtstagsspenden
Lüttgens, Diethelm – Geburtstagsspenden
Lux, Annemone – Geburtstagsspenden
Maasberg, Rainer und Dr. Jürgen – Geburtstagsspenden
Mang, Ulrike – Geburtstagsspenden

Marettek, Käte – Geburtstagsspenden
Marz, Isolde – Sammlung bei einer Reisegruppe in Peru, Geburtstagsspenden
Meier zu Luttum, Liselotte – Spenden statt Kränzen
Meyer, Silvia – Geburtstagsspenden
Mikolassek, Annemarie und Spitzner, Bernd – Organisation von vielen Transporten
Millack, Thomas – Sammlung bei privater Feier
MLP – Mitarbeiter sammelten bei einer Weihnachtsfeier
Mörl, Sebastian – Transport von Sachspenden
Motorrad-Gottesdienst in Sexau – Spende
Mühlbach, Stefan und Silvia – Silberhochzeit
Müller, Claudia und Wolfgang – Traukollekte und Spenden statt Geschenke
Müller, Johannes und Otto, Karin mit Sohn Florian – Geburtstagsspenden
Müller-Stolz, Annette – Geburtstagsspenden
Müller-Thoma, Ute – Spenden bei Kaffeeklatsch
Nebel, Ellen und Martin – Druck von Werbepflastern, Medienarbeit und Akquise von Sachspenden
Nebel, Helmut – Spenden statt Kränzen
Neuffer, Dr. Hans – Spenden statt Geschenke zum Geburtstag
Neuhaus, Rüdiger – ehrenamtliche Mitarbeit bei Diospi Suyana
zur Nieden, Eckart und Edeltraud – ehrenamtliche Mitarbeiter von Diospi Suyana
Nikel, Regine – Trauerspenden
Noll, Sabine – Verkauf von selbst gemalten Encaustic-Karten
Nolting, Constanze – Spenden durch Verkauf von Theaterstücken und Bucherlöse
Oehler-Hofmann, Ingeborg – Geburtstagsspenden
Ökumenische Kinderbibelwoche – Kinder führten Sammelaktion durch
Osbelt, Christa – Trauerspenden statt Kränzen
Pelzer, Pia Maria – Sammlung unter Kollegen bei Verabschiedung
Perst, Christian – Benefiztheater
Peters, Doris – Geburtstagsspenden
Petersen, Anita – Geburtstagsspenden
Petersen, Hans-Jürgen – Geburtstagsspenden
Pfadfinder Trossingen – mehrere Aktionen
Pfarrei San Hedwig – Eine-Welt-Essen
Peruaner aus Berlin – Spenden beim Folklorefest

Poppe, Petra – Geburtstagsspenden und andere Aktionen
Racke, Hanne – Geburtstagsspenden
Racke, Rudi – Geburtstagsspenden
Rahn, Angelika und Hans Walter – Geburtstagsspenden und Vortrag bei Seniorennachmittag
Ramírez Rojas, Dr. Wilfredo – diverse Aktionen beim jährlichen peruanischen Festival in Berlin
Recker-Flückiger, Elisabeth – Geburtstagsspenden
Rehse, Theophil – Spenden statt Kränzen
Reinken, Elke – Geburtstagsspenden
Reinsch, Albertine – Geburtstagsspenden
Reuter, Anna – Geburtstagsspenden
Rinklin, Wilhelm – Geburtstagsspenden
Ritzert, Elisabeth – Spenden statt Geschenke zum Geburtstag
Rockenfeller-Willi, Carola und Willi, Christoph – Traukollekte
Rolffs, Bernhard (Belgien) und Elfriede – Geburtstagsspenden und Spenden zur Goldenen Hochzeit
Rolli, Walter (Schweiz) – Diospi Suyana Abend mit Senioren
Roncal, Carlos – Benefizkonzert für Diospi Suyana
Roß, Jürgen – Spenden statt Geschenke zum Geburtstag
Rotary Club (Brilon) – Spendenaktion
Rotary Club (Kirchheim Bolanden) – Spendenaktionen
Rotary Club (Lörrach) – Spendenaktion
Rotary Club (Lüdenscheid) – Spendenaktion
Rotary Club (Westerland) – Spendenaktion
Rotary Club Kochbrunnen (Wiesbaden) – mehrere Spendenaktionen
Rubach, Eike – Ausbildungskurs für den Gebrauch der Unimogs
Rudolphi, Dr. Gisela – Werbeaktion auf Treffen „25 Jahre Abitur“
Sauer, Bernhard – Geburtstagsspenden
Schäfer, Siegfried – Geburtstagsspenden
Schanzenbach, Horst und Ursula – Spenden statt Geschenke zur Petersilienhochzeit
Schildbach, Bärbel – ehrenamtliche Mitarbeiterin von Diospi Suyana
Schilling, Markus und Engelhardt-Schilling, Marion – Traukollekte
Schindler, Heidi – Geburtstagsspenden
Schlager, Max – Containerbeladung
Schmidt, Friedrich – Trauerspenden statt Kränzen
Schmidt, Klaus und Elisabeth – Kollekte bei Silberhochzeit

Schmidt-Schmiedebach, Heidrun, Verein „Insulin zum Leben“ – Insulinspenden
Schmitz, Gabriele und Dr. Andreas – Sammlung für Altarbibel und Utensilien
Schneider, Jakobus; Spannaus, Michael und Meyer, Mario – Filmprojekt
Schneider, PD Dr. Volker – Geburtstagsspenden
Schnitz – Spende von E-Piano
Schrader, Ilse – Geburtstagsspenden
Schüler, Gottfried – Geburtstagsspenden und weitere Aktionen
Schulz, Brunhilde und Karlheinz – Spenden statt Geschenke zur Goldenen Hochzeit
Schuster, André und Angelika – Traukollekte
Schwenke, Dr. Alexander und Pia – Taufkollekte von Tochter Johanna Rosa, Sonderaktionen
Seeger, Ulrich – Geburtstagsspenden
Seibt, Monika – Kollekte von Friedensgebet
Sieper, Dr. Michael – Hilfe beim Aufbau der Dentalklinik
Siodlaczek, Bernd und Almut – Spenden bei Geburtstagsfeier und beim 15. Hochzeitag
Sitzler, Dr. Reiner – Geburtstagsspenden
Skupsch, Christine – 10 % ihrer Einnahmen aus selbständiger Tätigkeit
Sperling, Rolf – Spenden statt Kränzen
Spies, Lothar – Überweisung im Rahmen einer Schweinschlachtung
Stapperfenne, Hans (Pastor i. Ruhestand) – Münzensammelaktion
Stephani, Dr. Matthias – Vermittlung und Transport von Sachspenden
Steinke, Anja – Übersetzungsarbeiten
Stoltenhoff, Christian und Christine – Silberhochzeits- und Geburtstagsspenden
Streitberger, Heiko – Geburtstagsspenden
Stritzke, Olaf und Podesta, Fabiola – zwei Weihnachtsaktionen
Struck, Kurt – Geburtstagsspenden
Stücher, Hilde – Geburtstagsspenden und Kuchenbacken für die Vereinstreffen
Thorandt, Lieselotte – Briefmarkensammlung
Timm, Heinz – Spenden statt Kränzen
Tübben-Schmidt, Evia – ehrenamtliche Mitarbeiterin von Diospi Suyana
Veil, Gabriele – Geburtstagsspende
Voigtländer, Franz – kostenloser Entwurf für ein Kinderhaus
Vollmer, Elisabeth – Bucherlös für Diospi Suyana, außerdem Fastenaktion

Vollmer, Jürgen – Transport von Sachspenden
Volpert, Helga – Geburtstagsspenden
Voss, Jürgen – ehrenamtlicher Mitarbeiter von Diospi Suyana
Vossloh, Dorlis – Geburtstagsspenden
Voßloh, Susanne – Trauerspenden statt Kränzen
Walkenhorst, Hans – Trauerspenden
Walkenhorst, Karoline – Geburtstagsspenden
Walz, Andreas und Eva-Maria – Traukollekte
Weber, Anita – Spenden statt Geschenke zum Geburtstag
Weber, Susanne – ehrenamtliche Mitarbeiterin von Diospi Suyana
Weber, Ute – Spenden statt Geschenke zum Geburtstag
Web-Seite „Jesus.de“ – Sammlung für den Bau des Spitals
Wehinger, Clemens und Annemone – Geburtstagsspenden
Wehrstedt, Markus und die Encouger Stiftung – Diospi Suyana als Projekt des Monats
Werner, Angelika – organisierte Niederbieler Flohmärkte, diverse Aktionen
Wiebelt, Dr. Hans und Klaus – Geburtstagsspenden
Wiedemann, Rudi und Sylvia – Spenden statt Geschenke zur Silberhochzeit
Wiedemann, Werner – Spenden statt Geschenke zum Geburtstag
Wilk, Dr. Stephan Hans und Simone – Silberhochzeit
Willroth, Gerd und Isabel – Goldene Hochzeit
Wubs, Anja – Übersetzungsarbeiten für Diospi Suyana
Wünsche, Matthias – Spenden statt Geschenke zum Geburtstag
Yachoua, Janet – kostenlose Übersetzung des Buches ins Englische
Zahnarztpraxis Geister – Sammelaktion der Angestellten
Zilz, Jeannette – Geburtstagsspenden und Sonderaktionen
Zonta Club (Hamburg) – Spendenaktion

Die Liste ist leider unvollständig, da wir aus Platzgründen nur Beispiele veröffentlichen können.

Die Firmen

Die folgenden Firmen und Vereine haben Geräte, Verbrauchsmaterialien, Transporte bzw. Gebühren für Diospi Suyana gesponsert:

A. H. Lehmann Blechwarenfabrik GmbH	Backformen
Abbott GmbH	Narkosegase
Accuaproduct S.A.C. (Peru)	Gerät zur Wasserreinigung
Adifan	Medikamentenspenden
Aesculap AG & Co. KG	Chirurgische Instrumente
Agfa Health Care	Pacs, Digitalisierungseinheit
Albujar Médica (Peru)	Zentrifuge
Alfred Kärcher Vertriebs-GmbH	Dampfstrahler, Hochdruckreiniger
Aliento Vision	Geldspenden
Alrex	Rollos und Jalousien
Altendorf GmbH & Co.KG	Kreissäge
Alturas Minerals (Peru)	Finanzhilfen
Andromeda medizinische Systeme GmbH	Zubehör für die Urologie
Armaturen- und Autogengerätefabrik ewo H. Holzapfel GmbH & Co. KG	Propan Wärme- und Schneidbrennerset
Ascobloc Gastro-Gerätebau GmbH	Küchengeräte
Asmuth Medizintechnik	8 O_2 Sensoren für Beatmungsgeräte, EKG-Elektroden, Kinderblutdruckmanschetten
Asociación Atocongo (Peru)	Zement
Atmos Medizintechnik	Absauggerät
Axel Rölke	2 Transporte zum Container
B Braun, Melsungen (Deutschland/Peru)	Chirurgische Instrumente, Infusionen, Benefiz Golfcup
Battery-direct-GmbH	USVs
Bauscher GmbH & CO.KG	Staubsauger
Baxter	Finanzhilfen
Bessey	Schraubzwingen, Blechscheren
Binder	Inkubator für das Labor
Bizerba	Aufschnittmaschine
Björn-Steiger-Stiftung	Defibrillatoren

Bode	Desinfektionsmittel
Boehringer Ingelheim	Finanzhilfen, Computer
Bosch	Schlagbohrmaschine, 2 Oberfräsen, 2 Exenterschleifer, 2 Winkelschleifer, Abbruchhammer
C. & E. Fein GmbH	Multimastergerät
Castrovirreyna (Peru)	Finanzhilfen
CBM	Augen-OP und Geräte
Celima	Fliesen
CIA de Minas Buenaventura (Peru)	Finanzhilfen
Claro América Móvil Perú (Peru/Mexiko)	Telefonleitungen
CMA CGM	Seetransporte
Cobianchi Liftteile AG	Fangvorrichtung für einen Aufzug
Cordillera de las Minas S.A. (Peru)	Finanzhilfen
Corona	Verbandsstoffe
Corporación Aceros Arequipa S.A. (Peru)	Stahl
COVIDIEN Deutschland GmbH	Pulsoximeter
Dade Behring Marburg GmbH	Laborgeräte
Deister electronic	Sicherheitssystem
Delabie	Edelstahlwaschbecken
Dentsply Sirona	Zahnimplantate
Detroit Diesel mtu Perú s.a.c (Peru)	Notstromgenerator
Deutsche Bundeswehr	Uniformen für das Spital
Deutsche Pharma	Medikamente
DHL	Transporte
Diveimport S.A. (Peru)	Rettungswagen
Dorst Spedition GmbH	Transporte
Dräger-Werk AG & Co. KG	Beatmungsgeräte u. v. m.
Druckerei und Verlag Klaus Koch GmbH	Druckereierzeugnisse
DT&Shop	Materialien für die Zahnklinik
Dürr Dental	Kompressor
Electro Sur Este (Peru)	Lichtmasten und mehr
Emporon GmbH & Co. KG	2 Fahrräder
Envirolab-Perú (Peru)	Wasseranalyse
ERBE Elektromedizin GmbH	Ausrüstung für die OPs
Ernst Irmer	Zubehör für Solaranlagen
Eudim	Finanzielle Hilfen

Fein	Multi Master Gerät
Festool	Dübelfräse, Handkreissäge
Fisher & Paykel Health Care (Deutschland/USA)	Zubehör für die Intensivstation
Flex	Winkelschleifer, Akkuschrauber
Fresenius Medical Care Deutschland GmbH	Finanzielle Hilfen
Freunde der Indios von Peru e.V.	Unimogs und weitere Sachspenden
Gardena	Garenschläuche und Zubehör
Garreis Warenpräsentation	Kongressstand
Genossenschaft Gat	Aufzug
Global Crossing (Peru/USA)	Satellitenanlage und Gebühren
G.S. Stolpen GmbH & Co. KG	Gas- Hockerkocher
H & H GmbH	Schrankmodule für Krankenstation
Haag-Streit International	Geräte für die Augenklinik
Hamburg Süd	Seetransporte
Hammerlit GmbH	Sterilgutwagen, Stationswagen
Hans-Peter Heckele-Busch	Jauchefass
Hawo GmbH	Schneide- und Versiegelungsgerät
HDG Tresore	Panzerschrank
Hegner GmbH	Dekupiersäge
Heine	Otoskope, Stethoskope
Helmut Hund GmbH	Mikroskop
Helvex Peru S.A. (Mexiko)	Wasserhähne
Henkel	2 Paletten Waschmittel
Henry Schein (Deutschland/USA)	Zubehör für die Zahnarztklinik
Hermann Flörke GmbH	Werbemittel und Tannenbaumaktion
Herzzentrum Dresden	Geräte für die Intensivstation und den OP-Bereich
Hissin Medizintechnik GmbH	Defibrillatoren
Hochschild Mining PLC (Peru)	Finanzielle Hilfen
Höchsmann	Bandsäge
Horn	Küchengeräte
Humedica	Möbel und andere Sachspenden
HWK Medizintechnik	Physiotherapieliegen
Ilkazell Isoliertechnik GmbH Zwickau	Kühlzelle
Indeco S.A. (Peru/Chile)	Kabel

Inka-GmbH	Finanzielle Hilfen
Inotec Company (USA)	Finanzielle Hilfen
Isofix Einblasdämmung	Koordinierung und Montage eines Aufzugs
Ivoclar Vivadent	Materialspenden im Dentallabor
Jansen & Buscher GmbH & Co. KG	Bleiprofile für die Kirchenfenster
JHS (Peru)	Gynäkologiestuhl
Johann M.K. Blumenthal GmbH	Finanzielle Hilfen
Johannes Hoffmann	Transporte zum Container, Fliesen der Zisterne
Johnson & Johnson MEDICAL GmbH	Nahtmaterial
Josfel Iluminación (Peru)	Lampen
Jürgen Melzer Gebäudereinigung	Wischer
Juwi solar GmbH	Photovoltaik-Anlage
Kaltenbach	Werkstatt
Karl Storz	Laparoskopische Geräte
Katadyn (Schweiz/Deutschland)	Wasserfilter
Kavo Dental GmbH	Zahnarztmöbel
KCI Medizinprodukte GmbH	Vakuumsystem und Zubehör
Kieback & Peter	Büromöbel
KLS Martin Group	Operationslampen und HF-Gerät
Knippex	Zangen
Knorre Baumdienst GmbH & Co. KG	privates Engagement
Kodra Walter Fischer GmbH & Co.	Steckbeckenspülgeräte
Königsee Implantate GmbH	Ausrüstung für die Traumatologie
Kossodo S.A.C. (Peru)	Mikroskop
Kreussler Pharma	Antibiotika und Reinigungsmittel
Kuppke und Partner GmbH	Werkzeug für Werkstatt
Kwintet-Deutschland GmbH	Arbeitskleidung für die Mitarbeiter
Landwirtschaftsbetrieb Mörl	Dieseltank, Anhängerkupplung
Lautenschläger GmbH & Co. KG	Sterilisatoren
Leica Microsystems Weilburg	Mikroskop
Little John Bikes	4 Fahrräder
Lohmann & Rauscher	Krankenhausbedarfsartikel
Lohse und Schilling GmbH	Installation von Computern
Macromedica S.A. (Peru)	Möbel
Mainmetall	Zubehör für Solaranlage

Makita	Akkuschrauber
Malteser Bautzen	4 Essenausgabewagen, Fettabscheider
Manuel Centeno Martino (Peru)	Finanzielle Hilfen
Maquet	Patiententransporter
Max Frank GmbH	Material für den Schulbau
Mc Cann Erickson	Finanzielle Hilfen bei Druckerzeugnissen
MDH-Perforación Diamantina (Peru)	Stahl, Zement, Brunnenbau
Medifarma (Peru)	Medikamente
Melag	Sterilisatoren
Merico GmbH	Planung eines Aufzugs, Materialspende
Messer Gruop GmbH	4 Sauerstoffflaschen, 5 Druckminderer
Metax (Peru)	Möbel
Meyra	Rollstuhl
Miele	Waschmaschine und Trockner
MINSA	Ultraschallgel
Miyasato (Peru)	Fensterglas
MMM	Overheadprojektor
Möbel Orth	Möbel
MVV Energie AG in Mannheim	Batterien für Fotovoltaik-Anlage
Nefusac Negociación Futura S.A.C. (Peru)	Zubehör für Fliesen
Neptunia S.A. (Peru)	Transporte, Lagerung, Buch
NKS GmbH	Aufzugsgegengewichte
Nora systems GmbH	Fußboden für die Schule
Oberle-Stiftung	Finanzen für Fenster
Ofa Bamberg	Orthopädische Hilfsmittel
Olympus (Deutschland/Japan)	Endoskopiegeräte
Omeras GmbH	Aufzugskabine
On site Gas Systems (USA)	Sauerstoffgeneratoren
P. J. Dahlhausen & Co. GmbH	Verbrauchsartikel
P & S	Krankenhaussoftware
Pacífico Seguros (Peru)	Autoversicherung
Paul Bauder GmbH & Co.KG	Geldspenden und Dachpappe
Paul Hartmann AG	Verbandsmaterial und mehr
Pentax (Deutschland/Japan)	Endoskope

Peri	Verschalelemente
Petschel Maschinenbau	Fräsmaschine
Pfaff GmbH	Näh- und Stickmaschine
Philips	Ultraschallgerät, CTG-Geräte
PRO-fit 2 GmbH	4 Etagen-Backofen
Provita Medical	Lampen, IV-Ständer u.v.m.
Püschel GmbH & Co. KG	Teller
Quosdorf GmbH	Schallschutzfenster
Radiometer	2 Blutgasgeräte ABL 615
Radiometer Medical ApS (Dänemark)	Blutgasgeräte und Reagenzien
REC	26 Solarmodule
Relius	Farben
Rexio	Moosgummi für Türabdichtung
Richard Wolf GmbH	Endoskopische Ausstattung
Riedl Aufzugsbau GmbH & Co. KG	Aufzugstüren
Riester GmbH	Ophthalmoskope und Otoskope
Rix Industrie	Sauerstoffgenerator
Roche (Schweiz)	Laborgeräte und Reagenzien
Rockwool	Isolierung für Warmwasserrohre
Rudolf Riester GmbH & Co.KG	Laryngoskope und mehr
Sachsenküchen	Küchenelemente
Sandoz (Deutschland/Schweiz)	Finanzen und Medikamente
Sanitär-Heinze Handelsgesellschaft mbH	Zubehör für den Heizungsbau
Scharnis	Geldspenden
Schenck Technologie- und Industriepark	Lagerung und Verpackung
Schmitz & Söhne	OP-Tische und Möbel
Schneider Steuerungstechnik GmbH	Aufzugssteuerung, Schachtbeleuchtung
Schölly	Laparoskopieturm
Schott AG	Buntglas für die Kirchenfenster
Schülke & Mayr GmbH	Desinfektionsmittel
SENSUM Graphikbüro	Graphikarbeiten
Siemens Medical Solutions	Computertomograph
Sirona Dental GmbH	Digitale Röntgengeräte und Zahnarztstühle
Sistema Analíticos (Peru)	Ausrüstung für das Labor
Solvis GmbH & Co KG	Solaranlage

Sonatech	Schallschutzplatten
Southern Peru (Peru/Chile)	Eternitplatten und Kabel
Spax	Schrauben
Steelconcept GmbH	Stahlkomponenten f. einen Aufzug
Stengelin Paul Medical GmbH	Chirugische Instrumente
Stertil Koni	Hebebühne
Stiftung Bild hilft e. V. – ein Herz für Kinder	Finanzmittel
Stihl	Motorsäge
Stöffl Rudolf GmbH	Moosgummi für Türabdichtung
Stoss Medica	Medizinische Geräte
Streck Transport	Transporte
Sulo	Müllcontainer
Sunrise Medical GmbH & Co. KG	Sportrollstuhl
TecnoMedis (Peru)	Innenausbau des Rettungswagens
Trebol Celima (Peru/Belgien)	Fliesen
Tresor TEC	Safe
Ulrich GmbH & Co.KG (Schweiz)	Infusionspumpe
UroVision	Materialien für die Urologie
Veit-GmbH & Co. KG	Bügelplatz, Bügeleisen, Dampferzeuger, Bügelpuppe
Viessmann	Solaranlage
Von der Mehden	Schredder
Werner & Pfleiderer	Brötchenmaschine
Wieland Dental	Verbrauchsartikel für Zahnklinik
Wilde Medizin-Technik	OP-Lampen
Winterhalter Gastronom GmbH	1 Palette Waschmittel u. Klarspüler
Wissner-Bosserhoff	Matratzen
WMF	Besteck, Pfannen
WPO	Schulmöbel
Zehnder GmbH	Wasserpumpe
Ziehl Abegg AG	Antrieb für einen Aufzug
ZOLL Medical Deutschland GmbH	Defibrillatoren
Zwilling J.A. Henckels AG, Solingen	Messer

Die Liste ist leider unvollständig, da wir aus Platzgründen nur Beispiele veröffentlichen können.